JANE ADAMS

Rebeccas Rückkehr

Buch

Marcie Whitney ist nach langer Zeit in das Zuhause ihrer Kindheit zurückgekehrt, um Frieden mit ihrer Familie zu schließen. Vor allem mit ihrem Großvater Jack, zu dem sie als Kind ein sehr enges Verhältnis hatte – bis zu jenem Tag, als Marcie, gerade sechzehn, plötzlich ihre Sachen packte und verschwand. Doch nun liegt Jack im Sterben, und Marcie will unter die Ereignisse von damals einen Schlußstrich ziehen. Der alte Mann im Krankenhaus scheint allerdings kaum noch etwas mit dem Großvater ihrer Kindheit gemeinsam zu haben. Und er findet keinen Frieden. Zwischen Wachen und Träumen spricht er von einer toten Frau mit pechschwarzem Haar und einer Schlinge um den Hals, die an seinem Bett wacht. Rebecca. Doch wer ist diese Frau, und was hat Jack mit ihr zu tun? Trotz des erbitterten Widerstands der Familie versucht Marcie, das Geheimnis um Rebecca zu lüften. Bis sie eines Nachts aus einem Alptraum aufschreckt und an ihrem Hals die tief eingegrabenen Spuren einer Schlinge entdeckt …

Autorin

Jane Adams wurde in Leicester geboren, wo sie noch heute lebt. Sie studierte Soziologie und arbeitet heute in zahlreichen Berufen, unter anderem als Sängerin in einer Folk Rock Band. Die Autorin ist verheiratet und hat zwei Kinder.

Jane Adams

Rebeccas Rückkehr

Roman

Aus dem Englischen von
Werner Schmitz

GOLDMANN

Die Originalausgabe erschien 1997 unter dem Titel
»Bird« bei Macmillan, London

Umwelthinweis:
Alle bedruckten Materialien dieses Taschenbuches
sind chlorfrei und umweltschonend.

Deutsche Erstausgabe 2/99

Umschlaggestaltung: Design Team München
Umschlagfoto: Premium/Ibid
Satz: Uhl + Massopust, Aalen
Druck: Elsnerdruck, Berlin
Titelnummer: 44276
Redaktion: Alexander Groß
AB · Herstellung: Heidrun Nawrot
Made in Germany
ISBN 3-442-44276-1

3 5 7 9 10 8 6 4 2

Für meinen lieben verstorbenen Vater
und für Stuarts Mutter – ich wünschte,
ihr hättet dabeisein können.

Prolog

Sie haben mir erzählt, wie es war, aber ich habe ihnen nie geglaubt. Nach drei Tagen wußte ich, daß sie gelogen hatten. Es war schlimmer, viel schlimmer.

Tagsüber brannte die Sonne so heiß, daß einem der Speichel im Mund vertrocknete und die Augen in den Höhlen gebacken wurden. Und wenn die Sonne untergegangen war, fror man bis auf die Knochen. Wochenlang ging das so.

Ich erinnere mich an diese Nacht, Birdie. Erinnere mich, wo ich so vieles andere vergessen habe. Der Himmel war so verdammt klar und so verdammt schwarz. Schwarz und silbrig von Sternen, die dort wie Diamanten auf Samt verstreut lagen, und der Mond war so groß, daß ich glaubte, ich könnte ihn nehmen und in den Händen halten.

Und dann habe ich nach unten gesehen, Birdie. Habe den Blick zu Boden gesenkt. Zu den Toten und zu den Sterbenden; und wußte auf einmal, daß es keinen Gott gibt. Kein Jüngstes Gericht und keine verfluchte Ordnung, weder im Himmel noch auf Erden.

Ich wußte, niemand schert sich einen Dreck um die Schuld eines einzelnen; es fließt zuviel Blut und färbt die Erde schwarz wie ein sich ausbreitender Schatten.

Ich weiß nicht, wie viele von uns die Frau hatten, bevor wir sie umgebracht haben. Als ich an die Reihe kam, habe ich, zu meiner Schande sei's gesagt, keinen Gedanken daran verschwendet, was wir da eigentlich taten und ob das recht oder unrecht war.

Wir hatten diese Leute schuldig gesprochen, aber da war

keine Logik dabei, Birdie. Keine Logik. Keine Gnade und kein Verstand.

Ich hörte sie schreien, als ich den Strick knüpfte. Ihn festmachte. Ihn um das eine Ende wickelte, so wie ich dir beigebracht habe, einen Peitschengriff zu wickeln. Erinnerst du dich, Birdie?

Nur daß ich diesmal das freie Ende nicht unten durchgezogen habe.

Als die andern sie mir brachten, schrie sie nicht. Das konnte sie da wohl nicht mehr, sie heulte nur leise auf wie ein erschrecktes Kind, als sie die andern schon tot sah.

Und ich habe ihr nicht in die Augen gesehen.

Für mich war das, als sähe ich Rebecca wieder vor mir. Mit einer Schlinge um den Hals hing sie dort, wie ein alter Lappen vor dem Mond.

1

»Ich wußte, daß du kommst, Bird.«

Marcie lächelte wieder und tätschelte dem alten Mann die Hand. In der halben Stunde, die sie bei ihm saß, hatte Jack dies nun zum dritten Mal gesagt. Sie hockte verlegen auf seinem Bett, eine Fußspitze auf dem Boden, das andere Bein unter sich geklemmt, und hielt behutsam seine Hand mit beiden Händen.

»Schön hast du's hier«, sagte Marcie. Ihre Stimme zu munter. Zu brüchig. Wie man im Krankenhaus spricht, um gut gelaunt zu erscheinen; in verzweifelter Eile fortzukommen, bevor das Gespräch versandet.

In der Hoffnung, er habe nichts bemerkt, sah sie Jack nervös an. Dann seufzte sie tief auf. Jack bemerkte neuerdings so gut wie gar nichts mehr.

Er hatte die Augen geschlossen, als wollte er schlafen, aber da er seine Finger immer noch um ihre geschlungen hielt, blieb Marcie sitzen und wartete.

Seit vier Tagen war sie zurück. Seit vier Tagen saß sie bei Jack, erst im Haus ihrer Großmutter und nun, seit zwei Tagen, hier in der Sterbeklinik.

Vier Tage, und doch hatte Jack sie jedesmal, wenn er sie wahrnahm, wie einen lange vermißten Freund begrüßt.

Sie blickte sich um. Es war tatsächlich sehr freundlich hier.

Vier Betten, zwei weitere waren belegt. Ein großes Verandafenster ging auf einen hübschen, von hohen Bäumen gesäumten Garten.

Dahinter der helle Himmel, klar und verheißungsvoll.

Jack – der alte Jack, nicht der, der hier in diesem ordentlichen Zimmer in diesem schneeweißen Krankenhausbett liegt – hatte diese Jahreszeit geliebt. Seinen in voller Blüte stehenden Garten, das erntereife Gemüse und die mit Früchten beladenen Bäume.

Schon jetzt vermißte Marcie den alten Jack sehr. Sie hatte ihn nie, nicht einmal als Kind, Großvater genannt, weil er sich immer beklagt hatte, dann käme er sich so alt vor.

Und er hatte sie nie Marcie genannt; für ihn war sie »Bird«, seit ihr Vater mit ihr ins Haus seiner Eltern gezogen war.

Jacks schmächtiges Vögelchen.

»Hier ist es besser«, sagte er. »Viel besser.«

Marcie drehte sich zu ihm um. »Ich dachte, du wärst eingeschlafen«, sagte sie.

Jack lächelte. »Ich soll schlafen, Kind, und das bißchen Zeit verpassen, das mir mit dir noch bleibt?« Wieder lächelt er, und dann, als sei schon das zu anstrengend, erschlafften seine Züge, und er schloß die Augen.

»Hier ist es viel besser. Hier läßt man die Sonne rein.«

Marcie tätschelte seine Hand. »Haben sie dich schon mal rausgelassen?« fragte sie. »Oder haben sie Angst, du könntest sie rumkommandieren und ihnen unerwünschte Ratschläge geben, wo was gestutzt werden muß?«

Mit großer Mühe schüttelte Jack den Kopf. »Wenn es nicht so windig ist, Birdie, meine Liebe. Wenn das Wetter ein bißchen besser wird, darf ich draußen sitzen, haben sie gesagt.«

Er wandte das Gesicht von ihr ab und sah zu den großen Bäumen hinaus. Ausgewachsene Linden und Pyramidenpappeln.

»Im Winter sind sie alle fort«, sagte er leise.

»Wer, Jack?«

Er schien sie nicht zu hören. »Die wissen, daß der Winter kommt. Komisch, daß sie das alle wissen, Bird. Fliegen weg, bevor es zu kalt wird.« Er unterbrach sich, das Lächeln um seine Mundwinkel zog noch mehr Furchen in sein faltiges Gesicht. Dann machte er die Augen wieder zu, um diesmal wirklich fest einzuschlafen.

Marcie beobachtete das gleichmäßige Auf und Ab von Jacks Brust unter der leichten Decke.

Sie streichelte seine Hand. Die Haut trocken und leblos wie Pergament. Bleich vom Sonnenmangel und mit violetten Bläschen bedeckt, wo sich unter der Oberfläche das Blut sammelte.

Dann hob sie den Kopf und sah wieder aus dem Fenster nach dem blauen Himmel und den großen Bäumen.

Wenn der Wind sich legt, hatte Jack gesagt. Dann darf er ins Freie.

Marcie blickte zu den strengen Pappeln, die sich hart, beinahe schwarz, vor dem strahlenden Blau des Himmels abzeichneten.

Wenn der Wind sich legt, hatte Jack gesagt.

Marcie starrte hinaus, sie wollte die Bäume mit ihrem Blick zum Schwanken bringen.

Aber es war ein windstiller Tag. Nicht einmal der leiseste Hauch bewegte die obersten Zweige.

2

Als Marcie zum Haus ihrer Großeltern zurückkam, stand Tante Alice vor der Tür; sie trug ihr dunkelblaues Hauskleid und hatte ein Staubtuch in der Hand.

»Ich habe das Auto gehört«, sagte sie, »da bin ich gleich runtergekommen, um dir aufzumachen.«

Alice hielt ihr zum Kuß die Wange hin, dann nahm sie Marcie beim Arm und führte sie in die Küche.

»Setz dich und trink eine Tasse Tee. Ich habe gerade eine frische Kanne gemacht.«

Marcie sah zu, wie die ältere Frau mit den Teesachen hantierte. Alice. Opa Jacks Schwester, ein paar Jahre jünger als er und ihm sehr ähnlich.

Wie bei Jack schienen ihre einst dunkelbraunen Augen mit der Zeit verblaßt zu sein und waren jetzt hellbraun mit grünen Einsprengseln. Ihr graues Haar war aber immer noch lang und dicht, und sie trug es in einem Knoten, den eine einzige Nadel zusammenhielt. Marcie hatte hundertmal zugesehen, wie sie es flocht und aufrollte und frisierte, und immer noch war ihr nicht klar, wie sie es schaffte, soviel Haar mit nur dieser einen Nadel zu bändigen. Marcie selbst brauchte schon ewig lange, um ihr Haar nur zu einem ordentlichen Pferdeschwanz zu binden.

»Wo ist Oma?« fragte sie, als Alice die Porzellantassen auf den Tisch stellte.

»Deinen Opa besuchen. Dein Vater hat sie hingefahren, du mußt ihnen begegnet sein, ohne es zu merken.«

»Aha.« Marcie nickte.

Sie nahm ihre Tasse und schlürfte den heißen Tee. Es kam ihr komisch vor, wieder dieses zerbrechliche Porzellangeschirr zu benutzen. Das war Teil ihrer Kindheit gewesen. Es gehörte zu den Dingen, die sie mit vollem Bewußtsein hinter sich gelassen hatte. Zu Hause mit Michael benutzte sie farbenfrohe Becher, kaufte alles, woran sie Gefallen fand. Hier war immer alles so korrekt gewesen. Porzellantassen, bemalt mit winzigen Vergißmeinnicht und zierlich geschwungenen Blättern. Der Tisch wurde zu jeder Mahlzeit ordentlich gedeckt, und zum Schutz der polierten Oberfläche lag ein dickes Filztuch unter der reinen, frisch gestärkten Leinendecke.

Marcie hatte beinahe vergessen, wie akkurat es zuging in diesem Haus, das sie sechzehn Jahre lang ihr Heim genannt hatte.

Sie spürte, wie sich ihr Magen bei diesen Erinnerungen verkrampfte. Ein schmerzliches Gefühl, halb Nostalgie, halb Angst, das sie vor vier Tagen befallen hatte und seither jedesmal wiederkehrte, wenn sie das Haus betrat.

Selbst in der Küche roch es wie früher. Diese Mischung aus altmodischer Karbolseife, Frühstückstoast, Bohnerwachs, frischer Wäsche und, als ihre Tante über den Tisch hinweg ihre Hand faßte, reinlicher Haut und Babypuder.

Marcie fühlte, wie die Beklemmung sich in ihrer Brust ausbreitete und es ihr unmöglich machte, den Tee zu schlucken. Wieder drängte sich ihr die stille, klaustrophobische Korrektheit ihrer Kindheit ins Bewußtsein und schlug sie trotz all der Jahre und all der Dinge, die dazwischenlagen, von neuem in ihren Bann.

»Fühlst du dich wohl, Marcie?«

Ihr gelang ein steifes Lächeln. »Ja, sicher. Ich muß nur an Jack denken, das ist alles.«

Alice nickte, ihre herabgezogenen Mundwinkel bekundeten Anteilnahme; ihr ausdrucksloser Blick Mißbilligung.

»Wie ging es ihm heute morgen?«

»Kaum verändert. Er sagt, es gefällt ihm da, in der Klinik.« Marcie lächelte, diesmal etwas ehrlicher. »Er sagt, sie lassen die Sonne rein, und er kann die Bäume und den Garten sehen. Das scheint ihm zu gefallen...«

Sie brach ab; zu spät war ihr bewußt geworden, daß sie das Falsche gesagt hatte.

Alice seufzte schwer und stand auf, brachte ihre Tasse zur Spüle und begann sie übertrieben gründlich zu reinigen.

»Er hat es bestimmt gut dort. Aber hier haben wir alle auch unser Bestes für ihn getan.«

Nun erhob sich auch Marcie und stellte sich neben ihre Tante. »Natürlich habt ihr das. Ich wollte ja auch nicht sagen, daß...«

»Nein. Nein, natürlich nicht. Es ist nur...« Sie schniefte in ein blütenweißes Taschentuch. »Es ist nur so, du hast gut reden, Marcie, denn du bist ja die ganze Zeit nicht hiergewesen. Deine Oma und ich haben allein versucht, damit fertig zu werden, und manchmal, wenn er konnte, hat dein Vater uns geholfen. Und daß dein Großvater nicht gerade ein einfacher Mensch ist, weißt du ja selbst.« Wieder unterbrach sie sich und betupfte ihre Augen mit dem weißen Leinentuch. Aus der Nähe roch sie nach Lavendel, angenehm nach Seife und so überaus sauber. Marcie legte der älteren Frau einen Arm um die Schultern.

»Das wollte ich damit auch nicht sagen, Tante. Wirklich nicht«, sagte sie, und von dem ehrlichen Wunsch getrieben, sie zu trösten, nahm sie ihre Tante fest in die Arme.

Sacht, aber bestimmt entzog sich Alice ihrer Umklammerung. »Die Klinik will Jack für mindestens eine Woche dabehalten, also habe ich deine Sachen in sein Zimmer gebracht. Du brauchst nicht auf einem Klappbett zu schlafen, solange ein richtiges Bett hier im Haus frei ist.«

»Danke, Tante Alice«, sagte Marcie unterwürfig.

Die Frau tätschelte ihren Arm. »Und jetzt muß ich anfangen. Wenn sie zurückkommen, werden sie hungrig sein, und das Essen macht sich nicht von alleine.«

Marcie wandte sich widerstrebend ab und ging. Es hatte keinen Sinn, der Tante Hilfe anzubieten. Alice hatte von Anfang an klargestellt, daß sie den Haushalt allein und auf ihre Weise machte. Trotzdem schade, dachte Marcie. Sie hätte sie gern einiges gefragt zu dem, was Jack gesagt hatte. Zu der Frau namens Rebecca, zu den Vögeln. Zu Jacks fixer Idee, daß jetzt Winter sei und nicht Hochsommer. Sie wußte aber, daß man mit Alice, wenn sie in dieser Stimmung war, nicht reden konnte. Alice verschanzte sich hinter ihrer Geschäftigkeit, und da gab es, falls sie nicht selber wollte, kein Durchkommen.

»Das Bettzeug habe ich natürlich gewechselt«, rief Alice

ihr aus der Küche nach. »Das mit dem Zimmer macht dir doch hoffentlich nichts aus?«

Marcie drehte sich auf der Treppe um und sah nach unten. Ihre Tante war aus der Küche gekommen, ein Glas in der einen Hand und ein Tuch in der andern. »Schließlich kommt er frühestens in einer Woche zurück.« Sie schien auf eine Reaktion Marcies zu warten, fuhr dann aber fort: »Und so lange bleibst du ja wohl nicht, oder?«

Ohne auf eine Antwort zu warten, ging sie in die Küche zurück. Marcie ging seufzend weiter nach oben, sie hatte den Wink sehr gut verstanden.

Du hast uns im Stich gelassen, sagte ihre Tante. Du bist fortgegangen und hast uns in dieser ganzen Zeit nicht mehr als zweimal besucht, und deshalb hast du jetzt nicht das Recht, mehr zu erwarten.

Marcie stieß die Tür des Gästezimmers auf, des Zimmers, in dem Jack in den letzten Monaten gewohnt und geschlafen hatte, und trat ein.

Sie sah sich um: das ordentlich gemachte Bett, die schweren altmodischen Möbel, der Stuhl mit ihrem Koffer und ihrer Reisetasche.

Nein. Etwas anderes hatte sie nicht von ihnen erwartet. Distanzierte, vorwurfsvolle Höflichkeit und gelegentlich ein zärtlicher Blick, der aber, das spürte sie, mehr dem Kind galt, das sie einst gewesen, als der Frau, die sie jetzt war. Sie fand es seltsam und beunruhigend, wie sehr es ihnen immer noch gelang, sie als ungezogenes Kind dastehen zu lassen.

Die Luft im Zimmer war dumpf und stickig. Verbraucht und abgestanden. Marcie fühlte sich ähnlich. Vollkommen erschöpft.

Als sie an die Bemerkung ihrer Tante über das Bettzeug dachte, lächelte sie gequält. Allein die Vorstellung, in dem Bett schlafen zu sollen, das Jack erst vor kurzem verlassen hatte, verursachte ihr Übelkeit.

Nähe durch Ferne. Ansteckung durch Kontakt. Was auch immer, sie wollte weder heute noch sonst irgendwann in diesem Bett in diesem Zimmer schlafen.

»Marcie, reiß dich zusammen«, sagte sie sich. »Und stell dich nicht so blöd an.«

Sie trat ans Bett und schlug die Decke auf, und fast erwartete sie dabei, Jacks zum Skelett abgemagerten Körper zu erblicken, die knochendürren Gliedmaßen, die über den Rippen zum Zerreißen straff gespannte Haut, den abscheulich geschwollenen Bauch, weich und aufgebläht.

Von der quälend deutlichen Erinnerung wurde ihr so schlecht, daß sie sich vom Bett abwenden mußte; sie ging zum Fenster, riß es auf und sah in Jacks Garten hinaus.

Wieviel er auf dem kleinen Raum zusammengepfercht hatte. Drei kleine Obstbäume. Brombeersträucher, die an die Südwand gebunden waren. Erhöhte Kräuterbeete, gesäumt von bunten Blumen.

Nur das winzige Gemüsebeet kündete mit seinen vorjährigen Erbsenranken und den ungejäteten Furchen von Jacks Abwesenheit.

Das und die nicht zurückgestutzten, nur wenige Früchte tragenden Himbeersträucher und die unbeschnittenen, über den Rasen hängenden Rosen.

Marcie lehnte sich auf die Fensterbank.

Sie war in diesem Haus aufgewachsen, sie hatte Jack in seinem Garten geholfen, hatte umgegraben und Unkraut gezupft und gelernt, wann die richtige Zeit zum Pflanzen war und wann man die wachsenden Sämlinge auseinandersetzen mußte. Das alles hatte sie genauso stolz und glücklich gemacht wie ihn: das Wachsen und Gedeihen, die lockere Erde zwischen den Fingern, die warme Sonne auf ihrem Rücken und der köstliche Duft, der aus dem feuchten Boden stieg.

Wenn sie die Augen schloß, kamen diese vergangenen Sommer beinahe wieder zurück, diese heiteren Tage der Geborgenheit, bevor dann alles in die Brüche gegangen und sie vor Jack davongelaufen war. Vor ihrem Vater, vor ihnen allen.

Marcie spürte brennende Tränen in den Augenwinkeln. Sie hielt die Augen geschlossen, aber die Tränen rannen trotzdem weiter und tropften auf ihre Hände auf dem Fensterbrett. Sie glaubte laut aufschluchzen zu müssen, bezwang sich aber aus Furcht, daß Alice sie hören könnte.

Marcie atmete tief ein, um der in ihr aufsteigenden widerstreitenden Gefühle Herr zu werden. Sie ließ die zarten Gartendüfte und die warme, staubige Sommerluft in sich einströmen und empfand so etwas wie Beruhigung.

Dann atmete sie heftig aus und preßte den plötzlich unangenehm faulen Geruch aus ihren Lungen.

Hinter ihr raschelte es leise; sie wandte sich um, und der Geruch wurde stärker. Stickige, verbrauchte Luft, geschwängert mit unbestimmten Gerüchen von Medikamenten, schmutzigem Bettzeug, Krankheit und Verwesung.

Marcie würgte, drückte beide Hände vor den Mund und zwang ihre Übelkeit hinunter.

Da hatte sich etwas bewegt, kaum merklich und doch ganz deutlich, als habe sich dort jemand auf dem Bett umzudrehen versucht. Das Gespenst einer Bewegung auf einem leeren Bett.

Marcie schüttelte sich wütend, trat an das frisch gemachte Bett und zog jetzt die Decke vollständig zurück.

»Nein!«

Wieder nahm sie beide Hände vor den Mund und starrte auf das Laken. Da. Diese leichte, aber unverkennbare Einbuchtung, als ob dort jemand gelegen habe.

Marcie zwang sich, die Hand auszustrecken, und berührte die Kuhle, die Jacks Körper in die Matratze gedrückt hatte.

Dann riß sie die Hand wieder zurück.

Die Stelle, die sie angefaßt hatte, war warm gewesen.

3

»Was hat Marcie denn eigentlich?«

Die Stimme ihres Vaters drang scharf und ziemlich ungehalten von unten herauf. Marcie lauschte gespannt auf Alice' leisere Antwort.

»Wenn ich das wüßte. Heute morgen kam sie nach unten gerannt, als ob sie ein Gespenst gesehen hätte. Erst hat sie Jack besucht, und dann ist sie mir den ganzen Vormittag zwischen den Füßen rumgelaufen.«

»Die hat einfach zuviel Phantasie. Das war schon immer so.«

Diesmal hatte Oma gesprochen, mit starkem Tadel in der Stimme. »Zuviel Phantasie« war stets einer von Omas Lieblingsvorwürfen gewesen, ein Übel, dem sie die Schuld an fast allen Problemen der Welt zuschob.

Aber diesmal hatte sie vielleicht recht, gestand Marcie sich ein. Nur mit einer überreizten, übermüdeten Phantasie ließ sich doch wohl erklären, was sie gesehen hatte? Oder zu sehen geglaubt hatte?

Sie hatte sich zu schmerzlichen Erinnerungen hinreißen lassen. Hatte sich zu weit aus der Gegenwart treiben lassen und war dann in Panik geraten.

Aber Marcie wußte, daß sie sich in die Tasche log. Was sie in Jacks Zimmer gesehen hatte, war so wirklich und so eindringlich gewesen, daß überdrehte Phantasie als Erklärung dafür einfach nicht ausreichte.

Als ihr Vater und ihre Großmutter zum Mittagessen zurückkamen, war sie fast sicher, sie würden die Nachricht von Jacks Tod mitbringen. Daß das, was sie gesehen hatte, ein Zeichen für sein Ableben gewesen war.

Das hätte sie akzeptieren können. Es wäre irgendwie logisch gewesen. Aber so…

Jetzt sprach wieder ihr Vater, es klang müde und unwillig. Marcie horchte. Sie empfand keine Schuld dabei, so zu lauschen. Nicht bei ihnen. Die jüngere Marcie hatte herausgefunden, daß sie, wenn sie vorsichtig aus dem Bett kroch und sich hier in die Biegung der Treppe kauerte, viel von dem hören konnte, was sich im Haus abspielte, wenn die andern meinten, sie schlafe fest.

Jack hatte es gewußt. Jack hatte es bestimmt gewußt.

Aber er hatte sie nicht verraten.

Auch dieses Geheimnis teilte sie mit ihm. Auch dies verband sie miteinander.

»Warum ist sie überhaupt zurückgekommen? Möchte wissen, was sie damit beweisen will?« Ihr Vater, erschöpft jetzt.

»Sie hat ihn geliebt.« Alice, nachdrücklich und ungeduldig wie zu einem verstockten Kind. »Herrgott, Alec, es war deine Idee, sie anzurufen. Du hast selbst gesagt, es sei nur fair, ihr die Chance zu geben, ihren Frieden mit ihm zu machen.«

Alec seufzte. Marcie konnte den Seufzer nicht hören, aber sie kannte ihren Vater. Wußte, wie er jetzt mit dem Glas in der Hand im Zimmer auf und ab ging. Wie er, wenn er von ihr redete, die Schultern hängen ließ, als ob das ganze Problem Marcie auf ihnen lasten würde.

»Vielleicht war es ein Fehler von mir«, sagte er. »Vielleicht war es ein Fehler von uns allen, sie hierher zurückzuholen, uns einzubilden, wir könnten irgend etwas ändern.« Er unterbrach sich kurz, und als er weitersprach, war seine Stimme lauter, als stünde er jetzt näher an der Tür. Marcie legte eine Hand aufs Geländer, bereit zur Flucht, falls er aus dem Zimmer käme.

»Ich weiß nicht«, sagte Alec. »Ich dachte eben, sie wäre anders... Nicht mehr... ich weiß nicht, nicht mehr so wie früher.«

»Ha!« Das war Oma. »Schlechte Eigenschaften schlagen durch, das solltest du doch gerade wissen, Junge.«

»Schlechte Eigenschaften! Herrgott, Mutter, wie kannst du nur so melodramatisch daherreden. Schlechte Eigenschaften!« Marcie konnte sein Kopfschütteln geradezu hören.

»Das kannst du doch nicht abstreiten«, fuhr Oma fort. »Sie kommt damit heute genausowenig zurecht wie damals. Sie ist nicht stark genug. Deswegen ist sie von uns weggelaufen. Und jetzt kommt sie zurück, und du erwartest, es ist alles ganz wunderbar. Wenn du Marcie was wirklich Gutes tun willst, schick sie wieder nach Hause zu ihren Kindern und laß alles, wie es ist.«

»Sie hat ihn geliebt.« Alice' Stimme, ruhig und würdevoll. Sie saß, nahm Marcie an, auf dem Stuhl am Fenster. Beschäftigte ihre Hände wie immer mit Nähen oder Stricken oder dergleichen, um nicht allzuviel denken zu müssen.

»Hat«, betonte Alec. »Hat ihn geliebt, früher, Alice. Aber jetzt? Und du hast selbst gesagt, sie benimmt sich seltsam.«

Wieder unterbrach er sich, und Marcie stellte sich vor, wie er am Fenster stand und in den kleinen zugewucherten Garten hinaussah. »Ich hätte an all das nicht rühren sollen«, sagte er schließlich.

»Sie ist genau wie ihre Mutter.« Omas Stimme klang hart und gereizt.

»Du kennst ihre Mutter ja gar nicht.«

»Das stimmt. Aber ich weiß trotzdem, wie sie war und was sie getan hat; und nichts, was wir für Marcie getan haben, hat daran etwas ändern können, das weißt du genau, Alec.«

Sie hörte sie streiten, aber ihre Gedanken ließen die Worte nicht mehr an sie heran. Was da unten aus dem Zimmer drang, waren nur noch Geräusche. Auch dies eine Kindheitserinnerung. Und diese Wut. Dieses Bedürfnis, Urteile über Dinge zu fällen, an denen sie gar keinen Anteil gehabt hatten. Und diesmal gab es keinen Jack, der versuchen konnte, hier Frieden zu stiften.

Daran hatte sie es gemerkt. Daß er um ihr Lauschen

wußte. Daran, wie sehr er sich bemühte, sie vor ihren bösartigen Reden zu schützen. Vor ihren Geheimnissen.

Marcie schob sich ein paar Stufen nach oben, so daß sie sich in dem Spiegel sehen konnte, der über dem ersten kleinen Absatz hing.

Marciella Rose Whitney.

Vom Exotischen zum komplett Gewöhnlichen.

Was hatte man ihr da für einen Namen aufgehalst.

Marciella Rose Whitney, alias Marcie, alias Jacks Bird, betrachtete ihr Bild im Spiegel. Sie sah immer noch jünger aus, als sie war. Mit zweiundzwanzig konnte sie als siebzehn durchgehen.

Schwarzes Haar und dunkelbraune Augen. Zu große Augen und etwas zu dicke Brauen, die sie aber nicht durch Zupfen in Form bringen wollte. Ein Mund, der immer, auch wenn sie alles andere als glücklicher Stimmung war, matt zu lächeln schien; darunter das komisch spitze Kinn mit dem zu tiefen Grübchen darin. Wie eine Katze, pflegte ihr Mann Michael zu sagen. Eine neugierige, ein wenig verwirrte Katze.

Im übrigen paßte ihre Erscheinung aber gar nicht zu diesem Lächeln. Marcie, keineswegs elegant oder auch nur normal schlank, war klein und schmächtig und sehr dünn, beinahe knochendürr. Nach der Geburt der Zwillinge hatte sie so sehr abgenommen, daß Michael sich ernstlich Sorgen gemacht und sie ständig gedrängt hatte, Milch zu trinken, bis ihr schon von dem Geruch schlecht wurde.

Achtzehn Monate später hatte sie wenigstens ihre Rundungen wiedererlangt. Sie lächelte schwach. Sah dann wieder finster drein, als sie an Michael und die Zwillinge dachte. Es würde noch einige Stunden dauern, bis er zu Hause wäre und sie ihn anrufen konnte.

Marcie seufzte.

Vielleicht hatte Alec ja recht. Sie hätte nicht kommen sollen. Vielleicht sollte sie jetzt gleich ihre Sachen packen und nach Hause fahren. Dann käme sie fast gleichzeitig mit Michael und den Zwillingen dort an. Hier wollte sie ohnehin niemand haben.

Niemand außer Jack.

Marcie schüttelte den Kopf, und so schnell, wie ihr die Idee, nach Hause zu fahren, gekommen war, verwarf sie sie wieder. Nein, sie mußte bleiben, mußte noch eine Weile ausharren. Ihren Frieden machen und Jack dazu bringen, das auch zu tun.

Wußte er überhaupt noch, warum sie vor ihm weggelaufen war? Wenn ja, hatte er es sich nicht anmerken lassen, kein Wort davon gesagt, sie lediglich begrüßt, als sei es nur recht und billig, daß sie zu ihm zurückgekommen war, und mit ihr, wenn überhaupt, von Dingen gesprochen, die sie nicht verstanden hatte.

Marcie bog die Schultern zurück und stand auf, machte sich bereit, zu den andern nach unten zu gehen. Sie würde noch eine Nacht bleiben, vielleicht auch zwei. Jack sollte noch eine Chance bekommen zu reden, sich zu erinnern.

Marcie schloß kurz die Augen, konzentrierte sich auf die Nacht vor mehr als fünf Jahren, in der sie dieses Haus verlassen hatte. Dachte an Jack, wie er in Tante Alice' Lieblingssessel gesessen und geweint hatte wie ein kleines Kind, dachte an Alice, die sie an den Schultern gepackt und angeschrien hatte.

»Das ist nicht wahr, Marcie! Das ist nie geschehen! Wenn du das irgendwem erzählst, werde ich schwören, daß du lügst. Wir alle werden schwören, daß du lügst. Undankbar und falsch, das bist du, und keiner von uns wird etwas anderes sagen.«

Marcie machte die Augen wieder auf und begann trotz der Hitze zu zittern.

»Es ist nie geschehen, Tante Alice. Es ist überhaupt nie

etwas geschehen, richtig? Es sei denn, ihr alle hättet es gewollt. Sechzehn Jahre lang hast du mir vorgeschrieben, was ich sehen soll und wie ich es sehen soll.«

Und jetzt bin ich wieder hier, dachte Marcie. Und jetzt habt ihr das Problem, nicht ich, denn ich weiß, was geschehen ist, wie das alles geschehen ist, und ich habe nicht vor, mich ein zweites Mal von euch verunsichern zu lassen.

4

Es war ein Uhr morgens, als Marcie sich am Empfang der Klinik eintrug und Jack in seinem Zimmer aufsuchte.

Dort erinnerte nur wenig an ein Krankenhaus. Keine Infusionsflaschen und Schläuche, keine piepsenden Apparate, die Marcie sonst mit Krankenzimmern in Verbindung brachte; nur dieser schwache, aber unverwechselbare Geruch von Medikamenten und Reinigungsmitteln und Blumen, die zu lange in zu engen Vasen standen. Der Geruch von Sterbendem.

Das Licht im Zimmer war gedämpft. Marcie trat aus dem hell erleuchteten, mit Bildern geschmückten Korridor und hielt erst einmal inne, bis ihre Augen sich an das Dämmerlicht gewöhnt hatten. Die Vorhänge an den großen Fenstern waren nicht zugezogen, und der helle Mond warf lange Schatten durch den Garten und bis in das Zimmer hinein. Als ob sich Bäume auf die vier dunklen Betten gelegt hätten.

Jack schien zu schlafen. Sie setzte sich in den großen grünen Sessel neben ihm und beobachtete sein Gesicht, das gelegentlich zuckte und Grimassen schnitt, das leichte Flattern seiner Hände auf der Decke, die kleinen Bewegungen, die ihr sagten, daß er trotz aller Medikamente und trotz seines unruhigen Schlafs immer noch Schmerzen litt.

Ach Jack, dachte sie. Warum hat es so kommen müssen? Hätte dir nicht etwas Rasches und Einfaches zustoßen können?

Bis jetzt war ihr nie bewußt gewesen, daß das Sterben, dieser große Prozeß der Auflösung, so viel Zeit und Mühe kosten konnte.

Alles umsonst.

»Möchten Sie etwas Tee?« fragte eine Nachtschwester leise.

»Ja, vielen Dank.«

»Sie sind Jacks Enkelin?«

»Ja.«

»Er hat so oft von Ihnen gesprochen. Er nennt Sie immer sein kleines Vögelchen.«

Marcie, ein wenig verlegen, auch wenn sie wußte, daß die Frau es nicht böse meinte, brachte ein Lächeln zustande.

»Genau wie die Piaf«, sagte die Krankenschwester.

»Wie bitte?«

»Kleiner Spatz, so hat man sie genannt. Können Sie singen?«

Marcie sah sie verwirrt an, dann begriff sie. »Ach so«, sagte sie. »Jack hat mir Lieder beigebracht, als ich klein war. Aber das ist nicht der Grund...«

Die Frau hörte ihr gar nicht richtig zu. »Wie schön. Dann gehe ich Ihnen jetzt den Tee holen.«

Marcie sah ihr nach, Belustigung spielte um ihre Mundwinkel.

Kleines Vögelchen! Aber nicht gerade ein Singvogel, dachte Marcie. Gewiß, sie konnte einen Ton halten, aber ihre Stimme war einfach nicht kräftig genug.

Nicht so wie die von Jack.

Nein, Jack nannte sie Bird zum Andenken an das erste Mal, als er sie gesehen hatte. Keine zwei Monate alt, hatte ihr Vater sie zu ihm gebracht. Ein dürres kleines Ding, das immer den Mund auf hatte und gefüttert werden wollte.

»Schön, dich lächeln zu sehen. Hier hat man zu viele lange Gesichter um sich rum.«

»Ich dachte, du schläfst«, sagte sie.

Jack schüttelte den Kopf. Eine kaum merkliche Bewegung auf dem Kopfkissen. »Nein, Mädchen. Habe mich nur vor ihr verstellt.« Er zeigte vage in die Richtung, wohin die Schwester verschwunden war. »Die redet wie ein Wasserfall. Schlimmer als deine Oma.«

Marcie lachte, verstummte aber bald und sah sich besorgt um, ob sie nicht einen der richtigen Schläfer gestört hatte.

Jacks Gesicht verzerrte sich, sein Mund war schlaff und zahnlos. Er fuhr sich mit der Zunge über die Lippen, um sie anzufeuchten, ehe er weitersprach.

»Sehr lange werde ich nicht mehr hier sein, Mädchen. Das ist dir doch klar, oder?«

Marcie wollte nichts davon wissen. »Nein, Jack, nein, das ist...«

»Doch, Bird, so ist es nun mal. Und mich stört es auch nicht sehr, Mädchen. Weißt du, mir reicht's allmählich, und um meinen Garten kann ich mich auch nicht mehr wie früher kümmern.«

Marcie fühlte wieder die Tränen aufkommen. »Der ist zugewachsen«, sagte sie. »Daß in deinem Garten Unkraut wächst oder die Rosen nicht beschnitten sind, habe ich früher nie gesehen.«

»Du hast doch nicht vergessen, wie das geht, Bird? Vielleicht könntest du es für mich machen, bevor es Frühling wird. Wenn der Saft zu steigen beginnt, ist es zu spät, dann bluten sie, wie du weißt. Wenn man es erst im Frühling macht, verbluten sie.«

Er machte die Augen wieder zu, als sei ihm das Gespräch zu anstrengend, und krallte mit schmerzverzerrtem Gesicht die Finger in die Bettdecke.

Marcie legte ihre Hand auf seine.

»Es ist nicht Winter, Großvater«, sagte sie. »Es ist fast September, und draußen ist es warm.«

Er erwiderte ihren Händedruck; die Haut seiner Handflächen war trocken und sehr glatt.

»Du warst schon immer heißblütig, mein Vögelchen. Dir ist nie kalt gewesen, stimmt's?«

Er schlug die Augen auf und sah aus dem Fenster in den klaren Himmel. »Bei dem klaren Himmel würde es mich nicht wundern, wenn's heute nacht noch frieren würde. Es muß auch noch umgegraben werden.« Er wandte seine Aufmerksamkeit wieder Marcie zu. »Laß dir beim Graben von deinem Vater helfen, Mädchen. Für dich allein ist das zu viel. Würde mich nicht wundern, wenn wir eine ganze Woche lang Frost bekämen. Wenn du das hintere Beet jetzt umgräbst und den Frost dann seine Arbeit machen läßt, können wir es im nächsten Frühjahr leichter vorbereiten.«

Marcie biß sich auf die Lippen und nickte. »Ist gut, Jack«, sagte sie, »ich erledige das für dich, wenn ich nach Hause komme.« Es hatte offenbar keinen Sinn, ihm noch einmal zu sagen, wie lange es noch bis zum Frühling war. Daß es heute nacht keinen Frost geben würde. Jack schien zufrieden und drückte ihre Hand.

»Du bist ein gutes Kind, Birdie«, sagte er leise mit brüchiger Stimme. »Das habe ich immer gesagt. Ein gutes Kind.«

Er schloß die Augen und schlief ein. Die Schwester kam mit dem Tee; Bird trank ihn und musterte dabei Jacks Gesicht, den schlaffen Mund, der sich noch im Schlaf weiterbewegte. Das verwirrte sie. Diese lichten Augenblicke – als er zum Beispiel über die Krankenschwester gesprochen hatte –, so rasch gefolgt von Konfusion und Desorientierung.

Sie stellte die Tasse beiseite, zog die Schuhe aus, nahm die Füße hoch, schlang die Arme um die Beine und legte das Kinn auf die Knie.

Und hatte nur Augen für Jack.

»Birdie.«

Marcie fuhr aus dem Schlaf hoch und sah sich verwirrt um.

»Oh, Jack, entschuldige. Ich muß eingeschlafen sein.«

»Birdie!« Seine Stimme klang jetzt leicht gereizt. »Siehst du, Birdie, da drüben. Sie ist mir gefolgt.«

»Was ist?«

Marcie sah in die Richtung, in die Jack zeigte. Seine Hand zitterte, aber er schien auf einen leeren Stuhl zu deuten, der an dem Bett gegenüber stand.

Marcie wandte den Blick wieder Jack zu.

»Da ist niemand, Jack«, sagte sie. »Auf dem Stuhl sitzt niemand.«

Er schüttelte unwillig den Kopf. »Laß diese Spielchen, Birdie. Dazu habe ich keine Zeit.«

Seine Stimme war auf einmal so barsch; so kräftig, daß Marcie staunte.

»Sie ist mir gefolgt«, wiederholte er. »Hat nie aufgegeben. Nie aufgegeben.«

Seine Stimme verlor sich, aber sein Blick blieb weiter auf den Stuhl geheftet. Marcie sah die Angst in seinen gelb verfärbten Augen, als seine kalkweißen Hände sich in die Decke krallten.

Ob da wirklich jemand war oder nicht, spielte jetzt keine Rolle.

»Wer ist das, Jack?« fragte sie.

Er sah sie kurz an; seine Züge entspannten sich.

»Du siehst sie, Birdie, ja?«

Marcie antwortete nicht.

»Du siehst sie«, wiederholte er zufrieden. Er sank in die Kissen zurück und ließ die Decke los. »Sie taucht hier auf«, sagte er. »Mit diesem verdammten Strick um den Hals, die Hände gefesselt. Und sieht mich an. Sieht mich immerzu an. Diese Augen, Birdie. Diese Augen.«

Marcie, die den Stuhl angestarrt hatte, sah wieder Jack an.

Eine dunkle Erinnerung an ein früheres Gespräch stieg in ihr hoch.

Plötzlich wurde ihr kalt, die Härchen auf ihren Armen richteten sich auf, und ein scharfes Frösteln spannte die Muskeln zwischen ihren Schultern.

»Wer ist das, Jack?« flüsterte sie. »Wer?«

Er antwortete nicht sofort. Mit geschlossenen Augen bewegte er den Mund, aber es kam nichts heraus.

»Jack«, drängte Marcie. »Ist es die Frau, von der du mir erzählt hast? Die Frau in der Wüste?«

Er schüttelte den Kopf, ein leichtes Hin und Her auf dem Kissen.

»So kalt«, sagte er. »Du kannst dir nicht vorstellen, Bird, wie kalt es in dieser Nacht war. Ein ganz klarer Himmel, voller Sterne... Der Mond sieht so nah aus, als ob man danach greifen könnte, und es ist so verdammt kalt.«

Marcie nickte. Das kannte sie bereits, das mit dem Mond und den heißen Tagen und den frostigen Nächten.

»Im Krieg, Jack?«

Er nickte. »Draußen in der Wüste. Verfluchte Kälte, genau wie jetzt, kurz vor dem Frost. Die Nächte dort konnten wie bei uns im Winter sein.«

Er verstummte; Marcie wartete, aber er schien nicht weitersprechen zu können.

»Wer war diese Frau, Jack?« fragte sie, aber er hörte ihr nicht mehr zu. Seine Gedanken waren woanders. Von Marcie abgewandt, weit weg sogar von der Frau, die da im Stuhl saß und ihn beobachtete.

»Wer war diese Frau, Jack?« fragte sie ein letztes Mal. Dann gab sie es auf. Jack war eingeschlafen, sein Atem rasselte in der Kehle, seine knochenbleichen Hände zuckten auf der Bettdecke.

Marcie sah noch einmal angestrengt nach dem leeren Stuhl. Sie rieb sich die müden Augen.

»Albern«, murmelte sie vor sich hin. »Einfach albern.« Aber auch damit konnte sie nicht das Gefühl loswerden, daß sich da etwas bewegt hatte. Daß am Rand ihres Blickfelds etwas vorbeigewischt war, als sei da jemand aufgestanden und weggegangen.

5

»Du siehst todmüde aus«, sagte Alec. »Hast du nicht geschlafen?«

Marcie schüttelte den Kopf. »Nicht besonders gut«, sagte sie, »ich bin fast die ganze Nacht drüben bei Jack gewesen.«

Alec schnaubte mißbilligend. Er trank seinen Tee aus und stellte die Tasse mit lautem Klappern auf die Untertasse. Dann schob er ärgerlich seinen Stuhl zurück.

»Na, ich muß jetzt los«, sagte er. »Manche von uns haben zu arbeiten.« Er sah seine Tochter durchdringend an. »Bringst du deine Oma rüber, wenn sie Jack besuchen will?« fragte er.

Marcie nickte vage. Beim Aufwachen hatte sie sich wie zerschlagen gefühlt und schreckliches Heimweh gehabt. Fast hätte sie ihre Sachen gepackt und wäre zu Michael und den Zwillingen zurückgeflohen. Der Wunsch war immer noch in ihr. Plötzlich merkte sie, daß Alec sie ansah, als warte er auf etwas.

»Ich habe dich gefragt«, wiederholte er, »ob du deine Oma rüberbringst, wenn sie soweit ist.«

»Ja, ja. Sicher.«

Er nickte, als sei er zufrieden, blieb aber immer noch mit finsterer Miene stehen. »Hat er viel geredet?«

Marcie sah überrascht auf und schüttelte den Kopf. »Geht

so, Dad, du kennst ihn doch.« Sie lachte schwach. »Hat dauernd von einer der Schwestern erzählt. Daß sie zuviel reden würde.«

Nun lachte auch Alec, freilich nur halbherzig. Es klang erleichtert.

Marcie stutzte, dann sprach sie weiter. »Er sagt, daß er dauernd so eine Frau sieht. Die ihn verfolgt und beobachtet.« Sie unterbrach sich und versuchte aus der Miene ihres Vaters schlau zu werden. »Er hat Angst vor ihr, Dad.«

Wieder sah Alec finster drein. Offenbar wollte er davon nichts wissen.

»Das liegt an den Medikamenten, Marcie. Das weißt du. Davon bekommt er Halluzinationen. Da phantasiert er manchmal.« Kurze Pause. »Er ist schon seit langem krank. Wenn wir auch nur der Hälfte von dem verrückten Zeug Beachtung geschenkt hätten, das er dauernd vor sich hinredet, wären wir auch schon längst durchgedreht.«

Marcie nickte schwach, als Alec seine Jacke von der Stuhllehne nahm und anzog.

»Ich erwarte, daß du bald nach Hause fährst«, sagte er. »Zurück zu deinen Kindern.«

Marcie schenkte sich Tee ein. »Er denkt, es ist Winter«, sagte sie leise. »Ich erklärte ihm zwar immer wieder, daß wir noch Sommer haben, aber er will sich den Winter nicht ausreden lassen.«

Diesmal sah Alec richtig wütend aus. »Ich sage dir, das kommt von den Medikamenten.« Er rückte die Schultern im Jackett zurecht und zupfte an seiner Krawatte.

»Den nächsten Winter erlebt Jack sowieso nicht mehr«, sagte er brüsk und öffnete die Tür. »Was spielt es da noch für eine Rolle, was er glaubt, welche Jahreszeit wir haben?« Er sah noch einmal zurück und nickte ihr zu. »Bis später, Marcie.« Seine Stimme klang hart und geschäftsmäßig. Dann war er weg, und hinter ihm fiel die Tür ins Schloß.

Marcie nippte an ihrem Tee und sah mit abwesendem Blick auf die Reste des Frühstücks.

Langsam kam sie zu einem Entschluß.

Sie würde heute noch bleiben, auch noch die Nacht. Abends ihre Sachen packen und dann die ganze Nacht bei Jack in der Klinik verbringen. Dann würde sie nach Hause fahren. Morgen früh würde sie fahren und nie mehr wiederkommen, nicht einmal zur Beerdigung.

»Tut mir leid, Jack«, flüsterte sie, »aber hier will man mich nicht haben, und du weißt ja kaum noch, ob ich überhaupt da bin oder nicht.«

Sie stellte die Tasse ab, stand auf und trug die Frühstückssachen zur Spüle.

»Dann fahre ich nach Hause, Jack«, sagte sie leise. »Ich fahre nach Hause.«

Ich war heute so stolz auf dich. Fünf Jahre alt und schon so reizend in dem rosa Kleidchen und mit den Schleifen im Haar. Ich habe so viele Bilder von dir gemacht, daß deine Oma gedroht hat, mir die Kamera wegzunehmen.

Aber das stört mich nicht, Birdie. Von mir aus kann sie hundert Kameras verstecken und alle Bilder, die ich je von dir gemacht habe, ich würde mich immer noch erinnern.

Eigentlich will sie gar nicht so streng sein, Bird. Eigentlich wollte sie dich gar nicht so anschnauzen und dir diesen besonderen Tag verderben. Aber sie meint eben, es müsse immer alles anständig zugehen. Das weißt du, und diese anderen Kinder – na ja, Birdie, sie meint eben, die wären nichts für dich.

Ich weiß auch nicht, Bird, aber sie hält mich für dumm, manchmal jedenfalls. Sie meint, ich verwöhne dich zu sehr, und das wäre nicht gut für dich. Wenn sie wüßte, daß ich dir diese kleinen Briefe schreibe – ich glaube, das würde sie nicht verstehen, mein Liebling. Bestimmt hat sie Gründe für ihr Verhalten. Vielleicht vernachlässige ich sie in letzter Zeit wirklich ein wenig, aber sie macht es mir auch schwer. Immer so distanziert. Immer so beschäftigt.

Aber mach dir keine Sorgen, Bird. Du hast ja deinen Großvater Jack, und nichts wird uns beide auseinanderbringen.

6

Nach dem Mittagessen fuhr Marcie ihre Großmutter zur Klinik.

Ihre Großmutter und Tante Alice waren an diesem Morgen beide sehr schweigsam gewesen. Marcie hatte sie kaum zu Gesicht bekommen. Anscheinend hatten sie sich ins frühere Zimmer der Großeltern zurückgezogen.

Als Jacks Krankheit schlimmer geworden war, hatten sie ihn in Marcies altes Zimmer an der Rückseite des Hauses verlegt.

Als sie an der Tür ihrer Großeltern vorbeikam, hörte sie die zwei Frauen drinnen reden, hörte, wie dort etwas Schweres über den Boden geschoben wurde, und einmal hörte sie ihre Großmutter leise weinen.

Marcie war sich überflüssig vorgekommen, auf ihr Zimmer gegangen und im Sessel eingeschlafen.

Das gemeinsame Mittagessen hatten sie schweigend eingenommen. Und während Alice abräumte, waren sie zum Auto gegangen.

»Was ist das da?« fragte Marcie, als sie die neben der Mülltonne aufgestapelten Säcke bemerkte.

»Morgen kommt die Müllabfuhr«, antwortete ihre Großmutter. »Gerade die richtige Zeit, den ganzen Mist loszuwerden.«

Mehr schien sie nicht sagen zu wollen. Marcie sah sich den »Mist« genauer an. »Jacks Sachen?« fragte sie leise.

»Er hat immer alles behalten wollen«, sagte ihre Großmutter. Es klang wütend und nicht nur leicht gekränkt. »Immer wieder habe ich gesagt, Jack, manche dieser Sachen müssen weg. Die brauchst du nicht. Aber nein. Er mußte den ganzen Kram ja unbedingt behalten.«

Wovon redete sie? Marcie wollte danach fragen, aber die verkrampften Lippen und der gequälte Blick der alten Frau schienen anzudeuten, daß sie heftige Schmerzen litt.

»Ich würde gern mit Jack alleine sein«, sagte ihre Großmutter, als sie vor der Klinik hielten.

Marcie nickte. »Natürlich, Oma. Ich geh solange spazieren.«

»Eine halbe Stunde wird reichen. Länger werde ich nicht brauchen für das, was ich ihm zu sagen habe.«

Sie stapfte in Richtung Empfang, schob sich durch die Pendeltür und ließ sie heftig hinter sich zuschwingen.

Marcie blickte ihr verwirrt nach. Sie sah, wie sie sich am Schalter eintrug und sich mit der Sorgfalt eines Menschen, der einem wichtigen Kampf entgegengeht, erst den Rock und dann die Haare glattstrich.

Sie hatte ihre Großmutter schon öfter in dieser Stimmung erlebt. Dieses Bedürfnis, mit jemandem allein zu reden. Diese sorgfältige innere und äußere Vorbereitung wies auf nichts Gutes hin.

Marcie schüttelte den Kopf. Was hatte es für einen Sinn, mit einem Sterbenden Streit anzufangen? Falls Oma ihn nicht gerade in einem seiner etwas lichteren Momente erwischte, würde Jack ihr wahrscheinlich ohnehin nicht folgen können.

Marcie wandte sich um und ging über den Parkplatz. Die Sonne schien warm auf ihren Rücken, aber die Luft roch staubig, als habe der Sommer schon etwas zu lange gedauert.

Sie wurde immer unruhiger, wie die Vögel, von denen Jack gesprochen hatte. Sie wußte, bald war es Zeit für den Abflug.

Als Marcie zu Jack ins Zimmer kam, spürte sie gleich, daß er und ihre Großmutter sich gestritten hatten. Wie die beiden dreinschauten, mußte es ein heftiger Streit gewesen sein, der auch trotz aller Bemühungen des Personals, die beiden zu beruhigen, noch nicht beigelegt war.

Ihre Großmutter wandte sich vorwurfsvoll ab, als Marcie eintrat. Das Mädchen anstarrend, redete sie weiter auf Jack ein, wobei sie die Worte hart und übertrieben deutlich aussprach, als sei jedes einzelne auf volle Wirkung berechnet. Als Marcie am Bett angekommen war, stand sie auf.

»Wir gehen jetzt«, sagte sie.

Marcie wollte schon protestieren, aber Jack faßte sie bei der Hand.

»Bring sie lieber nach Hause«, sagte er. »Sie ist jetzt zu erregt, und wenn du sie nicht wegbringst, kann es keinen Frieden geben.«

»Wenn du mich darum bittest«, sagte sie. »Aber Jack –«

Sie brach ab. Jack war schon wieder weggetreten. Er starrte durchs Zimmer auf eine Gestalt, die Marcie nicht sehen konnte. Seine Finger krampften sich um ihre Hand wie spitze Klauen.

»Du mußt sie für mich finden, Birdie«, flüsterte Jack. »Du mußt Rebecca für mich finden.«

Schwerer Fliederduft hing in der für Ende April warmen Abendluft.

Jack stand am Rand seines Gartens, so weit vom Haus entfernt wie möglich, wenn er nicht durch die hölzerne Pforte auf die Straße gehen wollte.

Seine Frau und seine Schwester standen an dem hellen

Fenster. Die Vorhänge waren noch nicht zugezogen, und Jack konnte sie hinter der Scheibe sehen. Sie gaben sich alle Mühe, so zu tun, als beobachteten sie ihn nicht. Zwei von hinten beleuchtete Schattengestalten, die verstohlen zu dem Mann im Garten hinaussahen.

Jack kehrte ihnen den Rücken zu. Das Baby in seinen Armen war fest eingeschlafen. Satt und zufrieden bekundete die Kleine keinerlei Interesse für die drei Erwachsenen und ihre seltsamen Angelegenheiten.

Wie friedlich sie aussieht, dachte Jack. So winzig, so zerbrechlich in seinen Armen.

»Ein wunderschöner Abend, mein Liebling«, sprach Jack ihr leise zu. »Ein wunderschöner Abend. Der Himmel voller Sterne und dazu der große runde Mond. Und riech nur, wie der Flieder duftet.« Er atmete tief ein, als wollte er es ihr vormachen. »Er blüht nur für dich allein.«

Ich liebe sie jetzt schon, dachte Jack. Sie ist erst so kurze Zeit bei mir, und dennoch liebe ich sie schon, als sei sie immer ein Teil von mir gewesen.

Plötzlich mußte er lachen, und das Baby zuckte bei dem Geräusch leicht zusammen. »Eigentlich habe ich das meinem Sohn gar nicht zugetraut«, sagte er verwundert. »Aber du bist wirklich da. Wie schön du bist, du sollst immer bei uns bleiben.«

Er lächelte auf das Kind hinab. Das gibt es nicht oft, dachte er, daß man im Leben eine zweite Chance bekommt. Eine Möglichkeit, etwas wiedergutzumachen. Aber hier war sie. Dieses winzige Bündel mit dem albernen Namen und einer Spur auch seines Bluts in den Adern.

»Marciella«, sagte er und bewegte das Wort im Mund herum, als wollte er sich an den Geschmack gewöhnen. »Ein ziemlich blöder Name, mein Kind, aber den wirst du nun nicht mehr los.« Er seufzte behaglich. Es konnte ihm gleichgültig sein, wie die andern sie nannten. Sie gehörte jetzt ihm.

Seine kleine Bird. Auf ihn kam es nun an, für sie zu sorgen, sie zu beschützen und zu erziehen.

Sie zu lieben und alles wiedergutzumachen.

7

Auf der Heimfahrt schwiegen sie. Marcie versuchte zu reden, aber ihre Großmutter antwortete nicht, sondern blickte nur starr geradeaus durch die Windschutzscheibe.

Erst als sie ankamen, sagte sie etwas.

»Alice und ich«, sagte sie, »haben heute morgen miteinander gesprochen. Dann haben wir es deinem Vater gesagt. Wir finden, es wäre am besten, wenn du uns heute nachmittag verlassen würdest.«

»Aber warum? Das verstehe ich nicht.«

Die Haustür ging auf. Alice erschien. Hinter ihr sah Marcie ihren Vater stehen, der einen unbehaglichen Eindruck machte. Sie haben ihn angerufen, daß er von der Arbeit nach Hause kommt, dachte sie.

Sie stand zwischen den dreien im engen Flur und hörte zu, als ihr Vater, nachdem er sich geräuspert hatte, zu einer »Erklärung« ansetzte.

»Es ist nicht so, daß wir dich nicht hier haben wollen«, sagte er. »Nur haben wir alle nicht damit gerechnet, daß es mit dir so schwierig sein würde. Und es regt Jack auf. Und deine Oma auch.«

»Wieso regt Jack sich über mich auf?« wollte Marcie wissen. »Und Oma? Was habe ich euch denn getan? Ich wollte doch nur helfen. Und jedenfalls nicht stören …«

»Du weißt nicht, wo du einen Punkt zu machen hast«, erwiderte ihre Großmutter schroff. »Bevor du gekommen bist, war Jack halbwegs glücklich und zufrieden. Und hat nicht dauernd dieses dumme Zeug geschwatzt, das er sowieso längst hätte vergessen sollen. Hat sich nicht dauernd den Kopf über Dinge zerbrochen, die nicht mehr zu ändern sind. Einen Punkt machen, das hast du noch nie gekonnt«, wiederholte sie.

Sie unterbrach sich, als wollte sie Luft holen, und bewegte unwillig die Schultern. »Wir haben die ganze Zeit unser Bestes für ihn getan, aber von dir haben wir kein Wort gehört. Und plötzlich tauchst du hier auf mit deinen Vorstellungen und Fragen und deinem ewigen ›Ich sitze doch nur da und höre ihm zu‹ und tust gerade so, als ob wir anderen uns nie um ihn gekümmert hätten. Und er redet dauernd von seiner Bird und wie gut sie zu ihm ist...« Sie sprach den Satz nicht zu Ende. Ihre Lippen bebten, ihr starres Rückgrat krümmte sich unter der Last der Gefühle. »Das hört sich doch an, als ob wir ihm nichts bedeuten würden. Gar nichts!«

»Aber das stimmt doch nicht«, sagte Marcie leise. »Ihr habt mich gerufen. Ihr habt gesagt, daß ich kommen soll, und, ja, ich habe mich zu Jack gesetzt und ihm zugehört. Vielleicht wart ihr zu beschäftigt dafür. Vielleicht wolltet ihr gar nicht hören, was er zu sagen hatte, ich weiß es nicht. Aber er wollte mir etwas erzählen. Er brauchte jemanden, mit dem er reden konnte, und ich war nun einmal da.« Sie unterbrach sich, eigentlich lag ihr nichts an diesem Streit. »Aber niemand behauptet, Gran, daß ihr nicht alles für ihn getan habt, was ihr konntet.«

»Ah, wie großzügig von dir«, erwiderte ihre Großmutter. »Schön zu wissen, daß du gemerkt hast, was für Opfer wir für ihn gebracht haben. Tag für Tag mit ansehen zu müssen, wie seine Krankheit immer schlimmer wurde, und zu wissen, daß er sterben wird.«

Ihre Stimme versagte, sie schluckte und versuchte die Tränen zurückzukämpfen.

Marcie bemühte sich, für diese Mischung aus Vorwürfen

und Kummer Verständnis aufzubringen. »Na schön«, sagte sie leise. »Ich gehe. Und zwar sofort, ich muß nur noch meine Sachen packen. Aber ihr müßt ihm zuhören, Oma, Alice. Er hat etwas auf dem Herzen. Etwas, das ihm Sorgen macht und womit er alleine nicht fertig wird. Ihr müßt ihm zuhören.«

Sie sah von einem zum anderen, aber die drei schwiegen nur finster.

»Dann geh ich jetzt meine Sachen holen«, sagte Marcie schließlich.

»Das haben wir schon für dich getan«, sagte Alec. Er langte hinter sich und zog Marcies Reisetaschen unter der Treppe vor.

Marcie verschlug es ob dieser letzten Beleidigung die Sprache. Wortlos riß sie ihm die Taschen aus den Händen.

Kaum war sie aus dem Haus, schlug die Tür hinter ihr zu.

Marcie, verwirrt und zutiefst verletzt, blieb noch einen Augenblick vor der Haustür stehen. Dann verstaute sie ihr Gepäck im Kofferraum ihres Autos.

»Verdammte Bande«, flüsterte sie leise. »Gottverdammte Bande.«

Ihr Blick fiel auf die Müllsäcke, die, oben locker zusammengebunden, neben der Tonne standen. Getrieben von Neugier und Zorn trat Marcie näher und riß einen der Plastiksäcke von oben nach unten auf. Briefe und Fotos, Bücher und alte Samentütchen fielen heraus und blieben als jämmerliches Häuflein zu ihren Füßen liegen.

Jacks Sachen. Jacks Erinnerungen. Bruchstücke von Jacks Leben, weggeworfen, noch ehe er gestorben war, als hätte das alles nichts zu bedeuten.

Marcie hob ein paar der Bilder auf. Die meisten waren von ihr. Marcie mit fünf, wie sie die Kerzen auf ihrem Geburtstagskuchen ausblies. Marcie mit acht beim Krippenspiel in der Schule. Marcie als verlegene Dreizehnjährige, die Beine zu lang, die Arme zu dünn, stand sie unsicher vor der Haustür.

»Was machst du da? Was fällt dir ein?« Das Geschrei der Großmutter ließ sie zusammenfahren.

»Er ist noch nicht mal tot!« fauchte Marcie sie an. »Er ist noch nicht mal tot, und ihr schmeißt das alles schon weg!«

Außer sich vor Wut raffte Marcie die Müllsäcke vom Boden zusammen, wobei ihr in der Eile etliche Schnipsel zerrissener Fotos und handschriftlicher Notizen vor die Füße rieselten.

Sie hastete zum Auto, warf die Säcke in den Kofferraum und knallte den Deckel zu. Dann machte sie noch einmal kehrt und hob die restlichen Sachen auf, zwei Schachteln und noch einen Sack.

Derweil versuchte die Großmutter den Kofferraum aufzumachen. Ihr Vater und Alice kamen ebenfalls aus dem Haus und beteiligten sich an der Auseinandersetzung. Alec packte Marcie am Arm, als sie die restlichen Sachen auf den Rücksitz warf und die Tür zuschlug. Sie stieß ihn weg, und als er sie festhalten wollte, schlug sie nach seinem Gesicht und trat ihn ans Schienbein. Sie spürte, wie ihre Fußspitze an den Knochen krachte. Er schrie auf. Marcie holte aus und trat noch einmal zu; wieder erwischte sie den Knochen, dann rammte sie ihm den Absatz auf den Fuß und schlug ihn mit der freien Hand.

»Hast du noch nicht genug von Jack mitgenommen?« kreischte ihre Großmutter. »Die Sachen gehören dir nicht. Ich hetz dir die Polizei auf den Hals. Ich zeig dich an wegen Körperverletzung.«

»Von wegen! Und jetzt laß mich!«

Sie riß sich von Alec los, wobei sie mit Händen und Füßen wild um sich drosch wie eine wütende Katze und ihn beinahe zu Boden schlug, und dann kletterte sie ins Auto und zog die Tür ins Schloß. Hinten hörte sie ihre Großmutter auf den Kofferraum hämmern und mit tränenreicher Stimme herumzetern. Alice zerrte an der Fahrertür.

»Marcie«, schrie sie. »Du bist durcheinander. Wir sind alle durcheinander. Und jetzt mach die Tür auf.«

Als sie den Motor anließ, machte Alec einen Satz nach vorn. Einen verrückten Augenblick lang glaubte Marcie, er werde sich vor den Wagen werfen. Sie jagte den Motor hoch, ließ die Kupplung kommen und schoß mit laut quietschenden Reifen davon, im ersten Gang, so daß der Zeiger ins Rote schnellte.

Alec sprang zur Seite.

Im Rückspiegel sah Marcie, wie er dastand und ihr hilflos nachstarrte.

Als sie ihn dann im Spiegel immer kleiner werden sah, begann Marcie zu lachen; und als sie um die Ecke bog, löste sich das Lachen in einen Strom wütender Tränen auf.

8

Drei Stunden dauerte die Heimfahrt bei normaler Geschwindigkeit.

Aber Marcie fuhr nicht mit normaler Geschwindigkeit, jedenfalls nicht dieses Mal.

Während hinter ihr die Schachteln und Tüten im Kofferraum umherflogen und vom Rücksitz fielen, schaffte sie die Strecke in etwas über zwei Stunden.

Der bürgerlichen Wohngegend folgte zunächst ein ausgedehntes neues Gewerbegebiet am äußersten Rand der Stadt und später, als sie die Hauptstraße verließ, ein Gewirr schmaler Landstraßen, an denen sich seit Jahrhunderten kaum etwas geändert hatte.

Langsamer fuhr sie nur durch die Dörfer, ansonsten hielt sie das Gaspedal selbst in den Kurven durchgedrückt und gelangte so gerade noch rechtzeitig vor Beginn des zähen Feierabendverkehrs auf die Hauptstraße zurück.

Von der Fahrt bekam sie nur wenig mit. Schmerz und Wut machten sie fast blind für die Welt außerhalb des Autos.

Richtig bewußt wurde ihr der Irrsinn dieser Fahrt erst, als sie in die zu ihrem Haus führende Nebenstraße einbog und, um die Kurve zu schaffen, plötzlich kuppeln und scharf abbremsen mußte. Ein Blick auf die Uhr und ein rasches Überschlagen der Zeit ließen sie heftig erzittern, als sie vor dem Haus vorfuhr.

Sie blieb reglos sitzen, behielt krampfhaft die Hände am Lenkrad und die Füße an den Pedalen, minutenlang, ehe sie endlich soweit war, die Handbremse zu ziehen und den Motor abzustellen.

Erst dann wurde Marcie ein wenig ruhiger. Sie fühlte sich schwach, geradezu benommen, als sie sich aus dem Auto stemmte und, blind nach den Schlüsseln tastend, den kurzen Weg zur Haustür zurücklegte.

Noch eine Stunde, höchstens zwei, und Michael käme mit den Zwillingen nach Hause.

Jetzt zitterte sie vor Erschöpfung und auch, wie sie feststellte, vor ganz normalem Hunger; sie schloß die Haustür auf, ging durch den Flur zu ihrer Wohnungstür am Ende des Ganges und trat in die unaufgeräumte, gemütliche kleine Wohnung. Sie schloß die Tür und sank daneben auf den Fußboden, sog den Duft von Babypuder und Zitronenputzmittel ein, genoß die warmen, undefinierbaren Gerüche, die Behaglichkeit bedeuteten. Die Geborgenheit bedeuteten. Die Zuhause bedeuteten.

Michael kam, kurz bevor es zu regnen anfing.

Marcie hörte ihn mit dem Zwillingsbuggy durch die Haustür poltern.

Er mußte das Auto gesehen haben, denn er sprach ziemlich laut und rief den Zwillingen zu: »Mommy ist zu Hause! He! Wir wollen sie suchen!«

Marcie riß die Tür auf und stürzte den dreien entgegen. Die Zwillinge zerrten kreischend an den Gurtbändern. Michael, beide Arme voller Einkaufstüten und Windelpackungen, griff unbeholfen nach ihr und drückte sie an sich.

»Wann bist du gekommen?«

»Vor ungefähr einer Stunde.«

»Warum hast du nicht angerufen? Ich dachte, du kämst erst morgen.«

Um sie noch fester an sich drücken zu können, ließ er die Tüten auf den Boden fallen.

»Es hat Probleme gegeben«, sagte sie, ihre Stimme gedämpft, an seiner Brust. »Sie wollten mich nicht da haben, und ich konnte es nicht mehr aushalten. Ich wollte nur noch nach Hause, zu euch.«

Das Geschrei der Zwillinge lenkte sie ab. Marcie kniete sich hin, schnallte die Gurte auf und hob die beiden als zappelndes Bündel aus Armen und Beinen und feuchten Küssen aus dem Wagen.

»Ich hab' den Abwasch gemacht«, rief sie über die Schulter zurück.

»Heute morgen konnte ich nicht. Hatte Frühdienst.«

»Wir müssen noch einkaufen.«

»Jetzt, wo wir das Auto wieder hier haben, können wir nachher zum Einkaufszentrum fahren.« Er klappte den Buggy zusammen, schob ihn in eine Ecke, stieß die Tür zu und streckte die Arme nach Marcie und den Zwillingen aus. »Gott, wie schön, daß du wieder zu Hause bist. Und nun erzähl mir alles. Wie war es? War es so schlimm, wie du gedacht hast? Was ist das für ein Müll hinten im Auto?«

Marcie setzte lachend die Kinder auf den Boden und versuchte eines festzuhalten, um ihm die Jacke auszuziehen. Michael kümmerte sich um das andere.

»O Gott, das hätte ich fast vergessen. Ich hätte die Sachen reinbringen sollen, aber ich hatte es so eilig, ins Haus zu kommen und die Tür hinter mir zuzumachen ... Das sind Sachen, die Tante Alice und Oma wegwerfen wollten. Ich habe sie neben der Mülltonne gefunden und in den Wagen gepackt.«

»Wegwerfen? Mülltonne?« Er strich ihr mit der Hand über die Stirn und zog den Finger in gespielter Überraschung wieder zurück. »Du liebe Zeit, Mädchen, sind wir so arm, daß wir in den Mülltonnen der Reichen rumwühlen müssen?«

Sie schob seine Hand beiseite. »Sei nicht albern«, sagte sie. »Das sind Jacks Sachen. Briefe, Bilder. Was weiß ich. Ich hab's mir nicht genau angesehen. Aber ich konnte das Zeug doch nicht da liegenlassen. Einfach so weggeworfen, als ob er ihnen gar nichts mehr bedeuten würde.«

Sie ließ sich, als habe sie plötzlich keine Kraft mehr, seufzend aufs Sofa sinken und sah zerstreut den Zwillingen zu, die sich über ihr Spielzeug hermachten.

»Ich weiß nicht, was da drin ist, Michael. Es sind drei Säcke und zwei Schachteln.«

Sie sah ihn an, plötzlich verschüchtert. »Ich dachte, du hilfst mir vielleicht, die Sachen mal durchzusehen«, sagte sie hoffnungsvoll. »Ich muß rausfinden, was sie mir da vorenthalten wollten.«

9

Meine Mary.

Ich könnte ewig in diesem Nachmittag leben.

Du weißt nicht, wie deine Oma früher war. Ich weiß, du verstehst sie nicht immer, Marcie. Und sie versteht dich wohl auch nicht. Nicht so, wie ich dich verstehe.

Aber du hättest sie damals sehen sollen. An diesem Sonntagnachmittag.

Wir sind spazierengegangen. Den Swinhope Hill hinunter und dann unten weiter in Richtung Mühle.

Sie war achtzehn, deine Oma. Achtzehn, ein Mädchen mit langen roten Haaren und Sommersprossen auf der Nase.

Ganz in Weiß, mit blauen Streifen an Ärmeln und Kragen, einen großen Strohhut auf dem Kopf, von dem ihr ein langes blaues Band auf den Rücken fiel.

Schön war sie, Birdie. Einfach schön.

Ich könnte ewig in diesem Nachmittag leben.

Es dauerte einige Tage, bis Marcie sich dazu durchrang, sich Jacks Habseligkeiten genauer anzusehen. Sie schwankte zwischen dem Bedürfnis zu erfahren, was sie da so spontan mitgenommen hatte, und einer halb unbewußten Angst vor den Erinnerungen, die darin verpackt sein mochten.

Was sie schließlich zur Tat schreiten ließ, war ein Anruf von Tante Alice. Ein wütender Anruf voller Vorwürfe, die um so hitziger ausfielen, als Alice sie in den Tagen davor nicht hatte erreichen können.

Marcie stand im Gemeinschaftsraum, hörte sich Alice' Bosheiten an und bemühte sich, möglichst ruhig darauf zu antworten. Zweimal kamen Mieter aus den oberen Stockwerken vorbei. Zweimal war Marcie sich unbehaglich bewußt, daß Alices Stimme deutlich zu hören war.

»Du tauchst hier auf«, schrie Alice beinahe, »bringst unser Leben durcheinander, nörgelst rum, wie wir uns um Jack gekümmert haben, und dann bestiehlst du uns auch noch! Und wenn ich versuche, fair zu sein und mit dir zu reden und Frieden zu stiften, gehst du nicht ans Telefon! Hat man dir nicht ausgerichtet, daß ich angerufen habe?«

Marcie bezweifelte, daß Alice eine Nachricht für sie hinterlassen hatte. Sie wußte von früher, daß Alice, wenn sie nicht selbst als erste am Gemeinschaftstelefon war, einfach auflegte, es später noch einmal versuchte und sich dann beschwerte.

»Man hat mir nichts ausgerichtet, Tante, und im übrigen bin ich die meiste Zeit gar nicht im Haus gewesen. Wir beide müssen schließlich arbeiten gehen, falls du's vergessen hast. Und was das ›Frieden stiften‹ angeht, mein Gott, davon habe ich genug.«

Was die Tante sonst noch zu klagen hatte, hörte Marcie nur noch mit halbem Ohr. Den Hörer locker in der Hand, sah sie sich geistesabwesend in der staubigen Umgebung um.

Hier, in diesem Haus, hatten sie seit der ersten Nacht gelebt, die sie mit Michael verbracht hatte.

Damals hatte er eins der Mansardenzimmer gehabt. Ein kleines, enges Zimmer mit einem Zwei-Platten-Herd, oben unterm Dach dieses viktorianischen Hauses. Von den schrägen Wänden schwitzte Feuchtigkeit, und eine Fensterscheibe hatte einen Sprung, offenbar schon seit Jahren, denn es hatte sich ein dicker Streifen Ruß darin festgesetzt.

Ein Jahr später waren sie in ein größeres Zimmer im ersten Stock gezogen, und wenige Monate vor der Geburt der Zwillinge hatten sie die Wohnung im Erdgeschoß bekommen.

Alice schimpfte immer noch. Sacht legte Marcie den Hörer auf und ging davon.

Michael blickte auf, als sie wieder ins Zimmer kam. Er brachte gerade die Zwillinge zu Bett, in dem Verschlag, den sie scherzhaft ihr Schlafzimmer nannten. Marcie vermutete, daß dies früher einmal eine Art Vorratskammer oder dergleichen gewesen war.

Jetzt bot es Raum genug für zwei Gitterbettchen, einige Plastikkästen mit Spielzeug und ein paar Kartons und alte Koffer mit Kinderkleidung, die unter die Betten geschoben waren.

Ein großer blauer Vorhang teilte dieses »Zimmer« vom

Rest des Wohnraums ab. Ihr eigenes Schlafzimmer, klein, aber größer als das der Zwillinge, ging vom Wohnzimmer ab und lag zur Straße hin. Eine winzige Küche, ebenfalls durch einen verblichenen Vorhang abgetrennt, lag nach hinten hinaus, und in das gleichermaßen winzige Bad – ohne Badewanne, Platz war nur für eine rosa geflieste Dusche – gelangte man durch eine Tür an der Seite des Raums. Hinter dem Haus gab es einen kleinen Hof.

»Tante Alice«, sagte Marcie. »Hat getobt wie eine Irre.«

Michael grinste sie an. »Das ist bei Irren doch normal«, sagte er.

»Ha! Beleidige die Irren nicht. Tante Alice würde man nicht mal in einer Anstalt dulden.«

»Na, ich weiß nicht«, sagte er. »An ihr könnte man doch die verschiedensten Heilmethoden ausprobieren, oder? Ich meine, wer muß noch lange nach Versuchskaninchen suchen, wenn er eine Tante Alice hat?«

Marcie lachte nervös. »Wann mußt du morgen zur Arbeit?«

»Erst um zwei, ich komme also erst spät zurück. Du wirst die Zwillinge abholen müssen.«

Marcie nickte. Vorhin hatte die Jobvermittlung angerufen und ihr mitgeteilt, man habe Arbeit für sie, aber morgen hatte sie frei. Normalerweise gab Michael die Zwillinge bei der Kinderkrippe der Rechtsberatungsstelle ab, für die er arbeitete. Die hochfliegenden Träume von einer Anwaltskarriere waren irgendwann auf der Strecke geblieben, als die Notwendigkeit, für die Familie zu sorgen, alles andere verdrängt hatte.

Michael machte freilich das Beste aus seiner Ausbildung und arbeitete immerhin fünf Tage die Woche. Anfangs als ehrenamtlicher Helfer für wenige Stunden und jetzt als bezahlter Angestellter.

Die Stelle für kostenlose Rechtsberatung war eine städtische Einrichtung und somit ständig von Schließung bedroht, eine prekäre Situation, die Marcie manchmal große Sorgen machte.

Aber irgendwie ging es immer weiter.

Er kam durchs Zimmer auf sie zu, die Zwillinge wimmerten und plapperten und würden bald einschlafen. Er nahm ihre Hände und zog sie neben sich aufs Sofa.

»Redet sie immer noch davon, daß sie die Polizei holen will?« fragte er.

»Ach, das würde sie doch niemals tun. Alles nur Gerede. Sie keift immer bloß rum, ich hätte Jacks Sachen gestohlen.« Marcie zuckte hilflos mit den Schultern. »Aber das war doch nicht richtig, oder? Seine Sachen einfach so wegzuwerfen.«

»Und jetzt, wo du das alles gerettet hast, soll es für immer in diesem Schrank liegenbleiben?«

Marcie lachte. »Nein, wohl kaum. Aber seit ich wieder hier bin, hatte ich einfach noch keine Zeit, mich darum zu kümmern.«

»Und auch keine Lust?«

»Das auch.«

Sie lauschte den schläfrigen Geräuschen der Zwillinge. »Das war schon seltsam. Als ich bei ihm war und ihn da so gesehen habe, dachte ich, ich müßte doch etwas empfinden ... wie soll ich sagen, etwas mehr empfinden. Noch etwas von der alten Wut. Aber die war nicht mehr da. Er hat mir nur noch leid getan. Das heißt, sie alle haben mir nur noch leid getan.« Sie nahm seine Hand. »Die haben ihr Leben lang miteinander gekämpft, Michael. Haben sich so lange bekämpft, bis sie völlig abgestumpft waren. Und weißt du was? Ich habe immer noch keine Ahnung, worum es dabei eigentlich geht. Was sie sich selbst oder irgendwelche anderen ihnen angetan haben. Oder was *ich* getan habe.«

Sie schüttelte den Kopf, die dunklen Locken fielen nach vorn und bedeckten fast ihr ganzes Gesicht.

»Und du hast Angst, es zu erfahren«, sagte er. »Oder hast du Angst, daß ich es erfahre?« Er stürzte sich auf sie, packte sie unter den Rippen und kitzelte sie, bis sie kichernd nach hinten sank.

»Ist es das, was dir Sorgen macht, Marciella Rose Whitney? Hast du Angst, großes schwarzes Mann könnte hinter Mamas Geheimnis kommen?«

Sie stieß ihn weg und trommelte mit den Fäusten an seine Brust. »Sei still, du Idiot, sonst weckst du noch die kleinen Ungeheuer.« Sie setzte sich auf und strich belustigt Kleider und Haare glatt. »Meine Geheimnisse«, sagte sie, »hast du alle schon vor Jahren erfahren. Da gibt's nichts mehr.«

»Alle? Ach, da bin ich aber enttäuscht. Ich dachte, wenigstens das eine oder andere hättest du noch in petto.«

Michael war ein großer Mann, der in den Jahren, seit sie mit ihm zusammen war, um einiges zugenommen hatte. Wenn seine Zeit es erlaubte, trieb er Sport; seine Muskeln entwickelten sich, wenn er nur daran dachte, und mit den schulterlangen Rastalocken, die er sich seit drei Jahren wachsen ließ, und den drei Ringen im linken Ohr war er der Inbegriff des Mannes, vor dem Tante Alice sie gewarnt haben würde.

Er war nicht schwarz, nicht hundertprozentig, dafür hatte eine weiße Mutter gesorgt, aber seine Haut war ziemlich dunkel, und seine Augen waren braun wie geschmolzene Schokolade.

Michael war alles andere als ein unauffälliger Typ.

»Ich denke, ich sollte mir die Sachen mal ansehen«, sagte sie. »Möchte wissen, was da drin ist.«

Sie wirkte so ängstlich und zögerlich, daß Michael einen Arm um sie legte. »Mach erst mal Kaffee«, sagte er. »Ich hole die Sachen aus dem Schrank. Wer weiß, vielleicht finden wir ja nur Küchenreste und schmutzige Wäsche.«

10

»›Das mit den Katzen tut mir leid, Marcie, aber es ist wirklich am besten so...‹«

»Katzen?« fragte Michael.

Marcie saß auf dem alten Sofa; sie hatte sich den Rand der Steppdecke über die Füße gezogen und die Arme um die Knie geschlungen.

»Da muß ich ungefähr, ich weiß nicht, acht gewesen sein«, sagte sie. »Wir hatten eine dicke alte Katze, die Tante Alice aufgenommen hatte, als ihre Besitzer weggezogen waren. Jedenfalls bekam sie Junge. Fünf auf einmal. Zwei waren schwarz-weiß gefleckt, eins hellbraun und zwei rötlich getigert wie ihre Mutter. Und dann wurde die Mutter von einem Auto überfahren...«

Marcie saß oben auf der Treppe und hörte unten die Erwachsenen reden.

Sie brauchte sich beim Lauschen nicht sehr anzustrengen. Oma war außer sich. Tante Alice war ruhig, aber offenkundig verärgert, und diesmal schien nicht einmal Jack auf ihrer Seite zu sein.

Mit acht Jahren wußte Marcie bereits, es gab Regeln für Erwachsene und andere, oft unverständliche, für Kinder.

»Grausamkeit gegenüber Tieren kann ich nicht dulden«, hatte Tante Alice mehr als einmal erklärt. Marcie stand deutlich vor Augen, mit welchem Zorn Tante Alice über die Kinder aus der Nachbarschaft herfallen konnte, wenn sie Katzen oder Hunde mißhandelten. »Grausamkeit gegenüber Tieren kann ich nicht dulden.«

Wenn das so ist, fragte sich Marcie vollkommen verwirrt und mit rotgeweinten Augen, wenn das so ist, warum war Alice dann wegen der Katzen so wütend auf sie gewesen?

An jenem Nachmittag war es passiert.

Marcie ließ die Ereignisse an sich vorüberziehen, versuchte daraus schlau zu werden.

Sie war aus der Schule nach Hause gekommen und in den Garten gegangen, um Jack zu suchen. Und dann hatte sie ihn gesehen.

Ihn gesehen, wie er an der Regentonne stand, zappelnde, maunzende Pelzbündel in den Händen. Und vor Marcies entsetztem Blick tauchte er sie ins Wasser.

»Jack! Du ertränkst sie ja, Jack!«

Erschreckt fuhr Jack herum, hob eine Hand aus dem Wasser und starrte sie an. Die triefenden Kätzchen in seiner Hand rangen unter kläglichem Miauen nach Luft.

»Jack!« kreischte Marcie und rannte mit ausgestreckten Armen auf ihn zu, wollte ihm die Katzen aus den Händen reißen.

Als Jack fluchte, blieb sie stehen. Sah voller Entsetzen, wie er die kleinen Tiere ins Wasser zurückwarf; dann drehte er sich lautstark schimpfend wieder zu ihr um und packte sie am Arm.

Marcie riß sich von ihm los. Machte sich frei und rannte zum Haus, schrie hysterisch nach ihrer Oma, nach Tante Alice, nach irgendwem, der kommen und ihn aufhalten sollte.

Und dann hatten sie ihr Vorträge gehalten.

Drei Erwachsene, deren stille Welt von einem aufsässigen Kind gestört worden war, erklärten ihr, daß es so letztlich am besten sei. Daß die Mutterkatze tot sei und die Jungen noch zu klein, um für sich selbst zu sorgen. Sogar zu klein, um selber Milch zu trinken.

»Ich hätte sie gefüttert«, flüsterte Marcie wütend vor sich hin. »Ich hätte sie gefüttert. Alle.«

»Unmöglich«, hatte Tante Alice gesagt. »Nicht fünf auf einmal. Fünf hungrige Mäuler kann keiner stopfen.«

Aber Marcie glaubte, sie hätte es geschafft. Sie hätte sie mit einer Pipette gefüttert, genau wie den Igel, den sie damals mit einem gebrochenen Bein im Gemüsebeet gefunden hatten.

Marcie saß immer noch untröstlich schluchzend auf der Treppe, als sie Tante Alice zur Wohnzimmertür gehen hörte.

Sie stand halb auf und klammerte sich fluchtbereit ans Geländer.

»Du hättest sie nie hierherbringen dürfen«, sagte Oma gerade zu ihrem Vater. »Du hättest Marcie bei der Familie ihrer Mutter lassen sollen. Das hätte uns eine Menge Ärger erspart.«

»Sie hatte keine Familie. Ihre Eltern waren tot, und wo ihr Bruder war, habe ich nie herausgefunden. Sie hatte keinen Menschen auf der Welt.«

»Und selbst wenn«, sagte Jack, »wer weiß denn, was das für Leute gewesen wären? Ihre Mutter war schon labil genug.«

»Genau wie das Kind.«

»Sag das nicht!« fuhr Jack wütend dazwischen. »Red nicht so von meiner Bird. Sie ist sensibel, sonst gar nichts. Aber das gibt sich. Sie war nur schockiert, deswegen hat sie sich so verhalten. Du weißt doch, wie sehr sie in diese verdammte Katze vernarrt war.«

Alice schnaubte gereizt. »Die ändert sich nie, die lernt nie was dazu, Jack. Lebt in einer Traumwelt, und manchmal denke ich, da lebst du auch.«

Ihre Stimme wurde lauter, und als Marcie ihre Schritte auf dem Linoleumstreifen vor der Tür hörte, setzte sie sich in Bewegung und schlich von der Treppe in ihr Zimmer zurück. Dort versuchte sie der Tränen und der laufenden Nase und der Beklemmung in ihrer Brust Herr zu werden und hoffte trotz allem, daß Jack nachher noch zu ihr kommen würde. Daß er kommen und mit ihr reden würde. Und alles wieder gut machen würde.

»In dieser Nacht hatte ich einen Traum. Einen Alptraum, und selbst jetzt noch, nach all diesen Jahren, kommt er manchmal wieder.« Sie unterbrach sich und sah Michael an, als wolle sie sich vergewissern, daß er noch zuhörte.

»In dem Traum war ich im Garten. Ich habe Jack beobachtet, wie er vor der Regentonne stand; er hatte die Hände im Wasser und lächelte mich an.

Ich ging auf ihn zu und erwartete, die Katzen zu sehen. Ich kann mich erinnern, daß ich wußte, das ist nur ein Traum, und daß ich dachte, vielleicht kann ich im Traum etwas anderes machen.

Als ich näher bei ihm war, konnte ich erkennen, wie sich etwas unter seinen Händen bewegte. Er hielt etwas unters Wasser gedrückt, und er drückte so fest, daß das Ding keine Chance hatte, sich freizukämpfen.

›Es bringt nichts, ungewollte Dinge am Leben zu lassen, Birdie. Überhaupt nichts.‹

Und dann war ich es«, flüsterte sie mit starrem Blick. »Das da im Wasser, das war ich. Ich selbst habe versucht, mich da freizustrampeln. Habe keine Luft bekommen. Habe nicht mal schreien können. Als ich es versuchte, strömte mir das Wasser in den Mund; die Luftblasen schäumten mir vor den Augen und in den Haaren, und ich kam einfach nicht frei.«

Sie schüttelte sich, wie um den Traum loszuwerden, aber ihr Gesicht blieb totenbleich.

»Und du konntest ihn immer noch nicht hassen«, sagte Michael. Es war nicht als Frage gemeint, denn er verstand nur zu gut, daß man die nicht hassen kann, die einen auch lieben. Nicht vollständig. Nicht für immer.

»O nein«, flüsterte Marcie. »Damals habe ich ihn nicht gehaßt. O nein, das kam erst sehr viel später.«

Ich hätte heute abend, als du im Bett lagst, zu dir kommen und dir alles erklären sollen.

Es tut mir leid, Marcie. Ich spüre, ich habe dich im Stich gelassen, und Gott weiß, daß ich das niemals absichtlich tun würde.

Deine Oma sagt, ich hätte strenger zu dir sein sollen. Daß es Zeit wird, daß du erwachsen wirst und endlich erkennst, daß es auf der Welt nicht immer schön zugeht. Mir scheint, das weißt du längst, Birdie, und daß du es nicht von deiner Oma, sondern von mir gelernt hast.

Das mit den Katzen tut mir leid, Marcie, es tut mir wirklich leid, aber es ist wirklich am besten so.

11

Michael fand keinen Schlaf.

Sie waren zu spät zu Bett gegangen und hatten, froh, wieder zusammen zu sein, still und zärtlich miteinander geschlafen. Marcie war dicht an ihn gekuschelt eingeschlafen, aber Michael, der seine Gedanken nicht abstellen konnte, hatte noch lange neben ihr wach gelegen.

Schließlich war er leise aufgestanden, hatte eine Jogginghose und ein altes Hemd übergestreift und sich wieder ins Wohnzimmer gesetzt.

Die Zwillinge schliefen fest. Michael zog den Vorhang auf, der ihren Verschlag vom Wohnzimmer abtrennte, und betrachtete die beiden. Wie verschieden sie waren, Liam und Hanna, selbst wenn sie schliefen.

Liam lag auf der Seite und hielt sein Lieblingskuscheltier fest an den Ohren gepackt. Die Bettdecke hatte sich noch kein bißchen verschoben. Im Gegensatz dazu lag Hanna auf dem Rücken und streckte Arme und Beine von sich, als ob sie aus großer Höhe abgestürzt wäre. Ihre Decke hing schon halb durch die Gitterstäbe des Betts.

Lächelnd zog Michael sie wieder über ihren molligen kleinen Körper und entfernte sich dann rasch, denn wenn sie aufwachte, konnten sie den Schlaf für diese Nacht vergessen.

Er setzte sich aufs Sofa, machte die Tischlampe an und nahm eine Handvoll der Briefe und Fotos, die er und Marcie vorhin durchgesehen hatten.

Diese anonymen schwarzen Tüten und ramponierten Pappschachteln schienen einen großen Teil von Marcies Kindheit zu enthalten. Ihre Geburtstage, ihre Weihnachtsfeste. Ferien und Ausflüge, Rummelplätze und Feuerwerke. All das hatte Jack in Schnappschüssen – die mehr seine Liebe als seine fotografischen Fähigkeiten bezeugten – und kurzen Notizen festgehalten. Und in Briefen, einige nur wenige Zeilen lang, während andere sich in unbeholfener Prosa über sechs, sieben Seiten erstreckten. Jack hatte diese Briefe nie abgeschickt, sondern nur ordentlich in Umschläge gesteckt und diese zugeklebt und mit Datum versehen, und so waren sie liegengeblieben, bis Marcies Großmutter und Alice sie aufgerissen und die darin verborgenen Gedanken gelesen hatten.

Kein Zweifel, Jack hatte seine Marciella geliebt. Sie mit einer Inbrunst geliebt, die an Besessenheit grenzte. Als er Jacks »Briefe« mit ihren für ihn kaum verständlichen Anspielungen las und bemerkte, mit welcher Detailverliebtheit Jack jeden wichtigen Augenblick in Marcies Leben notiert hatte, glaubte Michael nachvollziehen zu können, warum Mary, Jacks Frau, solche Erinnerungen unbedingt hatte loswerden wollen.

Mary und Alice und auch Alec, Jacks Sohn, traten in seinen Aufzeichnungen nur dadurch in Erscheinung, daß sie nicht darin vorkamen. Bestimmt, dachte Michael, gibt es auch andere Fotos, Bilder, auf denen Jacks Frau und Schwester und Sohn zu sehen sein mußten, aber die waren nicht hier. Vielleicht, dachte Michael, hatte Mary die für sich behalten. Aber es schien auch keine Gruppenfotos zu geben. Nichts, was auf Familie oder Gemeinsamkeit hinwies. Jack hatte sich anscheinend allein auf Marcie, auf seine Bird, konzentriert und alle anderen ausgeschlossen, die mindestens den gleichen Anspruch auf seine Liebe und Aufmerksamkeit erheben konnten.

Eine derart absolute und totale Liebe – falls man es denn Liebe nennen konnte – muß geradezu erdrückend gewesen sein. Und es muß sehr geschmerzt haben, sie mit anzusehen und von ihr ausgeschlossen zu sein.

Michael fragte sich, ob Jack Alec auch einmal so geliebt haben mochte. Ob Alecs Leben, ebenso detailliert aufgezeichnet, auch in irgendeiner verstaubten Schachtel aufbewahrt war.

Er glaubte nicht so recht daran.

Natürlich gab es Bilder, auf denen Marcie nicht zu sehen war, viele davon in verblaßtem Schwarzweiß. Oder noch ältere, sepiafarben und mit unregelmäßig gezackten Rändern. Diese sah Michael sich besonders aufmerksam an.

»Das hier zeigt Jack kurz vor seiner Hochzeit«, hatte Marcie ihm erzählt. »Und hier siehst du alle drei. Gott! Wie jung sie da aussehen!«

Ja, sehr jung, dachte Michael. Anfang Zwanzig vielleicht. Alice eher noch jünger. Sie waren in Gesellschaft von einem Dutzend anderer Leute, die dicht beisammenstanden, um alle aufs Bild zu kommen; einige hockten auf einem Heuwagen, andere standen davor oder an der Seite.

Alle trugen Arbeitskleidung, die Frauen Kattunkleider mit tiefsitzender Taille, die Männer kragenlose Hemden mit aufgekrempelten Ärmeln. Erntezeit, nahm Michael an. Dem Wagen waren Pferde vorgespannt, von denen aber nur die Schwänze zu sehen waren. Es fiel Michael schwer, sich vorzustellen, daß es noch Menschen gab, die sich an so etwas erinnern konnten. An Zeiten, in denen Pferde Pflüge zogen und die Ernte einbrachten. Wie weit entfernt das von allem war, was er kannte.

Er legte das Bild seufzend weg und rieb sich die schmerzenden Augen. Jetzt war er müde, jetzt konnte er schlafen. Als er aufstand, kam aus dem Schlafzimmer ein seltsames Geräusch, das ihn erst erstarren und dann durchs Zimmer rennen ließ.

Marcie würgte, die Luft fuhr ihr pfeifend durch die Zähne, sie hielt ihren Hals umklammert, als wolle sie da irgend etwas wegreißen, sie krümmte sich und warf sich keuchend auf dem Bett hin und her.

»Marcie!« schrie Michael, ohne an die schlafenden Zwillinge zu denken. Was war das? Ein Anfall? Er packte sie an den Handgelenken und versuchte die Hände von ihrem Hals zu lösen. Die Finger waren verhakt wie um eine Schlinge, die sie erstickte.

»Marcie!«

Hanna wachte auf und begann zu schreien. Das Geschrei des einen Zwillings weckte den anderen. Michael zerrte heftiger an Marcies Händen, an ihren Armen, die sie starr an ihren Körper gepreßt hatte, an ihren Fingern, die sich um ihre Kehle krallten.

Die Zwillinge begannen zu weinen.

»Wach auf, Marcie! Um Gottes willen, wach auf!«

Nun bekam er wirklich Angst. Ihr Rücken krümmte sich wie ein gespannter Bogen, sie strampelte mit den Beinen, offenbar hatte sie Krämpfe; rasselnd fuhr ihr Luft in die Kehle, und sie sank zuckend aufs Bett zurück.

Dann machte sie die Augen auf. Er schüttelte sie, zerrte an den verkrallten Fingern und rief ihren Namen. Sie schnappte nach Luft, als sei sie beinahe ertrunken, und sah mit panisch aufgerissenen Augen zu ihm auf.

»Ganz ruhig«, sagte Michael. »Ganz ruhig, Marcie.« Er starrte sie an, und in seinen Augen spiegelten sich ihre Angst und Verwirrung. Hinter ihnen standen die Zwillinge in ihren Betten, Liam weinte noch immer, und Hanna schrie nach ihrem Papa.

Michael wußte nicht, wen er zuerst trösten sollte, Marcie oder die Kinder. Er griff kurz nach der Hand seiner Frau, dann eilte er zu den Zwillingen, hob sie beide heraus und trug sie zum Bett.

»Alles in Ordnung mit dir?« fragte er. »Gott, Marcie, hast du mir eine Angst eingejagt.«

Sie antwortete nicht, setzte sich nur auf und streckte kopfschüttelnd, vollkommen verwirrt, die Hände nach Hanna aus.

»Geträumt«, preßte sie hervor. »Wahrscheinlich ein Alptraum... all dieses Gerede... Michael, was hast du?«

Er war erstarrt, nach vorn gebeugt, gerade als er Hanna auf dem Bett absetzen wollte. Während das Kind aus seinem Arm krabbelte und im Schoß der Mutter landete, streckte er langsam und mit entsetztem Blick die Hand aus und berührte den Abdruck des Stricks, der sich tief in Marcies Hals geschnitten hatte.

12

Am nächsten Morgen waren die Striemen an ihrem Hals immer noch deutlich sichtbar, scharf und bläulich, das typische Muster eines Stricks.

Der Rest der Nacht hatte nur wenig Schlaf gebracht. Eng aneinandergeschmiegt hatten sie zu viert im Bett gelegen, wobei die Zwillinge den meisten Platz beansprucht hatten.

»Du kannst doch jetzt nicht einfach zur Arbeit gehen«, sagte Michael, während Marcie helle Schminke auf die dunklen Ringe unter ihren Augen auftrug. »Du mußt erst einmal zum Arzt.«

Marcie sah ihn im Spiegel an und schüttelte den Kopf. »Und was soll ich ihm sagen?« fragte sie. »Daß ich im Traum von einem Seil gewürgt worden bin und daß diese Striemen hier das beweisen? Entweder bringt er mich in die Klapsmühle, oder er läßt dich verhaften.«

Michael seufzte. Marcie konnte Ärzte sowieso nicht leiden. Und in dem, was sie da sagte, war mehr als ein Körnchen Wahrheit. Er sah sich im Spiegel hinter ihr stehen. Das Abbild eines schwarzen aufrührerischen Rastamanns neben dem eines kleinen verängstigten weißen Mädchens. Auch seine beträchtlichen Fähigkeiten und Erfahrungen im Umgang mit den Gesetzen würden ihm kaum helfen zu beweisen, daß er mit den Würgemalen an Marcies Hals nichts zu tun hatte, ganz gleich, was auch immer sie zu seiner Verteidigung sagen mochte.

»Tut es weh?«

»Nicht so sehr, wie es aussieht«, sagte sie. »Der Hals fühlt sich ein bißchen steif und aufgescheuert an, aber das ist auch alles.«

Sie kramte in der Schublade nach der Grundierungscreme, die sie gelegentlich benutzte, und strich ein wenig davon auf die Striemen an ihrem Hals. »Aua! Das brennt.«

»Laß es lieber. Du weißt nicht, wie die Haut reagieren könnte.«

Seufzend stöberte sie noch einmal in ihrer Schublade und zog schließlich ein blaues Seidentuch hervor. Sie wand es sich zweimal um den Hals und machte einen Knoten. Es deckte die Striemen weitestgehend ab und sah zu ihrem leichten Sommerkostüm nicht allzu sonderbar aus.

»Gut so?« fragte sie.

»Sieht aus, als ob du was versteckst«, sagte er, »aber ich denke, so geht es.« Er unterbrach sich, als ihre Blicke sich im Spiegel begegneten. Sie sah zuerst weg.

»Wir sollten die kleinen Ungeheuer fertigmachen«, sagte

sie und ging zu den Zwillingen, die noch schlafend auf dem Bett ihrer Eltern lagen.

»Geh heute nicht«, sagte er und griff nach ihren Händen. »Wir haben genug in Reserve, daß du mal ein paar Tage auslassen kannst.«

»Ich muß, das weißt du genau. Der Besuch bei Jack war nicht billig, und es macht bestimmt keinen guten Eindruck, wenn ich jetzt in letzter Minute absage.«

»Na schön«, gab er nach, »aber paß auf dich auf. Wenn du dich irgendwie unwohl fühlst, komm sofort nach Hause.«

Sie lächelte ihn an, drückte zärtlich seine Hand und wandte sich dann den Zwillingen zu.

Michael begab sich in die Küche und bereitete das Frühstück vor. Er war froh, daß er sie heute zur Arbeit fahren konnte. Er würde sie dort absetzen und die Zwillinge mitnehmen. Nachher würde sie im Amt vorbeikommen und sich von ihm nach Hause fahren lassen. Es machte ihm angst, was er in der Nacht zuvor erlebt hatte. Kate, eine seiner Pflegeschwestern, war Epileptikerin gewesen. Er hatte sie mehrmals mit solchen Krämpfen gesehen. Zitternd und bebend und vollkommen weggetreten. War es möglich, daß die Belastung durch Jacks Krankheit bei Marcie etwas Ähnliches ausgelöst hatte? Was ihm Sorgen machte, war aber nicht die Epilepsie als solche. Kate war es eigentlich recht gut gegangen, nachdem man die richtigen Medikamente für sie gefunden hatte, aber er wußte, wie gefährlich so etwas sein konnte, wenn es unerkannt blieb.

Was, wenn sie einen Anfall bekommt, während sie am Steuer sitzt oder über die Straße geht oder …?

Marcie kam mit den Zwillingen in die Küche und beendete seine Träumereien. Er lächelte ihr ein wenig gezwungen zu und hob Hanna in ihren Kinderstuhl.

Heute abend würde er noch einmal versuchen, sie zu überreden, zum Arzt zu gehen.

Du bist nicht hiergewesen, meine Birdie, schon seit zwei Tagen nicht. Ständig frage ich nach dir, aber deine Oma sagt, du hast fahren müssen, ich soll mir keine Sorgen machen. Manchmal behauptet sie, ich hätte dich gestern gesehen, ich hätte das nur vergessen, aber ich weiß, das stimmt nicht, meine Bird. Ich habe die andern gefragt, die Ärzte, die Schwestern, und die sagen mir die Wahrheit, wenn deine Oma mich reinzulegen versucht.

Du hast einen Mann, sagt deine Oma, und Kinder. Zu denen mußtest du zurück, nehme ich an. Aber ich kann mir das nicht vorstellen: du mit Kindern und an einen Mann gekettet. Deine Oma sagt, du bist mit einem großen Schwarzen verheiratet, der zuviele Haare auf dem Kopf hat, aber ich weiß, das behauptet sie einfach nur so. Sie weiß, wie verrückt sich das anhört, aber sie sagt es trotzdem … und der Winter naht jetzt so schnell, da hast du doch nicht die Zeit, dir irgendeinen Mann zu nehmen, meine Birdie. Du bist ja viel zu beschäftigt, den Garten für den Winter vorzubereiten.

Wenn ich dir nur helfen könnte. Wenn ich einfach nur dasein und dir zusehen und dafür sorgen könnte, daß du alles richtig machst.

Niemand von uns macht immer alles richtig … und ich habe so schlimme Träume, mein Liebling. Alpträume.

Jedesmal wenn ich die Augen zumache, kommt sie zurück, und wenn ich sie wieder aufmache, steht sie manchmal immer noch da und sieht mich höhnisch an, einen Strick um den Hals, die Hände auf den Rücken gefesselt und die Augen so unruhig, daß sie keine zwei Sekunden auf einen Fleck sehen können. Und manchmal, Birdie, manchmal, wie eben noch letzte Nacht im Traum, glaubt sie, mich zu überlisten, bildet sich ein, ich tue ihr das nicht an, wenn sie nur ihr Äußeres verändert. Aber ich weiß es besser, mein Schatz. Ich würde sie überall erkennen. Und sie ebenso hoch aufhängen und zusehen, wie sie mit den Füßen nach den Sternen tritt. Ich würde sie erkennen, Birdie, selbst wenn sie dein Gesicht aufgesetzt hätte.

13

Am Freitag gab Sophie Lee eine Party.

Die letzten zwei Tage hatten sie mit Arbeit und Kindern und Alltagsdingen in hektischer Betriebsamkeit hinter sich gebracht. Aus Angst vor dem Schlaf hatten sie sich bis spät nachts alte Filme im Fernsehen angesehen, bis sie endlich auf dem Sofa einschliefen. Passiert war nichts mehr. Die Striemen an Marcies Hals waren immer noch da, verblaßten aber schnell, und fast konnten sie schon die ziemlich verzweifelten Erklärungen akzeptieren, die sie sich dafür zurechtgelegt hatten.

»Ich muß mich gekratzt haben«, hatte Marcie gesagt. »Oder vielleicht habe ich mich irgendwie im Laken verheddert.«

»Psychosomatisch«, hatte Michael mit Nachdruck behauptet.

Darüber mußte sie lachen. »Die Striemen sind entstanden, weil ich sie mir eingebildet habe?«

»Na ja, nicht direkt. Weißt du noch, wie wir diese Sendung über Wundmale und solche Sachen gesehen haben? Da wurde von einem Mann berichtet, der plötzlich Abdrücke von Seilen an den Handgelenken hatte. Und es hieß, sein Körper müsse sich da an irgendeine frühere Verletzung erinnert haben. Schließlich stellte sich heraus, daß ihm als Kind mal so etwas passiert war.«

»Aber mir hat niemals jemand einen Strick um den Hals gelegt.«

»Sicher, aber wenn man Jacks Besessenheit von dieser Frau bedenkt...«

Sie wälzten das Problem hin und her und versuchten es schließlich zu vergessen. Michael war nicht wohl dabei, daß sie so nüchtern darauf reagierte. Nichts von der beängstigenden Panik, deren Zeuge er gewesen war. Sie hatte in den beiden letzten Nächten zwar unruhig, aber ohne Zwischenfälle geschlafen.

Vielleicht war es ja wirklich vorbei. Seltsames geschieht mit einem gestreßten Körper, noch Seltsameres mit einer gestreßten Seele.

Michael spürte, seine Erleichterung war eher Feigheit zu nennen, aber er sprach nicht mehr von der Sache, weil er wußte, daß Marcie es nicht wollte.

Freitag abend wären die beiden eigentlich lieber ins Bett als auf eine Party gegangen. Michael hatte seinen samstäglichen Frühdienst gegen eine spätere Schicht getauscht, so daß er immerhin ausschlafen konnte. Und sie würden dann auch gleich im Haus seiner Pflegemutter übernachten, dem einzigen Ort auf der Welt, zu dem, wie Michael wußte, Angst und Wahnvorstellungen keinen Zutritt hatten. Die würden in hohem Bogen rausgeschmissen werden.

Aber heute feierte Sophie Lee Geburtstag. Und Michael hätte sich eher die Hand abgehackt, als diese Party zu versäumen.

Sophie Lee war Adeles Mutter. Adele war Michaels Pflegemutter. Für alle Kinder von Adele war Sophie Lee die Großmutter gewesen, für die, die sie nur wenige Wochen gepflegt hatte, und für die anderen, die wie Michael und sein Bruder Leroy jahrelang bei ihr gelebt hatten.

Und heute wurde Sophie Lee achtzig. Vielleicht wurde ihm das erst durch Jacks Krankheit richtig klar, aber Michael war sich schmerzlich bewußt, daß sie nicht mehr allzu viele Geburtstage haben würde.

Adeles Haus, eine große dreigeschossige viktorianische Villa, lag etwa eine Meile von ihnen entfernt. Sie kamen ein wenig zu spät. Da man in Adeles Straße schlecht parken konnte, waren sie zu Fuß gegangen, nachdem Michael von der Arbeit nach Hause gekommen war. Die Party war bereits in vollem Gang. Musik drang auf die Straße, und als Adele ihnen aufmachte, schlug ihnen eine freundliche Woge aus Lärm, Parfüm und Essensdüften entgegen. Die Zwillinge waren binnen Minuten verschwunden. Marcie sah sie im vorderen Wohnzimmer mit einem der älteren Kinder zu Grand Master Flash tanzen, dessen satte Baßrhythmen sogar schon den Kleinsten in die Beine gingen. Sophie Lee war im hinteren Zimmer, jenseits einer schweren Tür, die einzig den Bässen nicht gewachsen war. Durch diesen ruhigeren Raum schwebte Mantovani, gestützt von dem gedämpften Rap. Mantovani mit Baß, dachte Marcie. Als sie sich zur Begrüßung über Sophie beugte, zog die alte Frau sie neben sich aufs Sofa herunter; ihre Arme waren ebenso stark wie dünn, und sie mußte mindestens drei oder vier verschiedene Parfüms aufgetragen haben. Geschenke, dachte Marcie. Und die mußte Sophie Lee natürlich alle gleich ausprobieren.

»Marciella, meine Liebe, wie geht es dir?« fragte Sophie Lee. »Und dein Großvater? Was macht der? Lebt er noch?«

Marcie blickte zu Michael hinüber, machte es sich auf dem schmalen Sofa neben der alten Frau bequem und freute sich auf ein schönes langes Schwätzchen. Michael lächelte ihr zu, als er sah, wie zum erstenmal seit Wochen die Spannung von ihr abfiel. Seit sie von Jacks Krankheit erfahren hatte.

»Leroy hat dich schon gesucht«, rief jemand. »Ich glaub', er ist bei Adele.«

Michael nickte, gab seiner Großmutter einen Kuß und ging seinen Bruder und Adele suchen.

»Als ich in dieses Haus gekommen bin«, sagte Michael, »war ich acht Jahre alt und hatte das Gefühl, das Gewicht der ganzen Welt läge auf meinen Schultern.

Ich weiß noch heute, wie es damals hier gerochen hat. Adele machte gerade das Essen, und aus der Küche zog ein herrlicher Duft durchs ganze Haus. Leroy klammerte sich an meine Hand, unsere Finger waren feucht und verschwitzt, und ich dachte, hoffentlich ist das nur Schokolade, wovon meine Hände so klebrig sind. Leroy war ja erst fünf. Hat überall seine Finger reingesteckt, da konnte man das nie so genau wissen.

Ich weiß noch, wie ich zu diesem riesigen Haus mit den großen Dachfenstern aufgeblickt und mich gefragt habe, wie man darin wohl leben würde und ob wir diesmal dableiben würden.

Ob wir dableiben wollten.

Es war das dritte Haus, in das man uns in ebenso vielen Wochen abgeschoben hatte. Das klingt vielleicht nicht fair, aber so haben wir das damals empfunden, Leroy und ich. Als ob kein Mensch auf der Welt was von uns wissen wollte. Und ich hatte ihm etwas versprochen. Acht Jahre war ich alt und hatte ihm das größte Versprechen gemacht, das ich mir denken konnte. Wir bleiben immer zusammen, hatte ich ihm gesagt. Niemand wird mich und meinen Bruder auseinanderbringen.

Ich hatte so viel von Kindern gehört, die getrennt und in verschiedene Häuser gesteckt wurden, und ich hatte große Angst, daß uns das auch passieren könnte. Eine furchtbare Angst.

Ich wußte, daß Leroys Vater nicht mein Vater war. Und ich wußte auch, daß meine Mutter die letzten zwei Jahre alles versucht hatte, uns beide von ihm fernzuhalten. Ich hatte einfach Angst, daß man Leroy zu seinem richtigen Vater schicken würde und wir uns nie mehr wiedersehen würden.

Dann sind wir hierhergekommen, in Adeles Haus. Sie hatte noch andere Kinder hier, und viel Platz gab es nicht mehr; also fragte sie uns, ob es uns stören würde, ganz oben unterm Dach zu wohnen.

Stören! Das Zimmer war phantastisch! Sie führte uns hin, ganz oben ans Ende der schmalen Treppe. Leicht gegen unerwünschte Besucher zu verteidigen, und auf dem ersten Absatz unter uns gab es eine Tür zu Feuertreppe, über die man außen am Haus in den Garten kam. Das gab mir die Gewißheit, daß Leroy und ich uns jederzeit aus dem Staub machen konnten, falls es uns hier nicht mehr gefallen sollte. Ich konnte mein Versprechen halten.

Aber ich durfte nicht allzu begeistert dreinschauen. Wer das tut, liefert sich den anderen aus. Also sehe ich mich in diesem Zimmerchen um, versuche einen lässigen und unbeteiligten Eindruck zu machen und sage: ›Na ja, es wird schon gehen.‹ Dabei läuteten in mir drin die Freudenglocken. Dieses komische kleine Zimmer mit dem Holzboden und den hellroten Läufern sah aus wie eine Schiffskabine, und als ich die zwei Betten unter der Dachschräge sah, fielen mir gleich alle möglichen Spiele ein, die ich mit Leroy spielen könnte: daß wir Bären in einer Höhle wären oder Piraten in einer Gefängniszelle oder irgendwas anderes, alles was wir wollten.

Aber ich habe mir immer noch nichts anmerken lassen, sondern bloß unsere Sachen neben die Betten geworfen und mich umgesehen, als ob ich das Zimmer erst einmal untersuchen müßte, habe mich so richtig großkotzig aufgeführt. Wie ein Großer.

Aber dann hat Leroy alles verdorben. Zupft mich am Ärmel und sagt: ›Ich muß mal Pipi, Mikie. Ganz dringend!‹

Und da war es mit meiner Großspurigkeit vorbei. Ich packe seine Hand und schreie Adele an, sie soll mir sofort sagen, wo die Toilette ist, und dann renne ich mit dir die Treppe runter, damit wir's noch schaffen, bevor du dir in die

Hose machst. Und hinter mir höre ich Adele und diese Sozialarbeiterin, die uns hierhergebracht hat – wie hieß sie noch?«

»Mrs. Simpson – aber ihr könnt Naomi zu mir sagen«, half Leroy ihm weiter, den abgehackten Akzent der Frau nachahmend.

»Ja, genau, Naomi Simpson... Als ich hörte, wie die beiden mich auslachten, wurde es mir ganz heiß im Gesicht, und...«

»Du warst ungeheuer wütend. Von wegen großkotzig! Hat Wochen gedauert, bis du es verwunden hast, daß Adele dich ausgelacht hatte.«

Marcie kicherte vergnügt; etwas zuviel Wein und die Atmosphäre in Adeles Haus hatten sie ein wenig ruhiger gemacht. Sie hatte die Geschichte schon oft gehört, in leicht voneinander abweichenden Versionen von Adele und Sophie Lee, aber sie hörte sich das immer wieder gerne an.

Sie und Michael und sein Bruder hatten sich auf die untere Hälfte der Treppe gesetzt. Die Kinder tanzten immer noch im vorderen Wohnzimmer, wo jetzt Sophie Lee die kleine Hanna in den Armen hielt, die trotz des wummernden Gangsta-Rap noch nicht ganz eingeschlafen war.

Die Tür zum zweiten Wohnzimmer stand offen, und von dort war Mantovani zu hören, der sich mit seinen hellen Streichern tapfer gegen die schleppenden Rhythmen und Wortkaskaden zur Wehr setzte.

Liam döste auf Marcies Schoß, sein Kopf lehnte an ihrem Arm. Er schnarchte zufrieden, auch wenn sie das in dem Lärm kaum hören konnte.

Ein wenig unsicher stand sie auf. »Am besten bringe ich ihn ins Bett«, sagte sie und begann die Treppe hochzugehen. »Und versuch mal, ob du Hanna von Sophie loseisen kannst, ja?«

»In Ordnung«, sagte Michael. Er gab seinem Sohn einen

Kuß, dann wagte er sich mutig in die Musik des Vorderzimmers.

Hanna hatte länger gebraucht, ihre Müdigkeit zu akzeptieren. »Sophie Party« erklärte sie selbst dann noch hartnäckig, als ihr die Augen zufielen und ihre pummeligen Gliedmaßen sich im Einschlafen entspannten.

Marcie blieb bei den Zwillingen, bis sie sicher war, daß sie nicht mehr aufwachen würden. Als dann Kate kam, Michaels Pflegeschwester, und ihr Kind in das letzte freie Bett legte, blieb sie noch ein wenig länger und plauderte mit ihr. Für zwei ältere Kinder von Leuten aus der Generation unmittelbar vor Michael waren Luftmatratzen auf dem Fußboden vorbereitet.

Erinnerungen an frühere Besuche in diesem Haus ließen Marcie bezweifeln, daß sie oder Michael hier viel Schlaf finden würden. Gespräche bis in die frühen Morgenstunden waren etwas ganz Normales, wenn der Clan in Adeles Haus zusammenkam.

Später ging sie wieder nach unten. Die Musik im Vorderzimmer war jetzt nicht mehr so laut, und es war auch andere Musik, stimmungsvolle, romantische Klänge, die durch die halbgeschlossene Tür drangen.

Im hinteren Zimmer hatten sich lose Gruppen zusammengefunden, man plauderte, lachte und scherzte. Michael und Leroy saßen bei Sophie Lee. Ein paar andere, mit denen sie streckenweise ihre Kindheit geteilt hatten, hockten neben ihnen auf dem Fußboden.

Patrick Eaton, der Priester der örtlichen Baptistenkirche, und einige Nachbarn, die Marcie vom Sehen kannte, unterhielten sich in der Nähe der Tür.

Adele saß an dem jetzt abgeräumten Eßtisch und mischte Karten.

Marcie hatte Adele einmal gefragt, wie viele Kinder sie

eigentlich in Pflege gehabt habe. Adele erinnerte sich an jedes einzelne in aller Ausführlichkeit, sogar an die, die vielleicht nur eine Woche bei ihr gewesen waren. Sie blieb mit den meisten in Verbindung, wenn auch nur von ferne. Manche, wie Michael und sein Bruder, waren im Grunde nie ausgezogen, auch wenn sie fortgezogen waren. Und es gab solche, die im Leben versagt hatten, die selbst durch die engen Maschen von Adeles sorgfältig geknüpftem Netz geschlüpft waren. Einer war im Gefängnis gelandet. Einer war tot und aufgedunsen aus dem Fluß geholt worden. Und manche waren nach einem schlechten Start trotz der Unterstützung durch Adele und Sophie Lee nicht weitergekommen.

Sie winkte Marcie lächelnd an den Tisch und breitete die Karten in einem perfekten Bogen auf der Decke aus.

»Ich drücke beide Augen zu, Adele«, sagte Patrick Eaton zu ihr, und seine Augen lachten, als er an seinem Drink nippte.

»Keine Bange, Patrick, am Sonntag kannst du meine Seele wieder retten.« Sie lächelte Marcie an. »Komm, setz dich, Kind. Es ist lange her, seit ich für dich die Karten gelesen habe.«

»Und als du es das letzemal getan hast, habe ich Zwillinge bekommen«, meinte Marcie lachend.

Unsicher, ob sie das überhaupt wollte, aber gleichzeitig auch aufgeregt, setzte sie sich an den Tisch. Adeles Karten mit ihren seltsamen Bildern waren schon faszinierend. Oma und Tante Alice waren sehr spektisch, was Wahrsagerei oder Okkultismus betraf. Sie gingen jeden Sonntag in die Kirche und zahlten auf diese Weise ihre Schulden an das Unergründliche. Alles andere war bestenfalls leichtsinnig und führte zu nichts; schlimmstenfalls war es vielleicht sogar etwas Böses.

Michael hatte Marcie einmal erzählt, daß Sophies Mutter eine Obi-Priesterin gewesen war. Sophie Lee selbst war leidenschaftliche Baptistin und schwelgte in ihrem Glauben mit einer Hingabe und Freude, die Marcie anfangs schockiert hatte. Und Adele, nun ja, Adele suchte sich von allem nur das heraus, was ihr zusagte.

Mit einer routinierten Bewegung schob Adele die Karten wieder zu einem glatten Stapel zusammen, den sie Marcie dann hinhielt.

»Ich sollte das nicht zulassen«, sagte Patrick, als Marcie den dicken Kartenstapel dann weniger geschickt noch einmal mischte.

»Ach, Patrick, das hat doch nichts zu bedeuten. Genausogut könnte ich hier sitzen und die Innereien eines Hühnchens begutachten, wie meine Großmutter es immer getan hat. Was würdest du dazu erst sagen?«

»Er würde hoffen, daß du den Rest gebraten hast«, warf Sophie Lee rasch ein.

»Ganz richtig. Ganz richtig.«

Marcie breitete die Karten zugedeckt in einem ziemlich unordentlichen Bogen auf dem Tischtuch aus.

Sie hatte einmal zu einer Wahrsagerin gehen wollen. Damals waren sie am Meer gewesen und auf dem Rückweg durch den Vergnügungspark gegangen, damit Marcie noch Karussell fahren konnte. »Nachfahrin der Zigeunerin Rose Lee« war auf dem mit Rosen und Tierkreiszeichen geschmückten Schild zu lesen, und im Fenster hatten Bilder zufriedener – *höchst* zufriedener – Kunden gesteckt. In der Tür stand eine Frau, die sich wie eine Hollywood-Zigeunerin zurechtgemacht hatte.

»Bitte, Oma, bitte!« hatte Marcie gebettelt.

Oma war außer sich gewesen.

»Dazu bist du noch nicht alt genug, Marcie«, hatte Alice gesagt, um sie zu beschwichtigen.

»Ha!« hatte Oma gefaucht. »Alt oder nicht, sie soll sich nicht mit diesen verdammten Zigeunern einlassen.«

Daß ihre Großmutter auch fluchen konnte, hatte Marcie besonders fasziniert.

»Wo wir gewohnt haben, hat es auch Zigeuner gegeben«, hatte Jack leise gesagt, mit einer gewissen Trauer in der Stimme.

»Zigeuner!« hatte Oma unter wütendem Kopfschütteln wiederholt. Dann war sie mit finsterer Miene vorausgestapft, und Marcie hatte auf das Karussell verzichten müssen.

»Zieh eine Karte«, sagte Adele nun. »Eine Karte, die dir sagt, wo du jetzt in deinem Leben stehst.«

Marcie streckte zögernd die Hand aus, nahm eine und legte sie offen in die Mitte des Tisches.

Ein gehörntes Wesen mit Ziegenaugen starrte sie an.

»Besessenheit«, sagte Adele bedächtig. »Die Karte mit dem Teufel bedeutet sklavische Abhängigkeit, von einer Idee, von einem Menschen, von etwas, das du schon längst hinter dir gelassen haben solltest.«

Marcie sah sie nervös an, die wangenrötende Wirkung des Weins verlor sich rapide.

»Jetzt lege eine andere Karte darauf; sie erklärt dir den Sinn«, sagte Adele ruhig.

»Kelche-König.«

»Ein Mann, der dich mit Liebe und Zuneigung vereinnahmt.« Adele schüttelte den Kopf. »Für sich allein wäre das eine gute Karte. Nicht der stärkste Mann, leicht zu führen und leicht zu beeinflussen, aber liebevoll und gutmütig. Zusammen mit dem Teufel aber ist das gefährlich, meine Liebe.«

Marcie zog vier weitere Karten und legte sie oben und unten, rechts und links an, so daß ein Kreuz entstand.

»In deiner Vergangenheit war Kraft, die ungefragt geblieben ist«, erklärte Adele. »Sieh hier, der Kaiser. Dann kam der Turm, und deine Welt wurde in ihren Fundamenten erschüttert, durch ein Werk Gottes zu Boden gerissen.«

»Das grenzt an Blasphemie, Adele.«

»Wird der Blitz nicht als ein Werk Gottes aufgefaßt, Patrick? Hier«, sagte sie und hielt eine Karte hoch. »Der Blitz schlägt in den Turm und reißt ihn nieder. Und jetzt«, fuhr sie fort, »stehen Entscheidungen an. Die Liebenden. Alte und neue Lebensweisen. Die Entscheidung liegt bei dir, und du mußt sie rasch und klug treffen. Das Schwert und die Waage der Gerechtigkeit werden dich bald ereilen.«

»Ich glaube, das gefällt mir nicht, Adele.« Marcie sah die ältere Frau mit panisch geweiteten Augen an.

»Nur noch vier Karten«, sagte Adele besänftigend. »Sehen wir, wie du das lösen kannst.«

Widerwillig zog Marcie die restlichen Karten. Als erste kam »Der Tod.«

»Große Veränderungen«, sagte Adele. »Am Anfang gefallen sie dir vielleicht nicht, aber das Leben ist voller Veränderungen.«

Die Schwerter-Zwei. »Ein getrenntes Haus. Scheidung und Trauer. Schneidet den Schmerz der Vergangenheit ab.«

Schwerter-As. »Ein neuer Kreislauf beginnt. Etwas, das dich ganz beansprucht. Das dich fordert. Das Bindungen zerschneidet und dich zum klaren Sehen zwingt.« Sie unterbrach sich und zeigte dann auf die letzte Karte.

»Der Jüngste Tag. Die Auferstehung der Toten. Geister, die sprechen. Etwas muß abgeschlossen werden, bevor du von neuem anfangen kannst.«

Marcie war bleich geworden. Vielleicht kam es nur vom Wein. Vielleicht war sie übermüdet, aber plötzlich war das alles zuviel für sie. Zu nah an den Ereignissen der letzten Tage.

»Was hat Michael dir erzählt?« fragte sie mit leiser Stimme, die nur mühsam die Fassung bewahrte.

Adele schüttelte den Kopf. »Michael hat mir nichts erzählt, meine Liebe, und vergiß nicht, daß du die Karten selbst gezogen hast. Ich habe dir nur erklärt, was sie bedeuten.«

Marcie suchte im Zimmer Michaels Augen und wußte, daß Adele die Wahrheit gesagt hatte. Auch er wirkte völlig verblüfft, und jetzt wurde ihr schmerzlich bewußt, daß sie zum Mittelpunkt der allgemeinen Aufmerksamkeit geworden war.

»Es ist Jack«, flüsterte sie. »Da gibt es eine Frau, die ihn verfolgt, die ihn ständig heimsucht. Ich weiß nicht, ob das nun wirklich ein Geist ist oder ob er sich das nur einbildet, aber er sagt, sie hat sich erhängt, und er war dabei, als das passiert ist.«

Sie schwieg, holte tief Luft und sah noch einmal zu Michael hinüber, als suche sie seine Zustimmung; dann zog sie das blaue Seidentuch von ihrem Hals.

»Und dann ist mir vor einigen Tagen, in der Nacht«, sagte sie, »das hier passiert.«

14

Seltsam, wie manche Dinge bei einem bleiben, egal wieviel anderes aus seinem Leben man vergessen mag.

Manche Dinge bleiben frisch und klar im Gedächtnis. Wie jener Nachmittag mit ihr. Jener Sommernachmittag.

Es war sehr heiß gewesen. Die Ernte war schon fast vorbei, und überall wurden so viele zusätzliche Helfer gebraucht, daß man sich mühelos wegstehlen konnte. Die anderen dachten eben, wir seien woanders, auf einem anderen Feld, in einer anderen Scheune; und es war so ungeheuer heiß.

Sie zog sich bis auf ihren Petticoat aus, legte sich im gesprenkelten Schatten auf den Rücken, schloß die Augen und ließ eine leises Lächeln um ihre Lippen spielen. Ich wußte, daß sie mich sah, daß ihre dunklen Augen unter den langen Wimpern mich beobachteten.

Ich war verlegen. Beinahe verängstigt. Wie beim ersten Mal, als wir es getan hatten. Das war im Winter gewesen, als wir uns das erste Mal im dunkelsten Winkel von Manx' Scheune geliebt hatten. Es war kalt, und ich drückte sie fest an mich, versuchte sie mit meinen Händen zu wärmen. Unser Mittelpunkt, da, wo unsere Körper sich trafen, brannte wie Feuer.

Schweißnaß. Über meinen Rücken und Rebeccas Arme lief eine Gänsehaut.

Danach mußten wir uns eilig anziehen. Dann blieben wir liegen und wärmten uns gegenseitig, mein Mantel auf dem Stroh unter uns, ihrer über uns ausgebreitet.

Aber im Sommer war es anders.

Sie wartete auf mich, paßte mich draußen in der Sonne ab. Fuhr sich lockend mit der Zunge über die Lippen oder sah mich verführerisch von der Seite an. Und ich ging mit ihr. Gott, ich weiß nicht mehr, wie oft. Ich ermahnte sie, immer wieder ermahnte ich sie, daß wir damit aufhören sollten. Aber davon wollte Rebecca nichts wissen. O nein, die Angst vor Entdeckung machte es für sie nur um so schöner. Sie biß und kratzte, als wollte sie in mich eindringen. Rieb mich wund. Rang mir die Knochen aus dem Leib. Biß mir die Zunge heraus und sprach damit meine Worte für mich.

An jenem Sommertag sagte ich ihr, das wäre das letzte Mal, aber sie lächelte nur.

»Ich tanze auf deiner Hochzeit, Jack«, sagte sie, »aber du brauchst nicht zu denken, daß sich dadurch das geringste zwischen uns ändert.« Dann streifte sie ihren Petticoat ab und ließ ihn auf den Boden fallen. Stand da, nackt und barfüßig, das lange schwarze Haar ums Gesicht und auf den Brüsten, die Haut von der Sonne vergoldet.

»Komm her, Jack«, sagte sie, lockte mich auf ihre hexenhafte Art. Winkte. Lachte mich mit den Augen an.

Und ich, Gott steh mir bei, ging zu ihr.

Adeles Karten hatten sie hierher zurückgeführt. Das Gespräch hatte bis tief in die Nacht gewährt. Fragen und Antworten und Mutmaßungen. Nach und nach war Marcies Stimmung besser geworden. Wenn Menschen, die sie mochte und denen sie vertraute, alle Aspekte einer so furchterregenden Sache auf eine so unbeschwerte, sachliche Art erörtern konnten, dann war das Ganze vielleicht doch nicht so verrückt, wie sie gedacht hatte.

Sie waren zu keinem Ergebnis gekommen, nur zu dem unausweichlichen Entschluß, daß Marcie unbedingt noch einmal mit Jack reden mußte – damit sie selbst und auch Jack ihren Frieden finden konnten. Sie mußte beenden, was auch immer da zu beenden war, bevor sie ihr Leben wieder aufnehmen konnte. Und wenn sich herausstellte, daß es nichts zu beenden gab, daß all das seine Ursache in sensibler Anteilnahme und Liebe für einen alten Mann hatte, dessen von Medikamenten getrübter Geist zum Phantasieren neigte, nun, dann wäre es ja nicht weiter schlimm.

Aber wenn mehr dahintersteckte...

Und so standen am Sonntag morgen Marcie und Michael mit den Zwillingen auf dem Parkplatz der Klinik und schickten sich an hineinzugehen.

»Ihr Auto ist nicht da«, sagte Marcie und sah sich um. Wenn sie Gück hatten, waren Alice und Oma in der Kirche, und Alec, das wußte Marcie, besuchte Jack nur selten alleine.

»Und wenn sie was gesagt haben?« sorgte sich Marcie. »Dem Empfang gesagt haben, daß ich ihn nicht besuchen darf?« Sie straffte sich und packte die Griffe des Kinderwagens, als könne der ihr göttlichen Schutz bieten. »Es gibt nur eine Möglichkeit, das rauszufinden.«

Sie hätte sich keine Sorgen zu machen brauchen. Der Wunsch ihrer Großmutter, das Gesicht zu wahren, hatte ihr alle Probleme erspart. Die Frau am Empfang erkannte sie gleich wieder.

»Ach, da wird er sich aber freuen, daß Sie kommen. Und das ist Ihre Familie?« Die Frau lächelte Michael an und turtelte verzückt mit den Zwillingen. »Er hat ständig nach Ihnen gefragt, der Ärmste. Aber das können Sie sich ja denken. Ihre Großmutter hat gesagt, Sie hätten nicht abreisen wollen, aber Ihr Urlaub sei zu Ende gewesen.«

Sie sah Marcie teilnahmsvoll an. »Es ist schon schwer, es jedem recht zu machen, wenn man von so vielen Seiten beansprucht wird.«

Marcie nickte lächelnd und trug sie alle ein, mitsamt Autokennzeichen und allen Namen.

»Hat er immer noch dasselbe Zimmer?« fragte sie.

»Ja. Sie kennen den Weg doch noch?«

Sie gingen durch den langen Korridor, dessen Wände in einem hellen Pfirsichton gestrichen und mit Bildern geschmückt waren. Ein dicker grüner Teppich dämpfte das Geräusch ihrer Schritte.

»Sieht gar nicht wie ein Krankenhaus aus«, bemerkte Michael.

»Ist ja eigentlich auch keins«, erinnerte ihn Marcie. »Aber schön ist es hier.«

Sie traten in das Krankenzimmer; Marcie blieb stehen. »Man hat ihn ans Fenster gelegt«, sagte sie. »Das freut ihn bestimmt.« Sie zögerte, dann schob sie entschlossen den Kinderwagen vor sich her bis ans Bett.

Auf Jacks Gesicht erschien ein breites, zahnloses Grinsen, das noch breiter wurde, als sie die Zwillinge zu ihm aufs Bett setzte.

»Kinderchen«, flüsterte er. »Die kleinen Racker. Deine Oma hat gesagt… aber ich habe ihr nicht geglaubt.« Als er Michael erblickte, runzelte er plötzlich die Stirn. »Wer ist das?«

»Das ist Michael, mein Mann«, sagte Marcie.

»Dein Mann!« Aus Jacks Mund klang das beinahe wie ein

Fluch; sein Gesicht rötete sich ein wenig, seine Hände fuchtelten aufgeregt. Er wandte den Blick ab und sah angestrengt zu den Bäumen und in den blauen Himmel hinaus.

Marcie erstarrte vor Wut. »Jack, wir sind gekommen, um dich zu besuchen«, sagte sie und wartete dann unsicher, daß der alte Mann zu erkennen gab, daß er sie gehört hatte.

»Das sind hübsche Kinder«, sagte er schließlich widerwillig, fuhr dann aber energisch fort: »Herrgott, bring sie hier raus, Mann. Hier drin stinkt es nach Tod und Sterben. Sollen sie diesen Mist etwa einatmen?«

Michael warf Marcie einen Blick zu. Er hatte keine herzliche Begrüßung erwartet, Marcie hatte ihm von Jacks ziemlich blinden Vorurteilen erzählt. Aber so unfreundlich er von dem alten Mann auch empfangen wurde, es hätte noch viel schlimmer sein können.

Die Zwillinge wurden bereits unruhig. Michael angelte zwei weiche Bälle aus der Tasche, die an dem Kinderwagen hing; einen roten und einen gelben.

»Wir gehen in den Garten«, sagt er. »Wir bleiben in der Nähe.«

Marcie nickte und sah ihm nach, als er die Zwillinge hinausbrachte.

»Du bist nicht sehr höflich, Jack.«

»Vorrecht des Alters«, sagte er. »Und warum sollte ich überhaupt höflich sein? Er hat dich geschwängert, oder? Genau wie…«

»Jack! Das reicht jetzt! Ich bin nicht hier, um mit dir zu streiten. Wenn du Streit suchst, halt dich an Oma.«

Für einige Sekunden schwiegen sie beide. »Du hörst dich besser an«, sagte Marcie schließlich. »Fast schon wieder wie früher.«

»Sie hat gesagt, du hättest wieder zur Arbeit gemußt«, sagte Jack vorwurfsvoll. »Du hättest Kinder und einen Mann. Da hat sie also wieder mal gelogen.«

Marcie seufzte. Die Erregung, die Jacks Wangen gerötet und seine Augen zum Leuchten gebracht hatte, schien plötzlich verflogen, als habe sie ihn zuviel Kraft gekostet, und jetzt hatte er sich noch weiter zurückgezogen.

»Meine Familie braucht mich, Jack. Oma und Tante Alice wollen mich nicht hier haben. Sie denken, ich rege dich zu sehr auf.«

»Du? Mich aufregen, Birdie? Wie könntest du mich aufregen?«

Seine Gedanken schweiften wieder einmal ab, stellte Marcie mißmutig fest. Sie sah ihn argwöhnisch an, fragte sich, wieviel von dieser Geistesabwesenheit echt war oder von Medikamenten und Krankheit herrührte. Wieviel davon kam Jack jetzt einfach gelegen? Sie lehnte sich auf dem Stuhl zurück und schloß die Augen.

»Ich habe einige seltsame Träume gehabt, Jack«, sagte sie leise; sie war zu dem Schluß gekommen, daß sie keine Zeit hatte, lange um das Problem herumzureden.

»Das war schon immer so, Birdie. Schon immer.«

»Ich habe geträumt... ich habe von dieser Frau geträumt, Jack. Von dieser Frau, die dich heimsucht, wie du sagst. Die dich beobachtet.«

Jack sagte nichts. Marcie sah ihn an. Er hatte das Gesicht von ihr abgewandt und sah mit starrem Blick Richtung Tür. Dort stand Alec, und seine Miene war ziemlich finster.

Ohne ihn aus den Augen zu lassen, stand Marcie langsam auf. »Guten Morgen, Dad.«

»Was willst du hier?«

»Ich besuche Jack. Und du?«

»Alec stapfte zum Bett, packte Marcie am Arm und zog sie beiseite. »Du hast kein Recht hierherzukommen!«

»Und ob ich das habe!« Sie riß sich von ihm los. »Ach, vergiß es, Dad, wir haben hier jetzt kein Publikum. Du brauchst dich nicht als Held aufzuspielen.«

Sie sah zum Bett, aber Jack schien nicht auf sie zu achten. Marcies Zorn brach sich plötzlich Bahn.

»Du hast mich behandelt wie ein Stück Dreck, Dad! Glaubst du, das nehme ich einfach so hin?« zischte sie wütend.

Alec starrte sie an. »Und du hast uns bestohlen«, konterte er. »Diese Sachen waren nicht dein Eigentum.«

»Aber auch nicht deins. Sie haben weder dir noch Oma noch Alice gehört. Sondern *Jack*!«

»Und das setzt dich also ins Recht, ja? Ahnst du überhaupt, wie sehr Oma sich aufgeregt hat?«

»Ahnst du, wie wenig mir das ausmacht?«

Sie schüttelte den Kopf, als ihr aufging, daß diese letzte Bemerkung zumindest teilweise gelogen war. Natürlich machte es ihr etwas aus. Ihre ganze Kindheit hatte sie Rücksicht darauf genommen, was ihre Familie sagte und tat, und von dieser Angewohnheit kam sie auch jetzt nur schwer los.

»Entschuldige, Dad«, sagte sie leise, »aber was hätte ich denn machen sollen? Ich konnte doch nicht zulassen, daß sie Jacks Sachen wegwirft, nur weil er nicht da war, um das selbst zu verhindern.«

»Jacks Sachen«, wiederholte Alec. Es klang traurig und enttäuscht, fand sie. »Jack hier, Jack da. Herrgott noch mal, Marcie...« Er brach ab, seine Miene verfinsterte sich, als er am Fenster eine Bewegung wahrnahm. »Wer ist das?« fragte er fast so ruppig wie Jack.

Michael trat durch die Gartentür ins Zimmer und sah dabei noch einmal zu den Zwillingen zurück, die auf dem Rasen Gänseblümchen pflückten. Er hatte sich die Locken mit einem gelb, rot und grün gemusterten Stirnband zurückgebunden und trug ein ausgebleichtes T-Shirt, verwaschene Jeans und Turnschuhe.

»Das ist Michael«, sagte Marcie. »Ich bin mit ihm verheiratet, falls du's nicht mehr weißt.« Sie stieß einen tiefen Seufzer aus. »Können wir den Streit mal kurz unterbrechen, Dad, damit du ihm guten Tag sagen kannst? Willst du nicht deine Enkel kennenlernen?«

Von dem Gedanken aufgeschreckt, sah Alec zu Liam und Hanna hinaus, die mit ihren winzigen Fingern den Gänseblümchen die Köpfe abrissen. Der Anblick schien ihn zu ernüchtern. Er machte einen Schritt, als wollte er nach draußen gehen. Dann überlegte er es sich anders.

»Nett von dir, daß du gekommen bist«, sagte er zu Michael, offenbar um Höflichkeit bemüht. »Ich meine, ja, wirklich nett, daß du gekommen bist. Aber ihr solltet jetzt besser gehen, Marcie. Deine Oma will sich nach der Kirche von jemandem hierherfahren lassen. Wir sind hier verabredet. Und ich glaube kaum, daß du ihr begegnen möchtest.«

Marcie versteifte sich. »Ich wollte mit Jack reden«, sagte sie.

»Jack macht nicht den Eindruck, als ob er jetzt reden will.«

Marcie sah zu dem alten Mann hinüber. Er schien zu schlafen, aus seinem offenen Mund rann Speichel aufs Kopfkissen. Natürlich hatte ihr Vater recht. So bald würde sie von Jack nichts erfahren, und, nein, sie wollte ihrer Tante und ihrer Großmutter hier wirklich nicht begegnen.

»Wer war Rebecca?« fragte sie.

»Was? Wer?« Alec war völlig überrascht von ihrem Richtungswechsel.

»Eine Frau, die Jack gekannt hat«, fuhr Marcie fort. »Vielleicht während des Krieges. Könnte sein, daß sie erhängt wurde.«

»Ach, die!« Jetzt klärte sich Alecs Miene. Er sprach wie von einer gleichgültigen Angelegenheit. »Das war nicht im Krieg, Marcie. Da hat Jack nur mal wieder was verwechselt. Rebecca war eine Bekannte von Jack und deiner Oma. Ist ermordet worden. Soweit ich weiß, hat ihr Mann sie erhängt.«

Er sah verstohlen zu Jack hinüber. »Gott! Immer wieder fängt er davon an. Stundenlang. Bis man's kaum noch aushalten kann.«

Er bewegte sich unbehaglich, als sei ihm ein solches Eingeständnis seiner Schwäche peinlich. Dann wechselte er wieder zu dem Thema, bei dem er sich sicherer fühlte. »Was du getan hast, hat deine Oma und Alice wirklich sehr aufgeregt.«

»Ach, hör auf damit, Dad. Du solltest endlich mal zugeben, wie sehr es dich ärgert, daß du unter ihrer Fuchtel stehst!«

Danach sagte sie nichts mehr, hörte auch nicht mehr Alecs halbherzigen Vorwürfen zu. Michael stand in der Tür, während Marcie die Zwillinge holte, ihnen zuredete, sich wieder in den Wagen setzen zu lassen, und mit einer Begeisterung, die Alec vollständig aussperrte, von ihnen die Blüten und Stengel der Gänseblümchen entgegennahm. Michael nickte Alec knapp zu und folgte seiner Frau durch den Korridor.

Alec stand mit hängenden Armen da und sah ihnen nach.

Sie denken, ich höre ihr Gezänk nicht. Denken, ich wüßte nicht, wie sehr sie sich immerzu streiten und was für eine Last ich ihnen bin, wenn ich hier herumliege, statt ihnen im Haus zu helfen.

Eben glaubte ich meine Birdie zu hören. Hat sie nicht mit mir gesprochen, mir von ihren Träumen erzählt, wie sie es früher als kleines Mädchen getan hat? Muß wohl Mary gewesen sein, die von den Kindern erzählt hat. Muß wohl geträumt haben, daß sie hiergewesen sind. Die kleinen kaffeebraunen Racker. Bildhübsch, wie sie auf meinem Bett gesessen haben.

Daß ich auf meine alten Tage noch Engel sehe. Dunkle Engelchen mit krausem Haar und großen braunen Augen. Genau wie mein Erstgeborenes. Braune Augen und krauses Haar und tot wie meine Rebecca.

Die Sonne auf ihrer Haut wie warmer Honig.

Gott im Himmel! Eine solche Kälte habe ich noch nie erlebt, nicht mal im tiefsten Winter. Eine Kälte wie in der Wüste. Klarer Himmel, Sterne wie Diamanten auf blauem Samt. Wie eine Stoffpuppe hat sie da gehangen. Die Hände gefesselt, damit sie sich nicht wehren konnte. Den Strick fest um den Hals gezogen.

Es war nicht meine Schuld, Frau! Nein, nein, ich hätte das richtig gemacht. Es war nicht meine Schuld, daß der Knoten sich so fest um deinen Hals gezogen hat. Ich hätte das richtig gemacht; ein Ruck, und die Sache wäre erledigt gewesen. Ich hätte dich nicht so lange mit den Füßen nach den Sternen treten lassen.

Nach den Sternen treten.

»Rebecca?«

Mary kam ans Bett, die freundliche Begrüßung erstarb auf ihren Lippen. Alec legte ihr eine Hand auf den Arm.

»Mam, reg dich nicht auf. Er weiß nicht, was er redet.«

Sie wandte sich ab und ging hastig durch den Korridor zurück; Alec mußte fast laufen, um mit ihr Schritt zu halten.

»Er meint das nicht so, Mam. Er sieht sie, sie erscheint ihm, Mam. Das hat nichts zu bedeuten.«

»Du redest beinahe schon wie deine Tochter«, sagte Mary wütend, mit unterdrückten Tränen in der Stimme. »Woher willst du wissen, was dein Vater meint und was nicht? Und was geht dich das alles überhaupt an?«

»Ist es etwa meine Schuld, wenn ich das nicht verstehe? Na, sag schon! Hast du je versucht, es mir zu erklären? Du hättest ja mal draufkommen können, mich in diese Dinge einzuweihen. Statt dich selbst zu betrügen und dir einzubilden, die Vergangenheit wäre tot und begraben und würde mich nichts angehen.«

Mary sah ihn mit einer Mischung aus Mitleid und Verachtung an. »Aber genauso ist es, Junge«, sagte sie.

»Nein!« Alec schrie beinahe. »Nein, so ist es nicht, und es ist auch nicht so, daß mich das nichts angeht, Mam.« Sie war jetzt stehengeblieben, und es gelang ihm, sie bei der Hand zu nehmen. »Wenn das alles vergangen und begraben ist, warum weinst du dann jedesmal, wenn er diese Frau erwähnt? Warum stößt du mich jedesmal weg, wenn ich dir helfen will?« Nach kurzem Schweigen sagte er leise: »Wer war sie, Mam? Wer war sie?«

Mary hatte ihm ihre Hand gelassen, schien ihm zugehört zu haben, aber jetzt riß sie sich los.

»Das geht dich nichts an!« zischte sie wütend. »Jetzt nicht und überhaupt nicht!«

15

Statt den Rest des Sonntags zu vergeuden, fuhren sie noch zwanzig Meilen weiter ans Meer. Für die Zwillinge war es das erste Mal. Den ganzen Tag bauten sie Sandburgen, planschten im seichten Wasser, und schließlich, als mit der Flut ein kalter Ostwind aufkam, gingen sie auf den Rummelplatz und gewannen beim Entenangeln zwei pelzige Affen, die Marcie normalerweise nicht ins Haus gekommen wären.

Am Sonntag konnte Marcie ihren Schmerz und Zorn mit diesen kindlichen Vergnügungen beschwichtigen. Am Montag war das schwieriger. Auch am Dienstag noch, wenngleich die Tage eigentlich ganz gut vergingen. Die Arbeit, das Haus, das Spielen mit den Zwillingen, all das Gewohnte und Alltägliche lenkte sie tröstlich ab. Nichts Befremdliches oder Beängstigendes kam störend dazwischen, und die Striemen an ihrem Hals wurden immer blasser.

Von Jack wurde kaum gesprochen. Von Alec, ihrer Tante und ihrer Großmutter überhaupt nicht. Nur einmal nahm sie das Päckchen Fotos – die ältesten, aussortiert aus den anderen – und betrachtete nachdenklich die Gesicher der Leute, die da neben dem Heuwagen standen.

»Ich frage mich, ob eine davon Rebecca ist«, sagte sie.

Auf dem Bild waren fünf Frauen zu sehen. Zwei davon kannte sie. Die junge Mary und die noch jüngere Alice. Die anderen drei wirkten genauso jung, genauso hoffnungsvoll an diesem warmen Sommernachmittag.

»Das muß ein schrecklicher Tod sein«, bemerkte Michael; Marcie nickte, sah in diese vergessenen Gesichter und versuchte sich eins davon mit einem Strick um den Hals vorzustellen, mit Todesangst in den Augen.

Am Mittwoch arbeitete Marcie bis spät abends; sie eilte nur zwischendurch auf einen raschen Imbiß mit Michael nach Hause und sagte ihm, man habe ihr Überstunden angeboten. Inventur, doppelter Lohn. Sie konnten es sich nicht leisten, das abzulehnen.

Michael fuhr sie zur Arbeit zurück, las anschließend den Zwillingen etwas vor und brachte sie zu Bett; Liam durfte sein derzeitiges Lieblingsbuch mit dem Kleinen Bären mit in die Federn nehmen.

Dann machte er sich über die Akten her, die er von der Rechtsberatungsstelle mit nach Hause genommen hatte. Menschen, die von Bankrott und Räumungsklagen bedroht waren, Menschen, die Ärger mit Nachbarn, Vermietern, Ehepartnern und Hunden hatten.

Michael dachte oft mit Bedauern daran, wie sein einstiger Traum von einer Karriere als Kronanwalt in einem Sumpf aus Alltagsproblemen untergegangen war. In diesem nie endenden Strom von Leuten, die sich nicht mehr zu helfen wußten und auf lebenswichtige, oft freilich sehr simple Ratschläge angewiesen waren. Manchmal sprach er davon, daß er sein Studium wieder fortsetzen wolle, aber ihre finanzielle Lage ließ es einfach nicht zu, daß er seine gegenwärtige Arbeit so ohne weiteres aufgeben konnte.

Er war gerade in die Einzelheiten eines Mietvertrags vertieft, als Alec kam.

»Ein Nachbar von euch hat mich reingelassen«, sagte Alec, als Michael die Wohnungstür öffnete und befremdet die stämmige Gestalt anstarrte, die vor ihm auf der Schwelle stand. »Hat mir gesagt, das hier sei eure Tür.«

»Marcie ist nicht da«, sagte Michael. »Sie muß heute abend länger arbeiten.«

»Ach«, sagte Alec. »Damit hatte ich nicht gerechnet... nehme an, ich hätte vorher anrufen sollen, aber es war, nun ja, eine spontane Idee, wie man so sagt.«

Michael hob eine Augenbraue. »Die Fahrt dauert drei Stunden«, sagte er. »Das muß ja sehr spontan gewesen sein.«

Alec trat, verunsichert von dieser Begrüßung, von einem Bein aufs andere. »Ich kann ja wieder gehen«, sagte er. »Weißt du, wann sie...?«

Michael schüttelte den Kopf. »Komm doch rein«, sagte er und trat zur Seite. »Wir müssen nur leise sein, ja? Hanna hat einen sehr leichten Schlaf.«

Er ging in die Küche und setzte Kaffeewasser auf, wartete, mit verschränkten Armen an die Arbeitsplatte gelehnt, und fragte sich, was um alles in der Welt Alec hierhergeführt haben mochte. Überlegte, ob er seine Verärgerung zeigen oder ob er den anderen erst mal reden lassen und herausfinden sollte, was er im Sinn hatte.

Als er mit den Kaffeebechern ins Zimmer trat, sah er Alec vor dem Nebenraum stehen; er hatte den Vorhang beiseite geschoben und betrachtete die schlafenden Kinder. Michael war überrascht, was für ein trauriges Gesicht er machte.

»Ich sehe sie noch als Baby vor mir«, sagte Alec; er trat

zurück und ließ den Vorhang fallen. »So ein winziges dürres Ding. Jack hat immer nur von ihr geschwärmt.«

Er nahm den Kaffee und blieb verlegen stehen, als wüßte er nicht, wie er jetzt weitermachen sollte.

»Marcie hat mir erzählt, ihre Mutter sei bei einem Autounfall ums Leben gekommen«, sagte Michael. »Deswegen hättest du sie bei Jack untergebracht.«

Alec nickte langsam; bevor er antwortete, setzte er sich und umfaßte den Becher mit beiden Händen, als ob er die Kälte spüren würde. »Sie ist gestorben«, sagte er steif. »Ist zu schnell in eine Kurve gefahren und dreißig Meter tief auf die Felsen gestürzt.« Er ließ traurig den Kopf hängen. »In Italien, in den Bergen. Sie hätte es besser wissen sollen, aber sie ist schon immer zu schnell gefahren. Marcie hat eigentlich nie nach ihr gefragt«, fügte er hinzu. »Dafür hat Jack gesorgt. Daß sie nie auf die Idee kam, nach ihr zu fragen.«

»Du hättest ihr von ihr erzählen können«, meinte Michael. »Sie ist doch dein Kind.«

»Mein Kind«, wiederholte er. »Mein Kind, glaubst du? Da kennst du Jack aber schlecht.«

Michael sah ihn nachdenklich an. Er dachte daran, wie selten Marcie von Alec sprach. Wenn sie von ihrer Familie erzählte, ging es fast immer nur um Jack.

Alec trank den noch heißen Kaffee aus und starrte in den leeren Becher. Es schien, als sei das Gespräch für ihn beendet.

Was hat ihn hierhergeführt? fragte sich Michael auf neue. Er machte einen sehr unruhigen Eindruck. Nichts von dem arroganten Gehabe, das Michael am letzten Sonntag an ihm erlebt hatte. Im Gegenteil, er sah verwirrt und ratlos aus.

Das leise Geräusch, mit dem Liam sich umdrehte, ließ Alec aufhorchen. Er hob den Blick. »Was für schöne Kinder«, sagte er mit Sehnsucht in der Stimme.

»Das war Marcie wohl auch«, sagte Michael.

»Marcie«, sagte Alec und neigte die leere Kaffeetasse zu sich hin. »Marcie ist nie mein Kind gewesen. Jedenfalls nicht mehr, seit ich sie zu meinen Eltern gebracht habe.«

»Das hast du dir selbst ausgesucht.«

»Ausgesucht!« schrie Alec beinahe, sah dann schuldbewußt in Richtung der Zwillinge und senkte die Stimme. »Da gab es nichts auszusuchen. Was hätte ich denn sonst tun können? Ich kannte mich mit kleinen Kindern nicht aus. Kein bißchen. Und als ihre Mutter starb… gab es sonst niemanden.«

Plötzlich nickte er und sah Michael zum erstenmal offen in die Augen. Hielt seinem Blick stand. »Du hältst nicht allzuviel von mir, stimmt's?«

»Stimmt«, sagte Michael barsch. »Nicht allzuviel, aber ich glaube nicht, daß du selbst dich sehr viel höher einschätzt.«

»Was weißt du denn schon?« schnaubte Alec. Aber das war nur Theater, ohne was dahinter. Er lehnte sich zurück und stöhnte. »Darüber denke ich heute gar nicht mehr viel nach«, sagte er.

Michael sah den anderen noch eine Weile an, aber der schien nicht bereit weiterzusprechen. Er stand auf, nahm Alec die Tasse aus der Hand und ging in die Küche, um noch etwas Kaffee zu machen. Während er den Kessel aufsetzte und Zucker und Kaffeepulver in die Becher tat, begann er zu reden. Und redete immer noch, als er wieder ins Wohnzimmer kam.

»Als sie schwanger war, hat sie mir von diesem anderen Baby erzählt und warum sie von dir und Jack weggelaufen ist. Ihr habt ihr Unrecht getan, Alec. Ihr alle. Was hatte sie denn so furchtbar Schlimmes getan? Sie hatte sich verliebt, oder jedenfalls bildete sie sich das ein. Hatte mit ihrem Freund geschlafen und war dumm und naiv genug gewesen, davon schwanger zu werden. Hat sie irgend etwas getan, womit sie diese Behandlung durch euch verdient hat?«

Er unterbrach sich und wartete auf eine Antwort, bekam aber keine. »Was habt ihr zwei damit beweisen wollen, Alec? Was für großartige Männer ihr seid? Herrgott! Sie war doch noch ein Kind. Hatte sowieso schon schreckliche Angst, und ihr mußtet sie behandeln, als ob sie irgendein furchtbares Verbrechen begangen hätte.«

»Was sie getan hat, war nicht in Ordnung. Sie hat uns enttäuscht. Sie hat nicht auf uns gehört.«

»Was sie getan hat, war dumm. Sie war verblendet, könnte man sagen, aber wenn jeder von uns so teuer für die Dummheiten zu bezahlen hätte, die wir als Kinder begehen, dann sähe es ja wohl ziemlich finster um unsere Zukunft aus.«

»Was weißt du denn schon?« konterte Alec wütend. Das war anscheinend eine seiner Lieblingsredensarten. »Sie hat nicht auf uns gehört; sie hat weder Selbstachtung noch Selbstbeherrschung gezeigt. Und dann dieser Junge. Glaubst du, so einer könnte jemals gut genug für Marcie sein?«

»Du widersprichst dir selbst, Alec«, stichelte Michael. »Du kannst sie nicht gleichzeitig auf einen Sockel stellen und als den letzten Dreck bezeichnen. Das geht nicht.«

Alec sprang so unvermittelt auf, daß der Kaffee aus seinem frisch gefüllten Becher schwappte. Was auch immer er geplant haben mochte, wurde von der brühheißen Flüssigkeit, die sich über seine Hand ergoß, vereitelt.

»Verdammter Mist.« Er warf wütende Blicke um sich.

Michael spürte, daß der Kaffee auf dem Teppich Alec mehr zu schaffen machte als die Beleidigungen, die seiner Reaktion vorangegangen waren.

»Halt deine Hand unter kaltes Wasser«, sagte Michael und zeigte zur Küche. »Ich hole ein Tuch.«

Das Aufwischen verschaffte beiden eine kleine Verschnaufpause. Alec wirkte ruhiger, als sie sich wieder hinsetzten.

»Es war Jacks Idee«, sagte Alec, als ob damit alles erklärt sei.

»Kann mir nicht denken, daß du auf die Idee gekommen bist, dich ihm zu widersetzen.«

»Jack kann man sich nicht widersetzen. Früher jedenfalls nicht. Und meine Mutter… ich habe nie erlebt, daß ihr jemand widersprochen hat. Gott!« sagte er und blickte finster auf, »ist das nicht jämmerlich?«

»Ein bißchen schon.« Als er Alecs traurige Miene sah, fügte er rasch hinzu: »Hey, Mann, ich hab' nicht vor, noch mal blöde Bemerkungen über dich zu machen. Das bekommt unserem Teppich nicht.«

Er lachte, diesmal über die Grimasse, die Alec schnitt. »Hör mal«, sagte er, »es steht mir nicht zu, irgendwelche Urteile zu fällen, es sei denn, es geht um Marcie. In dem Fall habe ich ja wohl ein Recht dazu.«

Alec nickte langsam, schien unter Schmerzen in seiner Erinnerung zu wühlen und sagte dann mit leiser Stimme:

»Es war eine kalte Nacht. Ich glaube, wir haben wirklich gedacht, daß wir das Richtige tun…«

Es war kurz nach Weihnachten, die Nächte waren sehr dunkel und sehr kalt und voller Schneewolken, die keinen einzigen Stern durchließen.

Marcie hatte sich tagelang erbrochen, ganz furchtbar. Magenverstimmung, sagte Tante Alice, doch Oma war sich da nicht so sicher. Marcies Periode, nach der man sonst die Uhr stellen konnte, war ausgeblieben.

Erst nach stundenlangen Diskussionen, nach Wutausbrüchen, Tränen und Gewaltandrohungen bekamen sie die Wahrheit aus ihr heraus.

»Wer ist es?« hatte Mary immer wieder gefragt, noch bevor Marcie endlich die Wahrheit gestanden hatte.

»Einmal, ich schwöre, Oma, es war nur einmal.«

»Einmal oder mehrmals. Was spielt das für eine Rolle? Du hast gesündigt, Kind. Gesündigt.«

»Es war keine Sünde. Bestimmt nicht. Ich liebe ihn, Oma, ich liebe ihn.«

»Liebe! Du bist noch ein Kind. Fünfzehn Jahre alt. Was weißt du schon von Liebe? Ich werde ihm die Polizei auf den Hals hetzen. Ich bringe ihn vor Gericht, und da wirst du allen, dem Richter und den Geschworenen und irgendwelchen Zuschauern, erzählen müssen, was du getan hast.«

»Ich habe es nur einmal getan, Oma. Ehrlich. Ich habe nicht gedacht, daß da etwas passieren könnte. Nur dieses eine Mal. Und Spaß hat es mir auch nicht gemacht, Oma.«

Das waren natürlich leere Drohungen. Mary hätte niemals die Polizei geholt und die damit verbundene öffentliche Demütigung auf sich genommen, aber Marcie war zu verzweifelt, um das zu bedenken. Am Ende führte das stundenlange Schimpfen und Zusetzen doch zum Erfolg. Marcie verriet ihnen den Namen des Jungen und die Orte, an denen sie zusammengewesen waren, und erzählte ihnen alles, was sie miteinander getan hatten.

Mary regte sich gleich doppelt auf. »Der Simpson-Junge? Dieser Faulenzer und Taugenichts? Warum, Marcie? Warum?«

»Ich liebe ihn... ich mag ihn, Oma. Er hat mich zum Lachen gebracht. Es war schön, einfach nur... einfach nur schön, mit ihm auszugehen, und dann ist es ernst geworden, verstehst du...«

Omas Miene sagte ihr, daß sie es nicht verstand. Es *nie* verstehen würde.

»Ihr seid alt!« schrie Marcie sie schließlich an. »Ihr habt vergessen, wie das ist, wenn man jung ist und *Gefühle* hat!«

Nun schlug Mary zu, so fest, daß Marcie taumelnd gegen die Tür krachte. Sie sank keuchend zu Boden und begann leise und verschreckt zu wimmern.

»Jetzt geh auf dein Zimmer«, sagte Mary. »Geh auf dein Zimmer und komm erst wieder raus, wenn ich es dir sage.«

Marcie floh die Treppe hinauf und knallte die Tür ihres

Zimmers zu, warf sich aufs Bett und brach in Tränen aus. Auch dort fand sie keinen Frieden. Kurz darauf trat Tante Alice in ihr Zimmer und begann Marcies Kleiderschrank und Kommode auszuräumen.

»Was machst du da?«

»Ich sorge dafür, daß du nicht auf dumme Gedanken kommst«, sagte Alice. »Zieh dein Nachthemd an und leg dich ins Bett.«

Sie blieb und wartete, bis Marcie ihrem Befehl Folge geleistet hatte, und als sie dann ging, nahm sie ihre Kleider und Schuhe mit.

»Eines Tages wirst du uns dafür dankbar sein«, sagte sie, als sie das Zimmer verließ.

Draußen hatte es fünf Grad unter Null, der Himmel noch immer schwer von ungefallenem Schnee.

»Ihr habt mich fast fünf Tage in diesem Zimmer eingeschlossen«, sagte Marcie leise. »Habt mir Essen gebracht, das ich nicht essen konnte, und wenn ich mich übergeben mußte, habt ihr mich nur ins Bad gelassen, weil Oma Angst hatte, ich könnte mein Zimmer dreckig machen. Und dann mußte ich mich eines Morgens anziehen, und ihr habt mich ins Auto gesteckt und in dieses Haus gebracht, wo es keinen interessiert hat, ob ich mein Kind behalten wollte oder nicht.«

»Du warst zu jung«, erklärte Alec ernst. »Marcie, du warst erst fünfzehn Jahre alt.«

»Alt genug, um schwanger zu werden«, sagte sie leise. »Alt genug, um darüber reden zu können.« Sie rückte näher an Alec heran, ihre Augen glühten vor Trauer und Haß, wie Michael es noch nie an ihr gesehen hatte. »Wieviel habt ihr ihnen bezahlt, Dad, daß sie mir das ohne Beratung und ohne meine Zustimmung angetan haben?«

»Du hast zugestimmt«, widersprach Alec. »Du hast die Formulare unterschrieben, und damit hast du zugestimmt.«

»Zu dem Zeitpunkt, Dad, hätte ich allem zugestimmt, nur um aus diesem Zimmer zu kommen.« Sie schüttelte langsam den Kopf. »Ich habe euch ja verziehen. Ich weiß, ihr habt nur das Beste gewollt, aber es war unrecht, Dad. Es war unrecht.«

Michael stand auf, ging zu ihr und gab ihr einen Kuß. »Hast du Hunger?« fragte er. »Oder soll ich Tee machen?«

Auch Alec war verlegen aufgestanden. Mit dem Rücken zur Tür sitzend, hatte er nicht gehört, wie Marcie leise eingetreten war, behutsam aufgeschlossen hatte, für den Fall, daß die Zwillinge noch nicht fest schliefen. Sie war in der Tür stehengeblieben, hatte Michael mit einer Handbewegung gebeten, sie nicht zu verraten, und Alec minutenlang zugehört, ihrem Vater, der den Boden anstarrte und so sehr mit seiner Geschichte beschäftigt war, daß er ihr Kommen nicht bemerkt hatte.

»Es war unrecht«, wiederholte sie leise. »Was willst du hier?«

»Ich bin gekommen... weil...« Alec schüttelte den Kopf. »Das frage ich mich auch schon die ganze Zeit.«

»Streit mit Oma gehabt?«

Alec zuckte schuldbewußt zusammen, woran Marcie erkannte, daß sie das Richtige getroffen hatte.

Er nickte. »Sie regt sich auf. Über Jack. Über dich. Ich weiß auch nicht, Birdie, aber ich komme in letzter Zeit anscheinend nicht mehr so gut zurecht.«

Jetzt war es Marcie, die erschreckt zusammenfuhr. Nur Jack hatte sie jemals Bird genannt. »Erst in letzter Zeit, Dad?« fragte sie. Als sie den tiefen Schmerz in seinen Augen sah, gab sie ein wenig nach. »Weiß sie, daß du hier bist?«

»Gott, nein!« Alecs Ausruf klang fast schon komisch.

»Immer noch unterm Pantoffel«, sagte Marcie und dann: »Entschuldige, Dad, das hätte ich nicht sagen sollen. Sie hat einen furchtbar großen Pantoffel.«

Alec schaute unbehaglich drein, mußte aber beinahe

lachen über die halb scherzhaft gemeinte Bemerkung seiner Tochter. »Ich muß jetzt los«, sagte er. »Es ist ein weiter Weg.«

»Du kannst das Sofa nehmen«, sagte Michael, der gerade aus der Küche kam. Alec und Marcie sahen ihn beide verwundert an.

»Danke«, sagte Alec. »Aber ich muß nach Hause.«

Er setzte sich trotzdem wieder und schaute zu, wie Marcie nach den Kindern sah und Hanna zärtlich zudeckte. Michael goß Tee in hellrote Becher und stellte Kekse dazu. Marcie ließ sich neben ihm aufs Sofa fallen, schloß die Augen und griff mechanisch nach Michaels Hand. Alec war überrascht von der Intimität, die von den beiden ausging. Beiläufige Berührungen und Zärtlichkeiten zählten nicht zu den Dingen, die im Haus seiner Eltern üblich waren. Jack hatte sich darum bemüht, es aber nur zu rauher Herzlichkeit gebracht, während Alec nach echter Freundschaft und Wärme gesucht hatte – aber auch er hatte sich nie direkt Gedanken darüber gemacht. Für Mary, die allenfalls flüchtige Umarmungen und Küsse auszuteilen vermochte, waren ihre Pflichten als Hausfrau und Moralwächterin immer viel wichtiger gewesen.

Eigentlich hatte Alec nur während seiner kurzen Ehe erkannt, wonach er sich wirklich sehnte. Und nur in Jacks Liebe zu Marcie hatte er das einmal Realität werden sehen.

»Ich habe deine Mutter geliebt«, brach es plötzlich mit der Macht eines Geständnisses aus ihm heraus. »Ich habe sie so sehr geliebt, daß mir schon der Gedanke daran weh tut.«

Marcie starrte ihn an; sie wußte nicht, was sie sagen sollte. Schließlich beugte sich Michael über den Tisch und nahm Alecs Hand.

»Natürlich hast du sie geliebt«, sagte er ruhig. »Das ist eins der wenigen Dinge, die noch für dich sprechen.«

16

Wir waren fünf – ich, die Fisher-Brüder, Sam Nicols und Sergeant Mills –, versteckt in einem Haus, das angeblich sicher war.

In ihrem Haus.

Ich kann mich erinnern, wie sie gerochen hat, als sie sich über mich beugte und meine Tasse nahm. Sauber und warm, in den Haaren ein Hauch von Sandelholz. Haut wie Honig, wie meine Becky.

Dann schlugen die Geschosse näher ein. Das Krachen und die Schreie waren höchstens noch eine Straße entfernt, und die Frau wurde sehr nervös. Hatte Angst, daß man uns finden würde. Vor dem, was man ihr antun würde, wenn man uns in ihrem Haus entdeckte. Also führte sie uns da raus, sie und der Mann, mit dem sie zusammenlebte. Emile, so hieß er wohl, aber so genau hat mich das nicht interessiert … raus in die Dunkelheit, ich als Späher voran und Mills als Nachhut.

Sie war trotz ihrer Angst sehr umsichtig und sah genau nach, ob wir auch nichts vergessen hätten. Ich beobachtete, wie sie die Tassen, die wir benutzt hatten, in den Schrank zurückstellte und auch sonst alles aufräumte. Jede Spur von uns wurde beseitigt.

Gassen, die alle gleich aussahen. Winzige Fenster, die in die Welt hinausblickten, dunkle Torwege, die in Hinterhöfe und Durchgänge führten. Wir hielten uns im Schatten, huschten wie Ratten an den Mauern entlang, aufs höchste angespannt von der Angst vor Heckenschützen, die in jeder schwarzen Fensteröffnung lauern konnten.

Der Mond stand am Himmel, aber noch tief, verdeckt von den Häusern. Gelegentlich sahen wir ihn zwischen den zerborstenen Mauern, in den von der Artillerie gerissenen

Lücken. Und in der Ferne waren fette Rauchwolken zu sehen, dunkel vor dem dunklen Himmel, und ein rotes Leuchten, wo es noch brannte. Ich weiß noch, wie ich dachte: Da geht der Mond über der Hölle auf.

Wie gesagt, wir waren zu fünft. Wenn ich mir Mühe gebe, kann ich mich noch an ihre Gesichter erinnern. Verdreckt und schweißverschmiert. Sergeant Mills, regulärer Soldat, große kantige Hände, hatte die langsame, ruhige Art eines starken Elefantenbullen. Entschlossen, als wüßte er genau, wo er hin wollte und was er tun würde, wenn er dort angekommen wäre. Wir müssen uns neu gruppieren, sagte er. Müssen zurück zu dem, was von unserer Einheit übrig ist – als sei das ein Kinderspiel, als brauchten wir nur auf ihn zu hören, dann würden wir das schon schaffen.

Sie brachten uns zu einem ausgebombten Haus, fünf oder sechs Straßen vom Haus der Frau entfernt, und dort versteckten wir uns in den Trümmern eines der hinteren Zimmer. Jetzt konnte ich den Mond sehen, er schien durch die Lücken zwischen den Dachbalken zu uns herein, so hell, daß wir unsere Gesichter sehen und die grobe Kartenskizze erkennen konnten, die Emile uns aufzeichnete. Ein sicherer Weg, sagte er. Jedenfalls so sicher wie alles andere in einer Stadt voller Heckenschützen. Aber weiter wollten sie uns nicht bringen. Die Angst vor Entdeckung war zu groß.

Dann saßen wir im Halbdunkel, warteten, daß der Mond unterging, und hofften, irgendwann zwischen Monduntergang und Sonnenaufgang aus dieser verfluchten Kleinstadt herauszukommen. Wir saßen einfach nur da und lauschten dem Einschlagen der Geschosse, bis unsere Gedanken vollkommen verwüstet waren, vom Lärm der einstürzenden Mauern und den Schreien derer, die keine Fluchtmöglichkeit hatten. Das Allerschlimmste aber war die Ungewißheit, ob wir unser Schicksal mit diesen Menschen teilen würden oder nicht.

Und die Nacht schleppte sich so langsam dahin, daß ich hätte schwören können, der Mond sei über uns stehengeblieben und scheine auf uns herab wie der Stern von Bethlehem, um den anderen den Weg zu uns zu zeigen.

Erschöpft, müde und zutiefst widerwillig fuhr Alec in den frühen Morgenstunden nach Hause.

Ich war fünfzehn, als ich von zu Hause weggegangen bin, erinnerte er sich. Fünfzehn. Mit fünfzehn zur Marine. Wehrdienst auf dem Ganges. Als Kind um die ganze Welt gereist.

Marcie hatte recht. Er hatte selbstherrlich darüber befunden, was gut für sie war, doch er selbst hatte im gleichen Alter ebenfalls eine Entscheidung getroffen, die ihn jetzt entsetzte. Er war immer noch überzeugt, daß es Wahnsinn gewesen wäre, wenn sie in diesem Alter das Kind bekommen hätte, aber wie sie das damals geregelt hatten, war nicht nur schlecht, sondern wohl auch sehr grausam gewesen.

Fünfzehn, dachte er wieder, und Jack sogar noch ein Jahr jünger, als er anfing auf der Farm zu arbeiten.

Und doch waren sie solche Kinder gewesen. Kleine Erwachsene, die in einer komplizierten Welt ihren Weg zu finden versuchten.

Er fuhr durch fast leere Straßen. Selbst auf der Autobahn herrschte so gut wie kein Verkehr. Seine Gedanken schweiften zu dem Abend zurück, als Marcie gestanden hatte, daß sie schwanger war, und dann erinnerte er sich an den Abend wenige Tage später, als er und Jack sich an dem Simpson-Jungen gerächt hatten.

Es war immer noch sehr kalt gewesen, und der wieder einsetzende Schneefall hatte die Straßen mit tödlichem Weiß überzogen. Sie hatten auf ihn gewartet, auf Patrick Simpson gewartet, bis er aus dem Pub kommen, sich von seinen Freunden verabschieden und durch den Park nach Hause gehen würde.

Pat Simpson war gerade achtzehn geworden. Ein hoch aufgeschossener Junge mit Pickeln und langen schwarzen Haaren, der aber trotzdem in dem Ruf stand, es bei den Mädchen leicht zu haben. Alec verstand nicht, was an ihm so reizvoll sein sollte, aber ein beträchtlicher Teil der weiblichen Bevölkerung schien das anders zu sehen. Ältere Leute nannten ihn einen Weiberheld, aber das war positiv gemeint, als ob das etwas wäre, worauf man stolz sein könnte, als ob das seine Arbeitslosigkeit und seine miserablen Zukunftsaussichten aufgewogen hätte.

Alec konnte sich noch deutlich erinnern, wie sie ihm gefolgt waren. Die Nacht war bitterkalt gewesen. Der Junge war ohne Kopfbedeckung gegangen, hatte den Kragen hochgeschlagen und die bloßen Hände tief in den Taschen seines Mantels vergraben.

»Wir reden nur mit ihm«, hatte Jack gesagt. »Von Mann zu Mann sozusagen. Bringen ihm bei, daß er unsere Birdie in Ruhe lassen soll.«

Selbst da noch, entehrt und geschändet, war sie Jacks Bird gewesen. Noch immer auf dem Sockel, obwohl sie längst, wie Michael gesagt hatte, in der Gosse gelandet war.

Alec hatte sich mit dem Gedanken beruhigt, daß Jack jemand war, der zu seinem Wort stand. Daß sie nur reden würden. Aber als sie dem Jungen durch den Park nachgingen, sich wie Spürhunde von Schatten zu Schatten bewegten, hatte auch Alec den Schein nicht mehr so ganz wahren können.

Dann stürzte Jack sich auf ihn. Er brüllte wie ein Irrer, und mit einer Kraft, die gar nicht seinen Jahren entsprach, rang er den Jungen zu Boden und bearbeitete seinen Kopf mit Fußtritten, bis der Schnee sich rot färbte und der Junge regungslos dalag. Und dann war auch Alec gezwungen, etwas zu tun.

Er konnte sich nicht mehr an die Worte erinnern, die er

seinem Vater zugeschrien hatte. Zusammenhanglos selbst damals, als er Jack von dem inzwischen regungslosen Patrick Simpson wegzerrte.

»O Gott! O mein Gott, du hast ihn umgebracht! Scheiße, du hast ihn umgebracht, Dad!«

Jacks Augen waren schmal wie die einer boshaften Katze. »Nicht in diesem Ton, Junge. Nicht in diesem Ton, nicht zu mir!«

Er bückte sich, nahm dicke Schneebatzen in die bloßen Hände und wischte sich damit das Blut von den Stiefeln. Dann stapfte er davon, starr und hoch aufgerichtet, und seine Arme schwangen exakt zu seinen Schritten. Als er ihn so gehen sah, glaubte Alec geradezu das Gewehr auf seinem Rücken zu sehen.

»O Gott. O mein Gott.«

Überzeugt, daß der Junge tot war, beugte er sich über ihn, fühlte aber nicht seinen Puls, aus Angst, Blut an die Hände zu bekommen. »Ich könnte sagen, ich habe ihn einfach gefunden. Bin im Park spazierengegangen, und da habe ich ihn gefunden. Bin auf dem Heimweg vom Pub gewesen. Ja, so war's. Und wenn sie erfahren, daß er sich mit Marcie getroffen hat? Oder wenn ...?«

Von einem anderen Weg drangen Stimmen zu ihm, von Leuten, die von dem noch dichten Unterholz verborgen waren, die in seine Richtung kommen konnten.

Mit einer Geschicklichkeit, auf die Jack stolz gewesen wäre, glitt Alec in die Schatten. Wich den Weg zurück, den sie gekommen waren, bewegte sich mit einer Verstohlenheit, die ihm die schiere Angst eingab. Und als die Stimmen leiser wurden, begann er zu laufen. Behindert vom dichten Schnee und seinem schweren Mantel, kam es ihm vor wie eine Ewigkeit, bis er den Ausgang des Parks erreichte.

Alec blieb keuchend stehen. Die kalte Luft schnitt ihm in die Lungen. Eine Telefonzelle. O bitte, hoffentlich funktioniert sie. »Ja, ja, schicken Sie Polizei, einen Krankenwagen. Da liegt eine Leiche im Park, in der Nähe des Weihers...«

Er legte auf, zwängte sich durch die Tür und wäre fast auf einem Stück Eis ausgerutscht, als er wieder zu laufen begann. Sie würden es rausfinden, sie würden es rausfinden. Die Polizei würde ihn holen kommen. Würde schon dasein, wenn er nach Hause käme. Sie würden es rausfinden...

Alec schaltete vom fünften Gang runter, als grellweiß und leuchtend wie frischer Schnee das letzte Schild für seine Ausfahrt auftauchte.

Zwei Stunden später hatte man Patrick Simpson gefunden, inzwischen so dick mit Schnee bedeckt, daß er kaum noch zu sehen war. Seine Verletzungen, so schlimm sie durch das viele Blut auch ausgesehen hatten, wären nicht tödlich gewesen. Wäre er nicht bewußtlos gewesen. Hätte man ihn früher gefunden. So aber hatte die Kälte ihn getötet, ihn fest umklammert und ihm das Leben ausgepreßt.

Marcie erfuhr nichts davon, sie hatte keine Zeitungen, kein Fernsehen, nicht einmal ein Radio. Nach der Rückkehr aus dem Krankenhaus hatte sie sich auf ihr Zimmer zurückgezogen, jede Nahrung verweigert und, wie Oma erklärte, sich mit Absicht krank gemacht. Es hatte Wochen gedauert, bis sie wieder zur Schule ging und erfuhr, daß Patrick Simpson etwas zugestoßen war.

Alec erinnerte sich lebhaft an den Abend, als sie mit der vagen Geschichte nach Hause kam, Patrick sei in einer Winternacht im Park erfroren.

»Das hast du getan, stimmt doch, oder?« sagte sie herausfordernd zu Jack. »Du hast das getan«, schrie sie in verzweifelter Wut.

Alec verpaßte beinahe die Ausfahrt und betätigte im letzten Augenblick den Blinker. Er dachte an Marcie, wie sie mit einem von Tante Alice' Küchenmessern in der schlanken Hand auf Jack losstürzte, ein wildes Flackern in den

Augen, genau wie Jack in der Nacht, als er den Jungen getötet hatte.

Jack schleuderte sie mühelos zur Seite, doch während sie zu Boden fiel, streifte das Messer seinen Arm und schnitt ihm tief in den Bizeps.

Und als Marcie das Blut sah, war es mit ihrer Entschlossenheit vorbei. Aus ihrer Wut wurde Angst.

»O nein, Jack. O Jack, das habe ich nicht gewollt. O Jack, Jack.«

Und Jack starrte erst sie an, dann seinen Arm, dann hob er die Hände vors Gesicht, und das Blut wich ihm aus den Wangen, als ob ihm das Entsetzliche seiner Tat gerade zum erstenmal bewußt geworden wäre.

»Danach war es die Hölle«, sagte Alec zu sich selbst. »Die reine Hölle.«

Er kam jetzt allmählich in die Innenstadt, die Straßenlaternen links und rechts rasten viel zu schnell an ihm vorbei. Er verlangsamte das Tempo, bis der Zeiger des Tachometers von hundert auf knapp siebzig zurückgegangen war.

Er dachte daran, wie Jack in Tante Alice' Sessel gesunken war, wie ihm die Tränen über die Wangen geströmt waren, wie er das Gesicht verzogen und geweint hatte wie ein kleines Kind.

Und wie Alice Marcie bei den Schultern gepackt und sie geschüttelt und angeschrien hatte. »Es ist nichts passiert, Marcie! Das Baby, dein Verhältnis mit diesem Jungen. Nichts von all dem ist passiert. Gar nichts! Hast du gehört?«

Nichts von all dem war je passiert.

Als der Mond dicht überm Horizont stand, wagten sie sich hinaus.

Die Kanonen schwiegen jetzt, und bis auf vereinzelte Schüsse, die so weit weg waren, daß sie ein Echo erzeugten, war es in den Straßen vollkommen still. Sie bewegten sich leise, dicht an den Mauern entlang, die Augen überall und die Nerven so angespannt, daß Jack zu hören glaubte, wie sie rissen.

Dann geschah es. Zwei Schüsse. Zwei Männer gingen zu Boden. Die anderen sprangen in Deckung, als ein dritter Schuß nur Zentimeter über ihnen ins Mauerwerk schlug. Sie warfen sich zu Boden. Sergeant Mills hatte bereits das Gewehr von der Schulter genommen und ließ den Blick an der Fassade des dreigeschossigen Lagerhauses entlangschweifen, aus dem die Schüsse gekommen waren. Aber Jack war schneller. Beim dritten Schuß hatte er das Mündungsfeuer gesehen, und jetzt rannte er plötzlich los; ohne auf Mills und seine geflüsterten Befehle zu achten, huschte er geduckt auf das Lagerhaus zu, näherte sich einem dunklen Nebeneingang, der in der engen Gasse kaum zu sehen war.

Als Jack sich gegen die schmale Tür stemmte und die dahinter liegenden Trümmer beiseiteschob, ging sie quietschend gerade weit genug auf, daß er hindurchschlüpfen konnte. Er nahm den Rucksack ab und stellte ihn auf den Boden, dann zwängte er sich durch die Öffnung, das Gewehr locker mit beiden Händen an den Leib gedrückt. Jack erkannte vor sich eine zerborstene Treppe, und von oben waren leise Geräusche zu hören.

Er nahm die Treppe mit großen Schritten, unter denen Staub aufwirbelte und morsche Holzstücke davonstoben. Am zweiten Absatz machte er halt und horchte angestrengt auf irgendwelche Geräusche. Der Heckenschütze hatte ihn gehört. Das stand fest; die leisen Geräusche über ihm waren vollständig verstummt.

Jack wußte, daß er nicht mehr zurückkonnte. Er wußte, es gab nur eine Chance, die Sache in Ordnung zu bringen, nur eine einzige Chance, wenn er lebend hier wieder herauskommen wollte.

Jack verdrängte den Gedanken.

Er stürmte die letzte Treppe hoch, machte oben einen Hechtsprung, feuerte halb im Liegen los und warf sich dann, als der Heckenschütze das Feuer erwiderte, seitwärts durch eine offene Tür.

Es war reiner Zufall, daß der Schuß danebenging, das und Jacks irrsinniges Vorpreschen – als habe die blinde Wut ihn instinktiv das Richtige tun lassen.

Als Jack mit dem anderen Mann zusammenkrachte, stürzten sie beide zu Boden, und Jack konnte sich zur Seite wälzen und einen Schuß abgeben, noch ehe der andere sich überhaupt bewegen konnte. Er traf ihn aus nächster Nähe, die Kugel riß ihm den ganzen Bauch auf, von den Leisten bis zu den Rippen, die Eingeweide quollen hervor und erfüllten die staubige Luft mit dem Gestank von Blut und Kot.

Das hätte eigentlich reichen sollen, aber von solchen Spitzfindigkeiten wollte Jack jetzt nichts wissen. Er schob sich vor und sah seinem Feind ins Gesicht. Es war ein junges Gesicht, schmutzig und verschmiert von Schweiß, Staub und Blut. Jack hob noch einmal das Gewehr und schlug mit dem Kolben zu, schlug dem Fremden mit aller Kraft ins Gesicht, spürte Knochen und Weichteile platzen und knacken und wollte das alles bis zur Unkenntlichkeit zerstören. Bis in alle Ewigkeit.

17

Ein leises Geräusch weckte Marcie auf. Ein leises Geräusch, aber nach wochenlangen nächtlichen Störungen, nach monatelangem Horchen auf ihre Kinder hatte Marcie ein feines Gehör für dergleichen entwickelt.

Sie blieb noch kurz liegen und lauschte, versuchte herauszufinden, wovon sie geweckt worden war. Sollte sich lediglich eins der Kinder im Schlaf umgedreht haben, brauchte sie nicht aus dem warmen Bett aufzustehen und dabei womöglich auch noch Hanna zu wecken.

Dann kam das Geräusch noch einmal, ein leises Schluchzen, als ob, wer auch immer da weinte, nicht gehört werden wollte.

Ängstlich, zugleich aber auch angezogen von dem Geräusch, glitt Marcie aus dem Bett, sah zu Michael zurück und fragte sich, ob sie ihn nicht lieber wecken sollte. Sie entschied sich dagegen, tappte ans Ende des Betts, warf sich den Morgenmantel über die Schultern und schlich ins Wohnzimmer.

»Oh!« Marcie blieb abrupt stehen und hielt sich den Mund zu, um nicht laut aufzuschreien. Das war nicht möglich, sagte sie sich. Unmöglich. Das konnte nicht sein.

»Was machen Sie hier? Verschwinden Sie. Sie sollen verschwinden!«

Der Vorhang vor der Schlafnische der Zwillinge war zurückgezogen, daneben stand eine Frau in weißer Bluse und schwarzem Rock. Das dunkle Haar fiel ihr in sanften Wellen auf die Schultern, und als sie sich nach Marcie umdrehte, sah diese den Strick um ihren Hals und die Tränen, die der Frau übers Gesicht strömten.

Marcie stürzte ihr entgegen. »Verschwinden Sie von hier!« kreischte sie.

»Marcie!« Michaels Stimme lenkte ihren Blick für einen winzigen Augenblick nach hinten. Er stand in der Tür hinter ihr und starrte nicht sie an, sondern die Frau neben den Kinderbettchen. Marcie drehte sich wieder zu ihrer Feindin um... aber die war nicht mehr da. Der Vorhang war halb zur Seite gezogen, ansonsten war nichts zu sehen.

Michael stand jetzt neben ihr. »Es ist alles wieder gut«, sagte er. »Alles wieder gut. Sie ist weg, Marcie. Weg.«

Erschöpft und schluchzend vor Angst ließ Marcie sich von ihm in die Arme nehmen; sie spürte, daß er ebenfalls zitterte und seine Haut von dem Schreck ganz kalt war. Dann richtete sie sich auf.

»Hanna«, flüsterte sie. »O Michael, Hanna. Wir haben solchen Lärm gemacht. Warum ist Hanna nicht wach geworden?«

18

Adele schmuste mit Hanna auf ihrem Schoß und ließ sie in die Keksdose greifen. Liam saß auf den Knien seiner Mutter und trank Milch aus einem der mit Clowns bemalten Becher, die Adele für die Kinder angeschafft hatte. Beide waren vergnügt und zufrieden wie eh und je. Wenn hier jemand litt, dann nur ihre Eltern, die immer noch unter dem Schock der Ereignisse der letzten Nacht standen.

Marcie und Michael hatten in der Nacht kein Auge mehr zugetan. Eine Zeitlang hatten sie einfach nur dagestanden und, beunruhigt, weil Hanna von dem Lärm nicht aufgewacht war, ihre Kinder im Auge behalten, wobei sie sich aneinander festhielten und versuchten, ihre Angst nicht überhandnehmen zu lassen.

Am frühen Morgen waren sie bei Adele aufgetaucht und hatten um Asyl gebeten.

»Ihr fragt mich, ob ich an Geister glaube«, sagte Adele ruhig. »An Gespenster, die die Lebenden heimsuchen.«

»Natürlich glaubt sie daran«, sagte Sophie Lee. »Genau wie ihre Großmutter. Sieht überall Gespenster und Engel.«

Marcie lachte nervös, und Adele lächelte sie an und sagte dann etwas ernster: »Den Kindern ist nichts passiert. Kann sein, daß sie nichts Böses im Sinn hatte, daß sie nur die Kinder sehen wollte.«

»Aber warum, Adele?« Marcie schüttelte den Kopf. »Ich glaube nicht an Gespenster.«

»Wie würdest du dieses Nicht-Gespenst denn dann nennen?« fragte Sophie Lee.

»Ich weiß auch nicht. Phantasie. Der Schreck, daß mein Vater plötzlich bei uns aufgetaucht war. Irgendwas, das Jack mir mit seinem Gerede von dieser toten Frau in den Kopf gesetzt hat.«

»Aber ich habe sie auch gesehen«, wandte Michael ein. »Du weißt, ich bin genauso skeptisch wie du, aber ich habe sie auch gesehen.«

»Ich weiß auch nicht«, fing Marcie wieder an. »Vielleicht, vielleicht habe ich sie wegen Jack so intensiv gesehen und ihr Bild dann irgendwie in dich reinprojiziert. Vielleicht haben wir dasselbe geträumt. Ich weiß es einfach nicht.«

»Entschuldige, ich könnte mich natürlich täuschen«, sagte Sophie Lee, »aber meine Erklärung, daß das ein Gespenst gewesen ist, scheint mir wesentlich einfacher zu sein als das alles.«

»Ja, da hast du wohl recht.« Stirnrunzelnd zog Marcie noch einmal das Foto mit dem Heuwagen hervor und sah es sich aufmerksam an. »Komisch«, sagte sie, »aber ich habe immer gedacht, Rebecca könnte die hier rechts sein, die kleine Blonde, und nicht die andere.«

»Du weißt es immer noch nicht sicher«, meinte Michael. »Könnte sein, daß du dieser Erscheinung nur ein Gesicht hast geben wollen. Daß du dich unbewußt an das Foto erinnert und ihr eins dieser Gesichter gegeben hast.«

Sophie Lee verdrehte übertrieben die Augen. »Ach, da haben wir's wieder«, sagte sie. »Warum können die Jungen es sich nie einfach machen? Erklärt mir das.« Sie seufzte. »Hört mal zu, Kinder. Marcies Opa liegt im Sterben. Ihn bedrückt etwas, womit er nicht vor seinen Schöpfer treten möchte. Er selbst schafft es nicht, das vom Krankenhausbett aus ins reine zu bringen, also ist sein Problem zu dir gekommen. Du sollst es für ihn lösen.«

Marcie starrte die alte Frau an. »Aber warum gerade ich?« fragte sie. »Ich weiß ja nicht einmal, wer Rebecca war, nur daß Jack und Oma sie gekannt haben.«

»Und daß sie umgebracht worden ist«, erinnerte sie Sophie Lee. »Die meisten Gespenster sind eines unnatürlichen Todes gestorben. Vielleicht hat Jack etwas über ihren Tod gewußt, etwas, das er keinem erzählt hat. Vielleicht verlangt sie Gerechtigkeit, Marcie.«

»Ich weiß nicht. Und ich weiß auch nicht, wie ich das herausfinden soll. Jack schweift dauernd ab, und Tante Alice oder Oma kann ich nicht fragen.«

»Es gibt auch noch Alec«, sagte Michael. »Ich glaube, er ist gar nicht dazu gekommen, dir zu sagen, weswegen er gestern abend eigentlich bei uns aufgetaucht ist.«

Marcie nahm seufzend ein Stück Küchenkrepp und wischte Liam den Mund ab.

Dann hob sie die Hand und befühlte die fast ganz verblaßten Striemen an ihrem Hals. Auch diese Sache hatte sie aufgeregt, aber weit weniger als die von gestern nacht. Michael hatte den Abdruck des Stricks um ihren Hals gesehen, hatte gesehen, wie sie um Atem rang und sich freizumachen suchte. Für Marcie war diese Nacht wie ein böser Traum gewesen, und von den Striemen und Abschürfungen einmal abgesehen, hatte sich die Erinnerung daran mehr oder weniger bald verflüchtigt.

Im Gegensatz dazu kam die Erscheinung der letzten Nacht jedesmal, wenn sie die Augen schloß oder ihre Gedanken schweifen ließ, mit entsetzlicher Klarheit wieder.

»Sie war noch so jung«, sagte Marcie leise, in die Betrachtung des Fotos versunken. Sie drückte Liam an sich, ging die Ereignisse noch einmal durch und hoffte, die Vertrautheit würde das Bild irgendwie abschwächen. Es unscharf und damit erträglich machen. Plötzlich erinnerte sie sich an eine winzige Geste, die Rebecca gemacht hatte, als sie sich nach ihr umdrehte. Wie sie eine Hand auf ihren leicht geschwollenen Bauch gelegt hatte.

»Sie war schwanger«, sagte Marcie. »Als sie starb, trug sie ein Kind unter dem Herzen.«

19

Michael und Marcie blieb nichts anderes übrig, sie mußten zur Arbeit gehen und ihre Probleme zugunsten der Bedürfnisse anderer zurückstellen. Michael brachte die Kinder zur Krippe, bat die junge Leiterin, ein wachsames Auge auf sie zu haben, und erzählte ihr, den beiden sei nicht ganz wohl, sie hätten eine unruhige Nacht hinter sich.

Sie sah ihn seltsam an, als die zwei ausgelassen davonrannten. »Sieht eher so aus, als ob Sie selbst schlecht geschlafen hätten«, sagte sie. »Geht es Ihnen nicht gut?«

»Doch, doch, bestens«, versicherte Michael. »Bestens.«

Um zehn rief er bei Marcie an. Sie sei in einer Besprechung, wurde ihm gesagt. Das werde noch dauern. Ob sie ihn mittags zurückrufen könne?

Er dankte der Frau, legte auf und kam sich ziemlich dumm vor. Ihm war unbehaglich zumute. Dann aber trat der nächste Problemfall zu ihm ins Büro, und er setzte wieder sein Arbeitslächeln auf.

Alec ging es an diesem Tag auch nicht besser. Nur wenige Stunden nach seiner Rückkehr stand er wieder auf, frühstückte und fuhr gleich zur Arbeit, um den peinlichen Fragen zu entgehen, die in den tadelnden Blicken seiner Tante und seiner Mutter enthalten waren. Er zog die Haustür zu und schämte sich, daß er außerstande war, den beiden zu sagen, daß er seine Tochter besucht hatte.

Gute zehn Minuten wartete er vor dem Gebäude, in dem er arbeitete; erst dann wagte er sich hinein und ging direkt zum Büro seines Chefs.

Fünfzehn Minuten später war er wieder draußen und spürte die verblüfften Blicke, die ihm aus dem Fenster der ersten Etage nachgeworfen wurden.

Über zwölf Jahre lang war Alec Armitage die Zuverlässigkeit in Person gewesen. Stets pünktlich, selten krank. Gewissenhaft und kalkulierbar. Und immer nahm er seinen Urlaub in denselben zwei Sommerwochen. Und dieselben zusätzlichen Urlaubstage zu Weihnachten und Neujahr.

Und jetzt kommt er einfach so rein und fordert geradezu ein paar Tages seines Jahresurlaubs. Für die muß das wie ein Zeichen des bevorstehenden Weltuntergangs sein, dachte er.

Aber sie wußten von Jack. Wußten von der Belastung, unter der er stand… oder glaubten sie jedenfalls zu wissen.

Er ließ den Motor an und begann langsam nach Hause zu fahren. Es war Donnerstag. Seine Mutter und Alice waren etwa von zehn bis gegen Mittag zum Einkaufen unterwegs. Er wartete zwei Straßen entfernt bis Viertel nach zehn, dann ging er ins Haus, packte einen Koffer und verschwand wieder. Er warf das bißchen Gepäck in den Kofferraum seines Wagens und fuhr durch die schönen Alleen der in den dreißiger Jahren angelegten Vorstadt davon.

Er wartete vor dem Haus, als Michael mit Marcie und den Zwillingen kam. Alecs Stimmung hatte den ganzen Tag zwischen Euphorie und Verzweiflung hin und her geschwankt. Was machte er da eigentlich? Es wäre Marcie nicht zu verdenken, wenn sie ihm sagen würde, er solle sich zum Teufel scheren. Was hoffte er damit zu beweisen, wenn er seiner Mutter und Alice ohne ein Wort der Erklärung den Rücken kehrte? Die beiden einfach mit Jack allein ließ.

Er hatte sie verlassen. Ja! Er war frei. Zum erstenmal seit

Jahren war er frei. Nur wußte Alec noch nicht so recht, was er mit dieser Freiheit anfangen würde.

Seine Gefühle schlugen wieder um, als Michael seinen Wagen vor seinen setzte. Alec sprang ihnen förmlich entgegen.

»Ich möchte euch zum Essen einladen«, erklärte er.

»Zum Essen?«

»Ja, euch alle. Die Kinder sind doch alt genug, oder?« Er warf einen Blick auf die Zwillinge. »Ja, natürlich sind sie alt genug.«

Marcie schien völlig perplex, während sich bei Michael Belustigung in die Verblüffung mischte.

»In Ordnung«, sagte Michael schließlich. »Ich kenne ein Lokal, wo wir die Kinder mitnehmen können. Fahr uns einfach nach.« Er bückte sich und schnallte die Zwillinge wieder auf ihren Babysitzen fest.

Als Alec wieder in sein Auto stieg, verließ ihn sein Optimismus aufs neue. Gott, was machte er nur? Was hatte er eigentlich vor?

Es war ein italienisches Restaurant. Marcie und Michael waren dort schon zweimal gewesen, zu einem Geburtstag und zu einem Hochzeitstag. Seltene Freuden, für die sie wochenlang sparen mußten.

»Ich bezahle«, erinnerte Alec sie noch einmal. »Bitte, Marcie, tu es für mich, bitte.«

Es gab keine Kinderstühle, aber das Problem ließ sich lösen: Man setzte die Zwillinge auf dicke Kissen und band sie mit weißen Tischtüchern auf ihren Stühlen fest. Die Kinder bekamen Pizza, in kleine Stücke geschnitten, und entdeckten den Geschmack von Grissini, die sie in Milch tauchten, und anderen Dingen, die in ihre Reichweite kamen.

Die Erwachsenen aßen anfangs schweigend, tauten aber schon bei der Vorspeise allmählich auf. Als der Hauptgang auf dem Tisch stand, frisch zubereitet und so heiß, daß man nur sehr langsam essen konnte, hatten sie sich so weit gelockert, daß sie reden konnten.

»Ich möchte ja nicht unhöflich sein, Dad«, bemerkte Marcie schließlich, »aber warum bist du eigentlich hier?«

Alec legte seine Gabel weg und sah die beiden schüchtern an. »Es mag sich albern anhören«, sagte er verlegen, »aber ich glaube, man könnte sagen, ich bin von zu Hause fortgelaufen.«

»Du bist... Aber, Dad, das kann doch nicht dein Ernst sein.«

»Ihr habt gesagt, ihr hättet noch ein Sofa frei«, fuhr Alec fort. »Ich hatte einfach gehofft... Fest steht jedenfalls, Marcie, ich habe es nicht mehr ausgehalten. Das mit Jack und Mutter. Und daß ich zu Hause kein verdammtes Wort sagen kann, ohne daß sie mir an den Hals springt. Und ich weiß nicht, wo ich sonst hingehen könnte.«

Er unterbrach sich und sah sie hoffnungsvoll an. »Marcie, wenn du mich nicht haben willst, kann ich das verstehen. Ich kann nicht erwarten...«

Marcie wandte den Blick von ihm ab und musterte einige Sekunden lang ihren Teller.

»Es geht nur um diese eine Nacht«, sagte er. »Aber wenn es dir lieber ist, nehme ich ein Hotel.« Er schien unschlüssig. »Danach muß ich mir was suchen, irgendwo in der Nähe meiner Arbeitsstelle. Ich habe mir ein paar Tage frei genommen, damit ich mich umsehen kann. Muß mit mir ins reine kommen. Auf jeden Fall möchte ich mit dir reden, Marcie.«

Sie zögerte mit einer Antwort, und als sie dann sprach, hatte sie Tränen in den Augen. »Wozu sollst du blöde Hotelrechnungen bezahlen«, sagte sie.

»Danke«, fing Alec an. »Ich danke dir –«

»Nur, wenn du reden willst«, unterbrach ihn Michael, »dann aber auch richtig. Es gibt da manches zu klären. Und als erstes sollten wir über das reden, was letzte Nacht passiert ist.«

»Letzte Nacht?« fragte Alec. »Ich verstehe nicht.«

»Natürlich«, bemerkte Michael ruhig. »Wir auch nicht, Alec, das ist ja das Problem.«

Alec hörte sich schweigend an, was sie ihm mit einigem Zögern von den Ereignissen der letzten Nacht berichteten. Anfangs reagierte er ungläubig. »Einbildung«, erklärte er. »Marcie hat schon immer –«

»Ich weiß. Ein bißchen zuviel des Guten.«

»Nein, das habe ich nicht gemeint...« Plötzlich klang Alec zerknirscht.

»Komische Einbildung, Alec«, erinnerte ihn Michael. »Ich habe es auch gesehen. Habe diese Frau so deutlich neben den Kinderbetten gesehen, wie ich dich jetzt sehe. Habe jedes einzelne Haar gesehen, jede Träne, die ihr übers Gesicht gelaufen ist. Sie war wirklich da, Alec. Wirklich da...«

Alec schüttelte langsam den Kopf, versuchte es sich vorzustellen. »Und ihr sagt, sie sei auf diesem Bild zu sehen?«

Marcie griff in ihre Handtasche und zog das Foto heraus. »Es war die hier«, sagte sie und zeigte auf die Dunkelhaarige. »Die hier war es, Dad.«

Er sah sich das Foto nachdenklich an, dann nickte er. »Ja«, bestätigte er, »das ist sie. Gott, das habe ich seit Jahren nicht mehr gesehen. Früher stand es gerahmt auf der Anrichte im Wohnzimmer.« Er zeigte nacheinander auf die einzelnen Gestalten. »Der in dem gestreiften Arbeitshemd ist Jack, das sind Alice und deine Oma, und der hier ganz rechts muß Joe sein.« Er schüttelte den Kopf. »Früher«, sagte er, »habe ich von allen die Namen gewußt. Damals hat Mutter oft von diesen Leuten erzählt. Dann hat sich irgendwas geändert, und ich hatte den Eindruck, daß sie nichts mehr von ihnen wissen wollte. Plötzlich war Rebecca nur noch ›diese Frau‹, und du kennst Mutter, sie hat es nie für nötig gehalten, etwas zu erklären.«

»Wer ist Joe?« fragte Marcie.

Alec machte ein verblüfftes Gesicht. »Ach, natürlich«, sagte er, »das kannst du ja gar nicht wissen. Joseph Armitage war Jacks Bruder.«

»Sein Bruder?«

Alec nickte. »Ist vor Jahren gestorben, soweit ich weiß. Als ich noch bei der Marine war, glaube ich.«

»Jack hat nie von ihm erzählt«, sagte Marcie ungläubig. »Warum hat Jack ihn mir gegenüber nicht erwähnt?«

Alec seufzte. »Es gab vieles, worüber wir nie geredet haben«, sagte er. »Und ehrlich gesagt, Marcie, ich kann dir auch nicht sehr viel darüber erzählen. Daß diese Frau hier Rebecca ist, weiß ich, weil ich mich undeutlich erinnern kann, wie man mir die einzelnen Leute auf dem Foto erklärt hat. Wie gesagt, früher stand das Bild gerahmt auf der Anrichte. Über die Frau selbst weiß ich allerdings so gut wie nichts.«

Er ließ noch einmal einen tiefen Seufzer hören. Er wirkte erschöpft, als hätten ihm die Ereignisse des Tages doch sehr zugesetzt.

»Ich komme mir vor wie ein Feigling«, sagte er plötzlich. »Einfach so wegzulaufen. Und du«, er sah Marcie ins Gesicht, »wie komme ich eigentlich auf die Idee, daß du dir was aus mir machen könntest?«

»Das weiß ich nicht«, sagte Marcie und erwiderte seinen Blick. »Aber wenn wir uns Mühe geben, finden wir vielleicht einen Grund.«

Wir haben sie gefunden, die Frau und die zwei Männer, sie hatten sich im obersten Stockwerk versteckt. Und im Staub neben dem Fenster waren die Spuren zu sehen, wo der Heckenschütze gekniet und die Straße im Blick gehabt hatte. Die Leichen lagen noch da und wurden schon kalt.

Hundertmal habe ich mich gefragt, Marcie, warum wir sie nicht auf der Stelle getötet haben, und noch immer habe ich keine Antwort darauf. Mills hat gesagt, wir müßten einen Prozeß abhalten. Aber was für eine Farce das war! Ich weiß nicht, warum wir gewartet haben, Birdie, aber nach all dem Töten und all dem Schmerz und Tod war es ein gutes Gefühl, unsere Wut erst einmal anwachsen zu lassen und uns genau zu überlegen, wie wir dem ein Ende machen sollten.

Als es dunkel wurde, haben wir das Haus verlassen. Und dann sind wir, wie es mir vorkam, stundenlang gegangen, mit Mills als Führer. Er war wie ein Bluthund, wußte, wo die anderen steckten, es war, als ob er Wasser wittern könnte. Und sie lagerten tatsächlich bei einer Wasserstelle in einem Olivenhain; da haben wir sie gefunden, beziehungsweise das, was von unserer Einheit noch übrig war. An die Oase grenzte ein winziges Dorf, dessen Gebäude alle ausgebrannt und verlassen waren, aber immerhin gab es dort Wasser und andere von uns, und es war ein Gefühl, als ob wir nach Hause gekommen wären.

»Verräter«, sagte Mills. Mehr brauchte er nicht zu sagen. Sie waren so gut wie tot.

20

Früh am Freitag morgen rief Alice an und wollte wissen, ob Alec bei ihnen sei.

Michael, als erster aufgestanden, nahm den Anruf entgegen. Er parierte ihre Fragen so höflich er konnte, log so überzeugend wie möglich, griff zu Halbwahrheiten wie der, daß sie Alec zwar gesehen hätten, er aber in irgendeinem Hotel abgestiegen sei. Das alles schien sehr lange zu dauern. Alice fragte eigentlich nicht, sondern verhörte ihn, formulierte bereits die nächste Frage, bevor Michael die vorige ganz beantwortet hatte.

Als Michael aus dem Flur ins Wohnzimmer zurückkam, saß Alec dort mit Hanna auf dem Schoß. Er las ihr etwas vor, verstellte die Stimme, ließ die Stoffmaus quieken und den großen Teddy die Arme schwenken. Er hob leicht verlegen den Blick, als Michael ins Zimmer trat.

»Sie ist aufgewacht«, sagte er. »Und Marcie war gestern abend so müde, da soll sie jetzt nicht früher aufstehen, als sie unbedingt muß.«

Michael beugte sich lächelnd über ihn und hob Hanna hoch, die ihrem Vater die Arme entgegenstreckte. »Danke«, sagte er; und dann zu Hanna: »Aber jetzt müssen wir deine Mama wecken, was meinst du, Schatz? Du willst doch bestimmt dein Frühstück haben.«

»Kann ich irgendwie helfen?« fragte Alec. Er wollte sich offenbar nützlich machen.

Michael nickte. »Ja, sicher. So früh am Morgen geht es hier immer reichlich hektisch zu. Ach, übrigens, das eben war Alice.« Er wandte sich zum Schlafzimmer um. »Wollte wissen, ob du hier bist.«

»Was hast du ihr gesagt?« fragte Alec vorsichtig.

»Daß du ein Hotel genommen hast. Daß wir dich gesehen haben, daß du dann aber gegangen bist und ich nicht weiß, wo du steckst.«

»Danke«, sagte Alec geradezu leidenschaftlich. »Ich setz schon mal das Wasser auf.«

In der allgemeinen Morgenhektik fühlte sich Alec ausgesprochen fehl am Platz. Das alles lief wie am Schnürchen. Wie sie die Zwillinge fütterten und ankleideten, ihre Sachen für die Krippe zurechtlegten, sich beim Aufpassen auf die Kinder abwechselten, während sie nacheinander duschten und sich anzogen. Alec bemühte sich, ihnen zu helfen, spürte aber, daß er im Weg war. Schließlich zog er sich zurück, setzte sich auf das alte Sofa und hoffte, daß Hanna sich wieder auf seinen Schoß setzen und ihn bitten würde, ihr weiter vorzulesen.

Er sah Marcie zu, wie sie ein wenig Make-up auflegte und die Frisur mit einigen Nadeln halbwegs in Form brachte.

»Ich denke, ich mach mich heute auf Wohnungssuche.«

»Gute Idee.«

»In der Nähe meiner Arbeit.«

»Gut so.«

Sie drehte sich um und sah noch einmal nach, ob sie den Zwillingen auch alles Nötige eingepackt hatten, wobei sie mechanisch den Lippenstift hochhielt, als Hanna danach greifen wollte; dann ließ sie den Blick durchs Zimmer wandern, wie um festzustellen, ob sie alle bereit waren.

»Das fällt mir nicht leicht, Birdie«, sagte Alec eindringlich.

Sie richtete sich auf und sah ihn an. »Hast du es dir leicht vorgestellt? Dad, wir hatten nie ein besonders gutes Verhältnis, nicht einmal, als ich in diesem Alter war.« Sie zeigte fast wütend auf Hanna.

»Jack...«

»... hat es dir leichtgemacht, kein guter Vater zu sein.«

»Aber so war das nicht.«

»Ach nein?« Sie blickte hastig auf ihre Uhr und schüttelte den Kopf. »Dad, letzte Nacht haben wir wahrscheinlich mehr geredet als in meinen ersten sechzehn Lebensjahren zusammen. Und ich kann nur sagen, daß ich das gut finde.« Sie unterbrach sich. »Michael, wir sollten jetzt gehen. Komm, Kleines.« Sie nahm Hanna auf den Arm und ging zu Liam, um ihn von seinen Bauklötzen wegzulocken.

»Ich geh dann jetzt auch«, sagte Alec lahm.

Marcie drehte sich wieder zu ihm um; ihre dunklen Augen wirkten besorgt und, so hoffte er, auch ein wenig mitfühlend.

»Ich möchte, daß wir die verlorene Zeit nachholen, Birdie. Ich möchte dir sagen, wie leid mir das alles tut.«

Ihr Blick verhärtete sich, und sie antwortete erst, als Michael aus dem Schlafzimmer kam: »Freitag abend gehen wir immer zu Adele. Wenn du willst, kannst du mitkommen. Du wirst bestimmt freundlich empfangen werden.«

Sie wandte sich um und ging zur Tür. Alec sah Michael verwirrt an. »Adele?«

»Meine Pflegemutter«, erklärte Michael. Er griff in die Hosentasche und zog einen Wohnungsschlüssel heraus. »Unser Ersatzschlüssel«, sagte er. »Schließ bitte ab, wenn du gehst. In Ordnung? Und vergiß nicht, die Haustür zuzumachen.«

»Sicher, mach ich«, sagte Alec und nahm den Schlüssel; diese plötzliche Freundlichkeit brachte ihn ganz durcheinander. »Und danke«, fügte er hinzu, als Michael hinter Marcie verschwand und die Haustür zuschlug.

Ich weiß noch, es war Ende Oktober, und es hatte zum erstenmal Frost gegeben. Ich war oben auf der Weide und hatte nach dem braunen Wallach gesehen, der sich an einer Sehne verletzt hatte und jetzt stark lahmte. Wir hatten beschlossen, ihn zum Viehhof zu bringen. Um etwas gegen die Schwellung zu machen, hatte ich eine Kompresse vorbereitet. Schweineschmalz, Roggenmehl und Kampferwein. Gott, das ist schon seltsam, Birdie, nicht der Kopf erinnert sich an diese Dinge, sondern nur die Hände. Die Hände und die Augen, die erinnern sich, wie man die Zutaten abmessen und mischen muß und wie sich ein gutes Zugpflaster anzufühlen hat. Und wie warm es sein muß. Nicht so heiß, daß das Fett und der Kampfer die Haut verletzen, aber heiß genug, daß das Zeug ins Tuch einzieht und sich gut um den Huf wickeln läßt.

Ich war also oben, um ihn zu holen. Bring ihn auf die Weide, hatten sie gesagt. Laß ihn ausruhen. Aber sie hatten ja keine Ahnung. Er mußte verarztet werden, der arme Bursche. Der ist zu nichts mehr zu gebrauchen, hatten sie gesagt. Der ist zu alt.

Ich brachte ihn nach unten, führte ihn vorsichtig, ganz langsam einen Seitenweg hinunter. Und da stand sie plötzlich und wartete auf mich.

Rebecca. In ihrem glänzenden schwarzen Haar leuchteten diese dunkelroten Streifen, ansonsten aber sah sie verhärmt und durchgefroren aus…

»Du bist mir ausgewichen, Jack.«

»Ich habe es dir gesagt, Mädchen. Es ist aus zwischen uns. Endgültig aus, Becky.«

Sie trat näher an ihn heran und legte ihre lange schlanke Hand auf das grobe Tuch seiner Jacke. »Das meinst du doch nicht ernst, Jack«, sagte sie. »Das hast du schon so oft gesagt, und noch niemals hast du es ernst gemeint. Und jetzt auch nicht.«

»Doch, ich meine es ernst.« Er tätschelte ihre Hand, drückte die kalten Finger und schob sie dann beiseite, um sanft am Leitzügel des Pferdes zu ziehen. »Geh weiter.«

»Jack! Jack, ich muß mit dir reden.«

»Es gibt nichts mehr zu reden, Becky. Es ist vorbei, wie oft soll ich das noch sagen. Ich bin jetzt verheiratet.«

Darüber lachte sie nur. Ein bitteres, hohl klingendes Lachen. »Als ob dich das jemals gestört hätte! Seit deiner Hochzeitsnacht bist du mindestens ein halbes Dutzend Mal mit mir zusammengewesen. Hat sie dich etwa enttäuscht, Jack?«

Er wandte sich abrupt um und hob die Hand, als ob er sie schlagen wollte. Eigentlich hatte sie ihn begleiten wollen, aber nun wich sie vor ihm zurück, und ein schmerzlicher Ausdruck trat in ihre Augen.

»Nie mehr, Becky. Nie mehr! Einmal muß Schluß sein, und jetzt mache ich Schluß. Es war schon immer verrückt, und jetzt habe ich zu viel zu verlieren. Viel zuviel.«

»Jetzt?«

»Mary ist schwanger«, erklärte er knapp. »Meine Frau ist schwanger, Becky.«

Sie starrte ihn an, ihre Wangen wurden erst rot und dann bleich.

»Ich auch, Jack«, sagte sie leise.

21

Alec suchte an diesem Vormittag mehrere Wohnungsmakler auf und sah die Anzeigen in den Tageszeitungen durch, von denen er in der Gemeindebücherei noch die Donnerstagsausgaben fand. Ein deprimierendes Hin und Her: Entweder waren die Mieten zu hoch oder die Wohnungen zu klein oder zu weit von seiner Arbeitsstelle entfernt... Oder zu nah bei seiner früheren Wohnung. Bis zwei Uhr hatte er drei gefunden, die zwar in Frage kamen, ihm aber alle zu teuer erschienen. Er hatte mit den Maklern Besichtigungstermine vereinbart und sich zusätzlich an eine Wohnungsvermittlung gewandt, ein schäbiges Kellerbüro irgendwo in den Seitenstraßen hinter der Universität. Nicht sehr vertrauenerweckend, aber immerhin eine weitere Aktivität, von der er Marcie erzählen konnte, und irgendwie schien es ihm wichtig, ihr etwas Positives berichten zu können.

Es ist bedrückend, dachte er, wenn die eigene Tochter einen als Vater und wahrscheinlich auch als Menschen für einen totalen Versager hält.

Als er aus dem Büro des letzten Maklers trat, erblickte er sich in einem Schaufenster. Sein Spiegelbild erschreckte ihn. Er war ohnehin kein großer Mann, aber der Bauchansatz seiner fortgeschrittenen Jahre ließ ihn noch kleiner, noch untersetzter erscheinen. Und kämmte er sich tatsächlich so auffällig die verbliebenen Haare über den kahlen Fleck auf seinem Schädel? Und seit wann, Herrgott, seit wann war er so grau geworden?

Alec wandte sich abrupt ab und versuchte sich an die Zeit zu erinnern, als er sich noch richtig wohl in seiner Haut gefühlt hatte.

Noch immer auf der Suche nach jener Erinnerung erreichte er seinen Wagen. Er sollte doch einmal bei Jack vorbeischauen, meinte er. Das Risiko eingehen, dort seiner Mutter und Alice zu begegnen. Während der Fahrt zur Klinik dachte er weiter darüber nach, wann er das letztemal mit seinem Leben wirklich zufrieden gewesen war. Als er auf den Parkplatz der Klinik einbog, fiel es ihm endlich wieder ein. Es war der Abend gewesen, als Marianne gesagt hatte, daß sie seine Frau werden wolle. Und als er diesen einen schönen Augenblick gefunden hatte, überraschte es ihn selbst, wie viele andere ihm gleich darauf noch einfielen.

Er lächelte, als er sich anmeldete. Lächelte immer noch, als er durch das Krankenzimmer auf Jacks Bett zuschritt und ungeheuer erleichtert feststellte, daß seine Mutter und Alice nicht da waren. Er ließ sich neben Jack auf den Stuhl nieder und nahm die Hand des alten Mannes, wie er es bei Marcie gesehen hatte.

»Ich wollte dich sehen, Jack«, sagte er, als sein Vater sich umdrehte. »Ich muß mit dir reden.«

Jack versuchte zu lächeln, aber seine Lippen waren so trocken, daß sie aufzuspringen drohten. Alec zögerte, und das Lächeln verging ihm, als er dem alten Mann ins Gesicht sah und bemerkte, daß es ihm heute sehr viel schlechter ging. Er mußte daran denken, was seine Mutter über ihn gesagt hatte, und fragte sich, ob es richtig gewesen war, ihn noch einmal zu besuchen.

Doch war dies anscheinend eine Woche, in der sich Alec zu spontanem Handeln geradezu berufen fühlte. Er beugte sich vor, stützte die Ellbogen auf das Bett und rückte seinen

Kopf dicht über Jacks. Den Geruch von Sterben und Verfall in der Nase, begann er zu sprechen.

»Ich glaube, ich habe dir nie von Marcie erzählt. Und eigentlich auch nichts von… von meiner Frau, von Marcies Mutter. Wie wir uns kennengelernt haben, wie schön sie damals war. Wie sehr ich sie geliebt habe, Dad. Wie lebendig und unentbehrlich ich mich in ihrer Gegenwart gefühlt habe – und so stark, nur weil sie an mir Interesse hatte. Weil sie mich liebte und mit mir glücklich sein wollte. Das habe ich dir nie erzählt, oder? Du hast nur die schlechten Seiten gekannt, nur von ihrem Tod erfahren. Daß sie nach Marcies Geburt in Depressionen verfallen ist und wir nicht erkannt haben, wie schlimm es wirklich um sie gestanden hat.« Er unterbrach sich und sah Jack gespannt an. »Sie ist zu schnell gefahren, Dad, aber ich habe nie geglaubt, daß das Absicht war. Nie geglaubt, was Mama und Alice mir einzureden versucht haben, nämlich daß sie sich das Leben genommen habe. Du hast Marianne nicht gekannt, Dad. Sonst hättest du gewußt, daß die beiden nur Lügen über sie verbreitet haben, um ihr Gewissen zu erleichtern. Um sich ins Recht zu setzen, wenn sie sie beleidigten. Und ich war einfach zu dumm, ihnen Einhalt zu gebieten. Ich habe sie geliebt, Dad. Es ist mir egal, wer sie war und daß sie nichts hatte, es ist mir sogar egal, daß sie sich mit anderen Männern eingelassen hat. Ich habe sie geliebt, sie hat mir Marcie geschenkt, und das ist jetzt das einzig Wichtige. Wirklich das einzig Wichtige.«

Jack sah mit zitternden Augen zu ihm auf und befeuchtete sich mit der Zungenspitze die Lippen.

»Rebecca«, flüsterte er mit brüchiger Stimme, die wie das Rascheln trockener Herbstblätter klang.

Es war kurz nachdem sie mir erzählt hatte, daß sie schwanger sei. Ich wußte, ihr Mann war nicht da, und es war stock-

dunkel, als ich mich von hinten an ihr Haus schlich und am Fenster kratzte.

Anfangs wollte sie kaum mit mir reden, war mißtrauisch und verbittert und ließ mich nur ins Haus, weil sie fürchtete, daß ich Krach schlagen könnte.

Aber ich wußte, wenn ich ihr nur etwas Zeit ließ, konnte ich sie für mich gewinnen. Tatsächlich behagte mir die Vorstellung, daß zwei Frauen ein Kind von mir erwarteten. Ja, das muß ich sagen, die Vorstellung gefiel mir.

Sie ließ mich eine Weile am Kamin sitzen, machte es mir aber schwer, ein Gespräch anzufangen. Doch spürte ich, daß sie sich, so allein in diesem Haus, einsam fühlte und jemanden brauchte, der sie tröstete.

Sie sagte nicht nein, als ich sie bei der Hand nahm und sie nach oben führte, und sie machte auch kein Theater, als ich sie aufs Bett legte und auszuziehen begann.

Schön war sie, und jetzt, da ich von dem Baby wußte, bemerkte ich auch die kleinen Veränderungen an ihr und verglich sie mit denen, die sich an Mary vollzogen. Ihre Brüste waren schwerer geworden, die Brustwarzen riesengroß und dunkel auf dem hellen Honig ihrer Haut, ihr Bauch nicht mehr flach. Ich streichelte die leichte Wölbung, glitt mit der Hand hinunter zwischen ihre Schenkel.

»Nein, Jack«, sagte sie, ohne sich aber wirklich zu wehren, und als sie hinterher in Tränen ausbrach, hielt ich sie fest umschlungen, denn so etwas braucht eine Frau in einem solchen Augenblick.

Später machte ich die Lampe an und stellte sie auf den Waschtisch, und dann stand ich hinter ihr und beobachtete sie im Spiegel, als sie sich die schwarzen Haare bürstete. Mit langen bedächtigen Strichen zog sie die Bürste immer wieder von oben nach unten durch, bis das Haar im Lichtschein glänzte.

In der Schule hatten wir einmal ein Gedicht gelesen, das

von einem Mann handelte, der seine Geliebte mit ihren eigenen Haaren erwürgt hatte, und jetzt zwirbelte ich Beckys Haar in meinen Händen, schlang es ihr um den Hals und lachte sie im Spiegel an, während ich es immer fester um ihre Kehle zog.

Sie hob eine Hand und legte sie auf meine.

»Ich würde dir fehlen, Jack«, sagte sie, und ihre Stimme klang traurig. »Und das verspreche ich dir, Jack: Wenn du mich tötest, hast du deine Freiheit verwirkt. Ich werde immer um dich sein; auch wenn du mich nicht deutlich sehen wirst, ich werde dasein, irgendwo in deinen Augenwinkeln oder im Dunkeln neben dir, wenn du im Bett liegst und einzuschlafen versuchst. Ich werde dich auf Schritt und Tritt verfolgen.

Sie sagte das leichthin, wie um zu zeigen, daß ich ihr keine Angst machen konnte, aber ich spürte schon damals, daß es ihr ernst damit war, und ließ ihr schwarzes Haar wieder los. Mit beiden Händen die weiche Haut ihrer Kehle streichelnd, sah ich sie im Spiegel an.

22

Der Samstagmorgen war heiter und klar. Sie ließen die Zwillinge bei Adele und Sophie Lee und machten sich mit Alecs Wagen auf den Weg. Sie fanden es nicht richtig, zwei kleine Kinder auf eine so lange Fahrt mitzunehmen, die sich wahrscheinlich ohnehin als Reinfall erweisen würde. Marcie war noch immer aufgewühlt von der Erscheinung, die sie neben den Kinderbetten gesehen hatte. Dem nachzujagen, was auch immer es gewesen sein mochte, schien auch so schon verrückt und gefährlich genug, da brauchte sie sich nicht zusätzlich die Sorge aufzuladen, wie sich das auf die Kinder auswirken mochte.

Trotzdem glaubte sie, Jack noch etwas schuldig zu sein. Vor allem freilich quälte und trieb sie die Erinnerung an Rebecca, wie sie an den Bettchen ihrer Kinder gestanden hatte.

Herauszufinden, wo Joseph Armitage, Jacks verlorener Bruder, begraben war. Womöglich jemanden zu finden, der sich an ihn erinnerte, der Jack gekannt hatte, vielleicht sogar Rebecca gekannt hatte – das schien die einzige Möglichkeit, Jacks Zwangsvorstellung auf den Grund zu gehen. Adele hatte angeboten, auf die Zwillinge aufzupassen, und sie waren sich einig, daß sie das Wochenende und möglicherweise auch noch den Montag für ihre Nachforschungen opfern würden; Marcie hatte am Montag ohnehin frei, und Michael hatte vorgesorgt und sich für den Spätdienst einteilen lassen, für den Fall, daß sie die zusätzliche Zeit brauchen würden. Wenn sie bis dahin nichts gefunden hätten, wollten sie die Sache aufgeben.

Ihre Reise führte sie durch die Gegend nördlich der Midlands, wo Alice sich niedergelassen hatte, und zurück nach Lincolnshire, wo Jack und Mary bis kurz vor Alecs Geburt gelebt hatten.

»Sie sind dort weggezogen, gleich nachdem sie ihr erstes Kind verloren hatten«, sagte Alec. »Danach fand Mama anscheinend keine Ruhe mehr, und als Jack dann eine Arbeit angeboten wurde, verließen sie ihre Heimat und zogen nach Harrelton. Und da sind sie geblieben. Nach meiner Geburt ist dann Alice zu ihnen gezogen. Ich glaube, Mama ist ziemlich lange krank gewesen.«

»Ich wußte gar nicht, daß sie ein Kind verloren haben«, sagte Michael. »Das ist ja wirklich traurig.«

Alec nickte. »Sie ist nur wenige Tage alt geworden.«

»Wann ist Joe gestorben?« fragte Marcie.

Alec zuckte mit den Schultern. »Das weiß ich nicht«, sagte er. »Ich war damals lange Zeit weg. Als ich zurückkam, sagten sie mir, daß er gestorben sei; aber deine Oma wollte offenbar nicht darüber reden, und, na ja, du weißt ja, wie sie ist. Ich habe ihn sowieso nicht gekannt.«

»Habt ihr ihn nie besucht?« fragte Michael.

»Nicht daß ich wüßte. Abgesehen von Weihnachtskarten und ähnlichem hat es kaum Kontakt zu ihm gegeben. Ich hatte den Eindruck, daß sie mit dem Rest der Familie nichts mehr zu tun haben wollten. Überhaupt nichts.«

»Ist dir das nicht seltsam vorgekommen?« fragte Michael.

»Gott, nein«, sagte Alec. »Für mich war das völlig normal. Das war einer der ständigen Sprüche meiner Mutter, daß wir ›unter uns bleiben‹ sollten.«

»Und wo fangen wir an?« fragte Marcie.

»Ich würde sagen, in Louth. Das ist ein recht großer Ort, von dort aus können wir uns auf die Suche machen. Nach der Hochzeit haben sie eine Zeitlang in Ludford gelebt, und meine Oma hat ihren Lebensabend in einem Dorf namens Binbrook verbracht. Während des Kriegs ist Mama dann zu ihr gezogen. Darüber gibt's ein paar richtige Horrorgeschichten. Um das Dorf muß es mehrere Flugplätze gegeben haben.«

»Die Gegend hat man Bomber County genannt«, erklärte Michael.

Alec warf ihm im Rückspiegel einen überraschten Blick zu.

»Sieh mal an, wie gut sich der Nigger in Geschichte auskennt«, sagte Michael höhnisch.

»Entschuldigung«, sagte Alec und wurde rot.

»Ich glaube fast, wir gewöhnen uns noch aneinander«, lachte Michael.

Marcie schüttelte den Kopf über die beiden. »Und was wollen wir suchen, wenn wir da sind?« fragte sie. »Einen, der ein Gedächtnis hat wie ein Lexikon?«

»Schon möglich, Birdie«, meinte Alec. »Schon möglich.«

Mary saß an Jacks Bett.

»Alle, die ich geliebt habe, verlassen mich. So viele hat es zwar nicht gegeben, Jack, nur, bei dir ist es so, als ob es zum zweiten Mal passiert. Ich wußte von ihr, aber ich habe mir gesagt: Mary, er liebt dich. Was kann die Vergangenheit noch für eine Rolle spielen?

Aber es ist nie mehr so wie früher gewesen, stimmt's? Nie mehr, nachdem unsere Margaret gestorben ist. Ich hatte das Gefühl, daß du mir nie ganz verziehen hast, daß du mir irgendwie die Schuld daran gegeben hast, daß wir unser Baby verloren haben. Und als Marcie dann zu uns gekommen ist, nun, das war wie eine Erlösung für dich, stimmt's? Du hast sie gar nicht genug mit Liebe überschütten können. Du hast nie verstanden, daß man Liebe nicht pfundweise kaufen kann. Aber die Liebe wird niemals Mangelware, nur weil ein Mensch besonders viel davon braucht. Es bleibt immer noch genug übrig, man muß nur wollen.

Und jetzt ist auch Alec weg. Er hat uns verlassen. Beide meine Kinder sind weg, und du schickst dich an, ihnen zu folgen.«

»Alec?« Jacks Stimme war brüchig und heiser.

»Er ist nicht hier, mein Lieber. Nur ich bin da. Nur ich.«

»Ich habe geträumt. Eine lange Straße und mein Pferd... lahm. Drei Teile Schweineschmalz. Drei Teile... und Kampferwein.«

»Schon gut, Jack, du hast nur geträumt. Wir haben jetzt keine Pferde mehr, seit Jahren nicht.«

»Roggenmehl, Mary, jetzt hab' ich's wieder. Roggenmehl. Sehr fein gemahlen, so daß es fast schwarz ist, das zieht am besten.«

»Ist gut, Jack. Ich merk's mir. Ich merk's mir, mein Lieber.«

»Ich habe es ihr gesagt, Mary, aber das Pferd hat gelahmt, ich konnte es nicht im Stich lassen. Wie sie da vor mir gestanden hat. Ihr pechschwarzes Haar mit diesem Feuerschein, ich konnte einfach nicht nein sagen.«

»Jack, o Gott, Jack, das reicht jetzt. Bitte, Liebster, hör auf damit.«

Sie beugte sich vor, legte die Hände vors Gesicht und weinte. Ihre Tränen fielen auf die saubere weiße Bettdecke.

»Ich erinnere mich an dich«, sagte Jack leise. »Rotes Haar, Sommersprossen auf der Nase, im Hintergrund die Kirchenglocken. Reizend... besorg das Roggenmehl, versprich es mir. Weizenmehl taugt nichts...«

Marcie hatte sich Lincolnshire immer als Flachland vorgestellt. Sie war zwar schon ein paarmal an der Ostküste gewesen, durch die Moorlandschaft zu den Badeorten am Meer gefahren, dabei aber nie in die Nähe der Hügelkette mit ihren Serpentinenstraßen gekommen.

»Schön ist es hier«, sagte sie. »Phantastisch.«

»Das da drüben ist Louth. Siehst du den Kirchturm? Ich weiß noch, wie wir hier zum Picknick hingefahren sind, als ich ein kleiner Junge war. Die Stelle heißt Hubbard's Hills. So eine Art Naturschutzpark gleich hinterm Stadtrand. Eigentlich nur Bäume und Gras. Komischerweise war mir aber nie bewußt, daß meine Eltern aus dieser Gegend stammten, das habe ich erst viele Jahre später erfahren.«

»War der Ort ein Marktflecken?« fragte Michael.

»Hmm, ja. Muß damals ein ziemlich wohlhabendes Städtchen gewesen sein. Wir sollten irgendwo Kaffee trinken gehen und uns dabei überlegen, wo wir mit der Suche anfangen.«

Es war zehn Uhr morgens, die Straßen eng und voller Fußgänger und viel zu vielen Autos. Sie hatten Mühe, einen Parkplatz zu finden. Schließlich entdeckten sie in einer Nebenstraße ein kleines Café, wo sie es sich an einem Fenstertisch bequem machten.

Alec beobachtete die Passanten. Von den geruhsamen Ausflügen in die umliegenden Hügel abgesehen, waren seine Erinnerungen an Louth vor allem mit dem Geschiebe der Menge durch die engen Straßen verbunden. Er wußte noch, wie Jack von dem Städtchen gesprochen hatte. Es war eins der wenigen Male, daß Jack unbeschwert und glücklich von seiner Kindheit erzählt hatte.

»Zweimal im Jahr«, sagte Alec, »hat es hier so eine Art Arbeiterbörse gegeben.«

»Arbeiterbörse?« fragte Marcie.

»Die meisten Farmarbeiter hier waren praktisch Tagelöhner«, erklärte Alec. »Sind mit ihren Familien und allen ihren Habseligkeiten hierhergekommen und haben dann auf dem Marktplatz gestanden, mit ihren … wie soll ich sagen«, er lachte, »mit ihren Lebensläufen, die sie sich vorne an die Jacken geheftet hatten. Ich weiß noch, wie Jack mir davon erzählt hat. Er ist oft hier gewesen, mit Joe und dem Onkel, bei dem sie gewohnt haben …«

Es war Frühling. Fast auf die Woche genau ein Jahr nachdem unsere Eltern von den letzten Ausläufern der Grippewelle, die nach dem Krieg über das Land rollte, dahingerafft worden waren. Sie hatte uns einige Jahre lang verschont, dann aber doch den Weg nach Norden gefunden und unsere Eltern mitgenommen.

An diesem Tag waren wir mit unserem Onkel William nach Louth gefahren, mit einer Ladung Hühner, die wir auf dem Markt verkaufen wollten. William saß vorne bei den Lenkern, ich und Joe hinten auf der Ladefläche. Macks Karren wand sich durch die Dörfer. Wir saßen da hinten ziemlich beengt zwischen Zwiebelsäcken und Fässern mit Pökelfleisch und Onkel Wills Hühnern, die in ihrem Korb einen Heidenlärm veranstalteten.

Es war recht warm für April, und wir waren immer noch

gut in unsere Winterunterwäsche eingepackt. Das juckte, und wir schwitzten, aber Tante Emily hätte nicht im Traum daran gedacht, uns vor Ende des Monats von unseren Wintersachen zu befreien. Wir trugen Cordhosen und Flanellhemden und unsere eingefetteten, frisch genagelten Stiefel, mit denen wir im Takt mit den Pferdehufen an die Seitenwand des Karrens schlugen.

Für uns war diese Fahrt etwas Besonderes. Es war das erste Mal, daß wir die Arbeiterbörse und die vielen Menschen erlebten, die dort um Arbeit konkurrierten.

Als wir auf den Marktplatz kamen und vom Karren sprangen, war es schon fast Mittag, und Joe klagte, daß er Hunger habe. Inzwischen war es noch wärmer geworden, in der Sonne schon richtig heiß, und ich weiß noch, wie unwohl ich mich in der dicken wollenen Unterwäsche gefühlt habe und wie ich dachte, es wäre wirklich besser gewesen, wenn Tante Em uns das erspart hätte. Aber auch das konnte meine Begeisterung nicht dämpfen. Der ganze Platz schien nur aus Geräuschen und Gerüchen zu bestehen. Der Lärm von Vieh und Geflügel, die Stimmen der Marktschreier, die Düfte von Lebkuchen und Gewürzen und dazu der Gestank von Kuhscheiße und der Schweißgeruch überwinterter Menschen.

Ich weiß noch, wie wir durch die engen Straßen und bevölkerten Gassen zogen und uns in Lärm und Hitze durchs Gewühl des Marktplatzes drängten. Wir aßen ein wenig von dem, was Tante Em uns eingepackt hatte, und wenn die anderen nicht auf uns achtgaben, stopften wir uns heimlich ein paar zusätzliche Bissen in den Mund.

Es war ein schöner Tag, wir fühlten uns glücklich und geborgen, die Sonne schien, und der Winter, die elende Schufterei, das schlechte Wetter und der traurige Verlust unserer Eltern lagen auf einmal weit hinter uns.

Es kam mir vor, und bei Joe war es ganz bestimmt nicht anders, als wären wir aus einem langen, dunklen Traum er-

wacht, und ich dachte, an einem solchen milden Frühlingstag sei das Leben vielleicht doch nicht so schlecht.

Dann ist allerdings etwas passiert, das uns mit Macht wieder an all die Schmerzen und Leiden erinnert hat.

Eigentlich hatten wir uns die Arbeiterbörse anschauen wollen, aber es gab noch so viele andere interessante Dinge zu sehen, daß wir das beinahe vergessen hatten. Und als wir dann in einem stillen Winkel neben der Kirche zufällig darauf stießen, traf mich der Anblick wie ein Schlag.

Ich habe das nie vergessen, das hat mich geprägt, Birdie, und ich habe mir damals geschworen, daß ich, was auch immer geschehen mochte, so etwas weder für mich selbst noch für meine Familie jemals zulassen würde.

Sie standen da wie Vieh, jeder mit seinen paar Habseligkeiten neben sich; im Hintergrund Frauen und Kinder, schweigend und hoffend, während ihre Männer sich zum Kauf anboten – so jedenfalls sah es für mich aus. Vorne an ihre Jacken hatten sie ein Stück Papier oder Pappe geheftet, auf das sie ihren Namen und ihre Fertigkeiten geschrieben hatten. Und da standen sie nun, kräftig und mit so viel Stolz, wie man solchen Menschen nur wünschen kann, während die Vorarbeiter, Bauern und kleinen Landbesitzer an ihnen entlangschritten und sie begutachteten, lasen, was auf den Kärtchen stand, ihre Hände untersuchten und barsche Fragen nach ihrer letzten Beschäftigung stellten.

Es fehlte nur noch, daß sie die Männer traben ließen oder ihnen ins Maul schauten, um am Zustand ihrer Zähne ihr Alter zu bestimmen.

Immer wieder wurde einer vorgerufen, unterschrieb seinen Vertrag und zog dann, sich ein letztes Mal nach den Zurückbleibenden umdrehend, mit seinem neuen Arbeitgeber davon.

Ich weiß, das war damals eben so üblich, Birdie. So hatte sich das, zweimal im Jahr, wahrscheinlich seit Hunderten von Jahren abgespielt. Aber ich fand es kaum vorstellbar, daß man sich dabei nicht gedemütigt fühlen sollte. Dieses Verfahren schien mir einem Menschen seinen Wert und seine Ehre zu nehmen, und ich fragte mich, was aus denen werden mochte, die am Ende des Tages übrigblieben. Wo würden sie hingehen, die niemand haben wollte? Würde man sie einfach mit dem anderen Kehricht wegfegen, wie faulen Kohl und kaputte Eier am Ende eines Markttags?

Wir haben nicht lange zugesehen, Joe und ich. Wir sind bald gegangen und haben versucht, die ursprüngliche Freude an unserem freien Tag wiederzufinden. Aber die war verschwunden. In mir nagte die Angst, daß ich in diesen Männern meine eigene Zukunft erblickt hatte. Wie sie da gestanden hatten, mit ihrem ganzen Besitz zu ihren Füßen, und sich an jeden verkauften, der sie haben wollte.

»Ich weiß, das ist ihm nahegegangen«, sagte Alec. »Ich war mir nie sicher, was genau ihn daran so beunruhigt hat. Im Prinzip war das doch nichts anderes, als ob man zum Arbeitsamt gehen würde.«

Marcie lachte. »Das kann nur jemand sagen, der schon seit Ewigkeiten dieselbe Arbeit hat«, sagte sie.

Michael machte ein nachdenkliches Gesicht. »Als Sophie Lee ein kleines Mädchen war«, sagte er, »hat sie eine Frau gekannt, die noch als Sklavin auf die Welt gekommen war.«

»Das ist wohl kaum dasselbe«, widersprach Alec, der sich von diesem Vergleich unangenehm berührt fühlte.

»Sicher«, stimmte Michael zu, »wohl kaum. Trotzdem frage ich mich, ob diese Männer wirklich irgendeine andere Chance gehabt hätten. Wenn ich das richtig sehe, waren viele von ihnen praktisch Leibeigene. Sie hatten überhaupt keine Rechte und durften ihren Arbeitgeber erst verlassen, wenn der Vertrag abgelaufen war, ganz gleich, wie schlecht sie von ihm behandelt wurden. Für mich ist das nicht allzuweit von Sklaverei entfernt.«

Die Vorstellung ernüchterte sie. Als sie den Kaffee ausgetrunken hatten, waren sie nicht mehr so zuversichtlich, daß sie in Louth etwas finden würden.

»Die haben also gar nicht hier gelebt?« fragte Michael.

Alec schüttelte den Kopf. »Nein, ich dachte nur... Na ja, hier habe ich mich eben früher am besten ausgekannt, aber das ist viele Jahre her. Ich glaube, das war keine besonders gute Idee. Wir sollten nach Binbrook fahren. Das war Joes letzte Adresse.«

Wenig später fuhren sie los, vorbei an Alecs geliebten Hubbard's Hills und dann die Serpentinen hoch, eine Straße, die sich wie eine Schlange über die Hügel wand.

Binbrook, in einer Senke zwischen Hügeln gelegen, war ein stilles, kleines Dorf. Sie stiegen aus dem Auto, das sie an der Gartenmauer eines alten Gutshauses geparkt hatten, sahen sich um und überlegten, wo sie anfangen sollten. In einem Bushaltehäuschen saßen zwei Teenager, ansonsten war das Dorfzentrum menschenleer. Die Jugendlichen sahen neugierig, aber unbeteiligt in ihre Richtung und unterhielten sich dann weiter.

Vier Straßen gingen von dem langgestreckten Dreieck des Dorfplatzes ab, an dessen Spitze ein großes Wirtshaus stand: The Marquise. Es war, wie Alec bemerkte, zugenagelt und verlassen. Eine Seite des Platzes wurde von der langen Gartenmauer eingenommen, zwischen den Straßen an der Basis des Dreiecks war ein Metzgerladen, und an der dritten Straße gab es ein paar kleinere Geschäfte.

Das Ganze machte einen wohlhabenden, zufriedenen Eindruck, ähnlich, wie Alec es in Erinnerung hatte.

»Früher gab es hier zwei Kirchen«, sagte er. »Zwei Kirchen und eine Kapelle und mindestens zwei Wirtshäuser. Das andere hieß The Plough, wenn ich mich nicht irre.«

»Ich denke, wir sollten uns erst mal die beiden Kirchhöfe ansehen«, sagte Marcie.

»Zwecklos«, erklärte Alec. »Die eine Kirche ist vor langer Zeit abgebrannt. Jetzt gibt es nur noch St. Mary und St. Gabriel.«

Michael spähte die leere Straße entlang, die ausgebleicht in der grellen Sonne lag.

»Vielleicht sollten wir besser in dem Wirtshaus anfangen«, meinte er, leicht sehnsüchtig, wie Marcie fand.

»Später vielleicht«, sagte sie lächelnd. »Wir wissen ja noch gar nicht, wo das überhaupt ist. Bis jetzt wissen wir nur, wo die Kirche ist.«

Sie waren vorhin an der Kirche vorbeigefahren; daneben hatten sie die Mauer des Friedhofs gesehen.

»Wir sollten uns aufteilen, dann sind wir schneller«, schlug sie vor. »Ich nehme mir die Geschäfte vor, ihr beide geht auf den Friedhof.«

»In Ordnung«, stimmte Alec zu. »Möchte wissen, ob der noch in Betrieb ist.«

»Vielleicht findest du jemanden, der dir das sagen kann. Aber Joe ist ja schon vor langer Zeit gestorben. Durchaus möglich, daß er hier begraben ist.« Sie lächelte ihnen kurz zu und entschwand in Richtung des nächsten Ladens.

Alec grinste Michael an. »Ich glaube, wir werden herumkommandiert«, sagte er.

Michael lachte. »Zum Friedhof, Watson«, sagte er.

Bald schon wurde klar, daß Joe nicht dort begraben war. Der moderne Teil des Friedhofs war leicht zu erkennen; für alle Fälle sahen sie sich auch die älter aussehenden Steine an, aber nirgends war ein Hinweis auf Joseph Armitage zu finden. Die verbleibende Zeit rutschten sie auf den Knien herum, entzifferten moosbedeckte Gedenktafeln, die mit zierlichen Steinmetzarbeiten geschmückt waren, und lasen die Inschriften auf den weißen Grabsteinen der Flieger, die in einer schnurgeraden Doppelreihe hinter der Kirche aufgestellt waren und an den nahe gelegenen Kriegsflugplatz erinnerten. Manche waren nicht einmal zwanzig geworden, bemerkte Alec; er mußte an seine eigene Zeit bei der Armee denken, und seltsamerweise war er damals glücklich gewesen.

Aber keine Spur von Joe.

Als eine Stunde später Marcie auftauchte, war schon an ihrer Miene zu erkennen, daß sie etwas Wichtiges zu erzählen hatte. Sie eilte auf die beiden zu, die an der hohen Nordmauer des Kirchhofs standen.

»Hast du was herausgefunden?« fragte Alec aufgeregt.

Marcie nickte. »Ich habe überall gefragt, aber es gibt hier ziemlich viele Zugezogene. Leute, die noch nicht so lange hier leben und sich hier nicht auskennen. Aber dann habe ich auf der Post eine alte Frau getroffen, das heißt, sie hat zufällig mitbekommen, wie ich den Mann hinterm Schalter nach Joe gefragt habe. Wollte wissen, warum *ich* das wissen wollte. Ich habe ihr gesagt, wer ich bin und daß wir herausfinden wollen, wo Joe begraben ist – habe einfach behauptet, daß Jack bei seinem Bruder begraben werden möchte.«

»Und?«

»Und sie hat das sehr komisch gefunden. Die haben immer noch gelacht, als ich gegangen bin.«

Sie unterbrach sich, genoß ihre Erzählung offenbar in vollen Zügen.

»Und?« fragte Alec noch einmal.

»Joe ist gar nicht tot«, sagte sie. »Er ist sehr alt, und es geht ihm nicht besonders, aber vor zwei Jahren war er noch am Leben, und da bis heute niemand gehört hat, daß er gestorben ist…«

»Also, wo steckt er?« wollte Michael wissen.

Alec schien erschüttert. »Nicht tot«, wiederholte er.

»In Lincoln. In irgendeinem Altenwohnheim oder so was ähnlichem.«

»Genaueres hast du nicht erfahren? Soweit ich weiß, ist Lincoln ziemlich groß.«

»Irgendwas mit ›woods‹ im Namen, an mehr konnte sie sich nicht erinnern.«

»Noch am Leben«, sagte Alec. »Kann mir kaum denken, daß sie dich angelogen haben.«

23

Ich kann mich an sie erinnern, Alec, wie sie neun Jahre alt war, wie groß sie geworden war, nur noch Beine und langes schwarzes Haar. Bildhübsch. Wir waren den ganzen Tag am Strand gewesen. Sie war am ganzen Körper gebräunt, lange, braune Beine, lange, braune Arme, dazu diese schwarzen Haare. Sie wollte mit dem Karussell fahren. Das wollte sie immer. Das einzige Pferd, auf dem sie je geritten ist: dieses buntbemalte Holzpferd mit den blauen Glasaugen.

Ein solches Pferd konnte nicht lahm werden.

Roggenmehl und Kampfer und… es fällt mir sicher bald wieder ein.

Als sie mit Alecs Wagen nach Lincoln fuhren, las Marcie auf dem Rücksitz aus einem von Jacks Briefen vor.

> Ich erinnere mich an einen Tag, mein Liebling, als du neun Jahre alt warst; wir waren zusammen am Meer.
>
> Wir hatten den ganzen Tag am Strand gespielt, nur wir zwei. Die anderen waren woanders hingefahren, um sich etwas anzusehen. Aber wir zwei, ja, wir hatten gespielt und gepaddelt und waren ganz naß und schmutzig und bekleckert von all den schlimmen Sachen, die wir nicht hätten essen dürfen.

Dann sind deine Oma und die anderen gekommen und haben uns gefunden. Zeit nach Hause zu fahren. Zeit zum Tee. Du weißt ja, wie genau es deine Oma mit so etwas nimmt.

Nun, ich hatte dir noch eine Fahrt auf dem Karussell versprochen. Wir hatten das Pferd schon ausgesucht. Ein großes, weißes Tier mit blauen Glasaugen und roten und blauen Spiralen an Flanken und Hals, und Oma mußte uns versprechen, daß wir da noch hingehen würden.

Dann hast du diese verfluchte Frau entdeckt. Gypsy Rose oder wie sie hieß, diese Zigeunerin; sie stand auf dem Treppchen ihres Wohnwagens, und du hast keine Ruhe gegeben. Wolltest dir unbedingt weissagen lassen. Deine Oma war natürlich dagegen.

»Zigeuner«, hat sie gesagt. »Ich will nicht, daß du dich mit irgendwelchen Zigeunern abgibst.«

Sie vergißt die Vergangenheit, deine Oma. Schreibt sie um, wie es ihr paßt. Wir alle sind irgendwann einmal Zigeuner gewesen. Kaufleute und Pferdehändler, all die alten Familien. Die Dörfer sind von Zigeunern gegründet worden. Aber daran läßt sich meine Mary nicht gern erinnern. Dafür ist sie zu sehr Dame, will nichts von ihrer Vergangenheit wissen. Ändert sie einfach, wie es ihr paßt.

Andererseits können wir alle uns das ein wenig vorwerfen lassen, hab' ich recht, Birdie?

Jedenfalls hat sie uns da weggeführt, hat gesagt, wir müßten jetzt gehen, und zwar auf der Stelle. Gegen deine Oma ist nicht anzukommen, wenn sie sich was in den Kopf gesetzt hat. Nichts zu machen.

Und du bist dann nie auf diesem Karussell gefahren…

Marcie zwinkerte ihre Tränen weg. »Ich kann mich an diesen Tag erinnern«, sagte sie leise.

Ich hatte immer gehofft, dir das Reiten beizubringen, Birdie. Auf richtigen Pferden. Ich sah dich auf einem großen, weißen Pferd mit glasig blauen Augen durch meine Träume galoppieren.

In dir sehe ich sie, Bird, sehe ich meine Becky. Das Kind, das wir gehabt hätten, wenn das Leben freundlicher zu uns gewesen wäre, wenn mir etwas Besseres eingefallen wäre... Denk daran, Birdie, du mußt Roggenmehl nehmen. Roggenmehl und Kampferwein und drei Teile Schweinefett.

Siehst du, es ist mir wieder eingefallen. Erinnerung in Händen und Augen, Birdie. In den Händen und in den Augen, selbst wenn die Worte vergessen, wie es gehen sollte.

Kurz vor halb zwei kamen sie in Lincoln an und parkten hinter dem Schloß. Die Mittagssonne schien hell auf das monumentale Gebäude und fiel schräg in die schmalen Gassen, die zum touristischen Zentrum in der Gegend um den Domplatz führten. Und sie kamen sich auch wie Touristen vor, bewunderten die alten Fassaden mit ihrem Mischmasch aus Baustilen, wie sie in Jahrhunderten langsamen Wachstums entstanden waren, und fühlten sich entspannt, aber auch ein wenig ratlos.

Wo sollten sie in einer solchen Stadt die Suche nach einem alten Mann beginnen?

Alec führte sie auf die Stadtmauer. Die heiße Sonne auf dem unbedeckten Kopf, blickte Marcie von dort oben zum Dom und über das schöne Gewirr der Dächer dieser alten Stadt.

»Das gefällt mir«, sagte Michael und zeigte auf die Zwillingstürme des Doms. »Seht doch nur, wie hoch diese Dinger sind.« Er sah Marcie an. »Meinst du, wir haben Zeit, da mal reinzugehen?«

Marcie zuckte mit den Schultern; die Mittagshitze machte sie träge.

»Das wird sich wohl machen lassen«, sagte Alec. »Ich weiß nicht, wie das mit euch beiden ist, aber ich muß erst mal was essen.«

Sie bekämpften den Hunger mit Eis, dann wanderten sie den Rest der Stadtmauer entlang und bestiegen den Turm, an dem früher die Verurteilten gehängt worden waren; der Galgen war so angebracht, daß die Erhängten für die ganze Stadt sichtbar gewesen waren.

»Das Wirtshaus da unten«, zeigte Alec, »heißt The Strugglers. Dort gab es bei Hinrichtungen die besten Plätze. Jack hat erzählt, die Zuschauer da unten hätten immer gewettet, wie lange der Erhängte noch zappeln würde.« Er zog eine Grimasse, als ob die Vorstellung ihm widerwärtig sei.

Marcie starrte unterdessen das Schild des Wirtshauses an.

»Die haben jetzt ein neues Schild angebracht«, fuhr er fort. »Jetzt sieht man da nur noch jemanden, der mit einem Faß kämpft.«

»Zuviel Realismus«, sagte Marcie, »könnte schlecht fürs Geschäft sein.«

Alec schnaubte. »Das glaub ich kaum.«

Das Bild Rebeccas, wie sie in ihrer Wohnung gestanden hatte, erschien wieder vor Marcies geistigem Auge: Rebecca mit einem Strick um den Hals. Rebecca, die ihr verlorenes Kind beweinte.

Schließlich stiegen sie die vielen Stufen zur Lucy-Festung hinauf und gelangten auf den von einer Mauer eingefaßten Friedhof. Begräbnisstätte der Gefangenen, die man an dem Turm gehängt hatte. Sogar im Tod wurde ihnen keine Freiheit gewährt.

Marcie ging langsam zwischen den schmucklosen Gräbern umher, die nur mit winzigen Schiefertafeln versehen waren, auf denen lediglich die Initialen der Toten und ihr Todesjahr geschrieben standen. Das Ganze lag im Schatten einer mächtigen, ausladenden Eibe.

Sie erschauderte in der Kälte, die selbst in der Mittagshitze durch diese Umfriedung zu wehen schien.

»Wir verschwenden nur unsere Zeit«, sagte sie schließlich und straffte die Schultern auf eine Weise, die sehr an ihre Großmutter erinnerte.

Alec nickte. »Wir wollten erst mal was essen«, sagte er, »und uns überlegen, wie wir am besten vorgehen.« Jetzt war er es, der erschauderte, als sie den ummauerten Bereich verließen und ihren Weg fortsetzten. »Das mit Joe war ein großer Schock«, sagte er schließlich. »Hat mich ziemlich umgehauen.«

Marcie berührte ihn am Arm. »Ja«, sagte sie. »Ich weiß, das hört sich blöd an, aber ich habe beinahe gehofft, wir würden gar nichts herausfinden. Irgendwie habe ich gedacht, Hauptsache, wir versuchen es, und wenn es nicht klappt, ist die Sache ein für allemal erledigt.« Sie sah ihn von der Seite an; ihr Unbehagen über ihr kleines Geständnis war ihr deutlich anzumerken.

»Ich kann dich verstehen«, gab Alec zu. »Aber jetzt werden wir wohl weitermachen müssen. Ich komme mir so«, er suchte nach dem richtigen Wort, »so manipuliert vor«, meinte er schließlich. »Nur weil ein alter Mann im Sterben liegt und ein anderer nicht gestorben ist. Ist das nicht schäbig von mir?«

»Nein, Dad, überhaupt nicht schäbig. Das alles ist wirklich schwer zu begreifen. Warum behauptet er, daß sein Bruder tot ist? Daß Leute sich aus den Augen verlieren, kommt doch oft genug vor, und kein Mensch macht sich Gedanken deswegen. Manche bedauern das vielleicht, aber sie setzen doch keine Lügen in die Welt.«

Sie gingen durch das Schloßtor zurück und über den Domplatz. Dort warteten die beiden Männer, während Marcie, die Adele anrufen wollte, sich auf die Suche nach einem Telefon machte. Sie sprachen nur wenig. Die Trägheit des Nachmittags schien auch sie erfaßt zu haben, und selbst ein paar Worte waren schon zu anstrengend.

»Da war niemand zu Hause«, sagte Marcie, als sie zurückkam.

»Wahrscheinlich sind sie einkaufen, oder Adele ist mit ihnen in den Park gegangen.«

»Ich habe auch im Telefonbuch nachgesehen. Es gibt hier buchstäblich Dutzende von Alten- und Pflegeheimen.«

»Das Wählerverzeichnis«, sagte Michael. »Da dürften wir die besten Chancen haben. Wenn er wirklich seit einigen Jahren hier lebt, müßte er zu finden sein.«

»Richtig! Genau.« Sie runzelte die Stirn. »Und wo finden wir das?«

»Bei der Polizei, in Postämtern und größeren Büchereien. Das dürfte kein Problem sein.«

»Wir haben Samstag nachmittag«, bemerkte Alec. »Die Post hat bestimmt nicht mehr auf. Wir könnten bei der Touristeninformation am Schloß nachfragen, wo hier die nächste Bücherei ist, aber noch einfacher ist es vielleicht bei der Polizei. – Nur, was sollen wir denen erzählen? Da kann man doch nicht einfach so reingehen und sich das Verzeichnis zeigen lassen.«

»Doch, theoretisch schon«, sagte Michael, »aber es wäre natürlich besser, wenn wir einen Grund angeben könnten.«

»Warum nicht die Wahrheit?« fragte Marcie. »Warum müßt ihr beiden das so kompliziert machen?«

»Die Wahrheit«, überlegte Alec. »Jack liegt im Sterben, ständig sieht er Gespenster. Und jetzt hat er andere Leute dazu gebracht, sie auch zu sehen. Um sie wieder zu vertreiben, versuchen wir Jacks Bruder zu finden, den wir bis vor ein paar Stunden für tot gehalten haben: Auf die Weise bekommen wir das Gespenst zu fassen und können es verjagen.« Er unterbrach sich. »So etwa?«

Marcie lachte. »Nein. Ich denke, wir sagen einfach, daß wir

nach dem verschollenen Bruder deines Vaters suchen. Daß die beiden sich nach einem Streit aus den Augen verloren haben und daß Jack jetzt im Sterben liegt und sich mit ihm aussöhnen will, bevor es zu spät ist.«

»Deine Auffassung von Wahrheit kommt mir recht flexibel vor«, meinte Alec.

Marcie grinste spöttisch. »Ich hatte einige sehr kreative Lehrer.«

Der diensthabende Beamte auf der Polizeiwache hörte sich Marcies Erklärung aufmerksam an und bedachte die drei mit neugierigen Blicken. Alec trat unbehaglich von einem Bein aufs andere, denn ihm ging plötzlich auf, was für einen seltsamen Eindruck sie machen mußten. Er selbst hatte seine erste Reaktion auf Michaels Anblick längst vergessen. Aber der große Schwarze mit den zurückgebundenen Rastalocken und den verwaschenen Jeans gehörte jetzt zur Familie, und die unverhohlen forschenden Blicke des Beamten machten ihn ziemlich nervös. Marcie war solche Blicke gewöhnt. Sie nahm Michael bei der Hand und lächelte freundlich. »Wir wären Ihnen wirklich sehr dankbar, wenn Sie uns helfen würden«, sagte sie. »Wir haben eine lange Fahrt hinter uns, und wenn ich zu Hause anrufen und erzählen könnte, daß wir Joe gefunden haben, würde meiner Oma ein großer Stein vom Herzen fallen.«

Der Beamte lächelte, und Alec sah seine Tochter an, beeindruckt von der Lässigkeit, mit der ihr die Halbwahrheiten von den Lippen kamen.

»Ich will sehen, was ich für Sie tun kann«, sagte er. »Aber es könnte ein paar Minuten dauern. In Ordnung?«

»Danke«, sagte Marcie.

»Können wir uns die Liste nicht selbst ansehen?« fragte Alec. »Wir möchten Ihnen auf keinen Fall zur Last fallen.«

»Wir haben fast alles auf Computer umgestellt«, erklärte der Polizist. »Vorausgesetzt, er hat seine Anmeldung ausgefüllt und ist seit mindestens einem Jahr hier wohnhaft, müßten wir ihn eigentlich für Sie aufspüren können.«

Sie warteten im Empfangsbereich, während sich der Beamte in einem weiter hinten liegenden Büro mit einem anderen besprach. Sie warteten weiter, als der Polizist etliche Anfragen und Beschwerden entgegennahm, Ausweise prüfte und ortsunkundigen Touristen weiterhalf, und irgendwie fühlten sie sich fehl am Platz, als ob sie auf ihre Verurteilung warten würden.

Endlich kam eine junge Polizistin nach vorn und reichte dem Beamten einen Zettel. Er blickte zu ihnen auf. »Sie haben Glück«, sagte er. »Entschuldigen Sie, daß es so lange gedauert hat, aber der alte Herr ist anscheinend erst Anfang dieses Jahres hierhergezogen und bisher noch nicht ins Verzeichnis aufgenommen worden.« Wieder bedachte er sie mit diesem prüfenden Blick. »Möchten Sie, daß ich für Sie bei dem Heim anrufe? Um festzustellen, ob er überhaupt noch da ist?«

Marcie nickte; offenbar war er nur so bereit, ihnen den Zettel auszuhändigen.

»Das wäre sehr freundlich«, sagte Alec. Er stand abrupt auf und zog seine Brieftasche aus der Jacke. »Wenn Sie ihnen sagen könnten, daß Alec Armitage mit Tochter und Schwiegersohn ihn besuchen wollen, wäre ich Ihnen sehr dankbar.«

Er legte die Brieftasche offen auf den Schalter, so daß sein Führerschein und das Paßfoto auf dem Namensschildchen zu sehen waren, das er in der Arbeit trug. »Ich weiß, daß Sie mißtrauisch sein müssen«, sagte er leise. »Da könnte ja jeder kommen. Wenn Sie also bitte dort anrufen würden.«

Der Polizist warf einen kurzen Blick auf die Dokumente und nickte. »In Ordnung, Mr. Armitage«, sagte er. »Warten Sie bitte, ich erledige das für Sie.«

Wieder dauerte es einige Zeit, bis der Anruf durchgestellt war, bis ein Verantwortlicher gefunden wurde, der ihn entgegennahm, bis die Bestätigung kam, ja Mr. Joseph Armitage habe in Hill Grove ein Zimmer.

Endlich legte der Polizist den Hörer auf und wandte sich wieder an Alec. »Mrs. Silverman bittet Sie, bei ihr vorbeizukommen. Sie wird Sie mit Mr. Armitage bekannt machen. Es geht ihm nicht so gut, und Sie möchte den alten Herrn nicht erschrecken; deshalb bittet sie um etwas Zeit, damit sie ihn auf Ihren Besuch vorbereiten kann.«

»Sicher.« Alec nickte. »Gut, sehr gut.«

Der Beamte nahm einen neuen Zettel, kritzelte die Adresse und eine Wegbeschreibung darauf und erklärte sie Alec, bis dieser sie verstanden hatte.

»Ich danke Ihnen«, sagte Alec. »Sie haben uns sehr geholfen. Ich hatte schon gedacht, wir würden uns durch das ganze Telefonbuch durcharbeiten müssen.« Er lachte nervös und wartete, daß Marcie und Michael ihm nach draußen folgten; auch sie bedankten sich noch bei dem Polizisten.

»Gott!« sagte er, als er ins Freie trat und sich mit raschen Schritten von der großen Glastür entfernte. »Ich hasse Polizeiwachen. Da habe ich immer das Gefühl, als ob ich was ausgefressen hätte.« Er errötete ein wenig und sah Michael an, der seinen Blick unverbindlich erwiderte.

»Ich dachte, ich wäre derjenige, der das Recht hätte, Komplexe zu haben«, sagte er.

Wieder lachte Alec nervös, dann stieg er ins Auto. »Das geht mir schon so, seit ich fünf oder sechs Jahre alt war«, sagte er. »Da gab es bei uns noch diese Wache, ein paar Straßen von unserem Haus entfernt. Jetzt ist da die Verwaltung drin. Jedenfalls hatten wir so einen Ortspolizisten. Sah aus wie ein Bobby aus dem Bilderbuch, aber mit seiner Stimme hätte er Stahl zersägen können, und seine Ausdrucksweise hat mich die Furcht vor Gott gelehrt.«

Er legte den ersten Gang ein und manövrierte den Wagen mühsam von dem überfüllten Polizeiparkplatz herunter.

»Früher hat Mama mir oft mit ihm gedroht. Als ob er der schwarze Mann wäre, nur viel schlimmer. Der schwarze Mann war weit weg; aber Polizist Edwards kam zweimal täglich durch unsere Straße, vielleicht sogar dreimal.«

»Klingt nach einem richtig guten alten Streifenpolizisten«, bemerkte Marcie zynisch.

Alec sah nach links und rechts, bog auf die Straße ein, schaltete hoch und fuhr auf die Ampel zu, die den ersten Teil der Wegbeschreibung bildete.

»Jedenfalls ist deine Oma, du kennst sie ja, mit dem Kerl ganz prächtig ausgekommen. Hier ein Tee, da ein Stück Kuchen und so weiter; und wenn ich mal wieder allzu aufsässig war, hat sie gedroht, sie würde ihn holen und mich von ihm einsperren lassen.«

»Und? Hat sie es jemals getan?« fragte Marcie.

»Und ob sie es getan hat. Da muß ich sie ziemlich auf die Palme gebracht haben. Kann mich nicht mehr genau erinnern, was da los war. Ich weiß nur noch, wie wir auf dem Heimweg an der Wache vorbeikommen, und plötzlich schleift sie mich da rein und erzählt diesem fetten Kerl, vor dem ich immer solche Angst hatte, daß er mich so lange in eine Zelle einsperren soll, bis ich sie um Verzeihung gebeten habe.«

Michael lachte, aber es klang eher angewidert und ungläubig. »Und hat er es getan?«

»Na ja«, gab Alec zu, »ich bin mir nicht sicher, ob es da überhaupt Zellen gegeben hat, aber jedenfalls hat er mich in ein kleines Zimmer gesperrt und ist dann gegangen. Ich weiß noch, wie ich geschrien habe. Wie ich an der Klinke gezerrt und mich an die Holztür geworfen habe, um da rauszukommen. Ich war überzeugt, daß sie mich da allein gelassen hatte und nie mehr zurückkommen würde. Gott, hatte ich eine Angst.«

Marcie sah ihn an, und in ihrem Blick mischten sich Anerkennung und Anteilnahme. »Wie lange hat sie dich allein gelassen?« fragte sie.

Alec schüttelte den Kopf. »Sieh doch bitte noch mal auf die Wegbeschreibung, Marcie, ja? Die nächste links, richtig?«

Er schwieg, während Marcie sich in den Zettel vertiefte und die nächsten Anweisungen vorlas.

Nein, dachte er, sehr lange war das wahrscheinlich nicht gewesen. Zehn Minuten vielleicht, aber ihm war es wie eine Ewigkeit vorgekommen, und die Panik war mit jeder Minute schlimmer geworden. Am Ende war er so hysterisch, daß er nur noch mit den Fäusten an die Wände hämmerte und nicht einmal mehr schreien konnte, weil seine Lungen wie verkrampft waren und ihm ganz schwindlig wurde. Dann machte er sich in die Hose; der warme Urin durchnäßte seine kurze Hose, rann an seinen Beinen hinab und sammelte sich auf dem Boden der Polizeiwache zu einer kleinen Pfütze. Das hatte seine Angst noch gesteigert: Jetzt würde seine Mutter noch wütender werden, nicht nur wegen der Schande, die er über sich, sondern mehr noch wegen der Schande, die er über sie gebracht hatte.

Alec erinnerte sich kaum noch an das, was danach passiert war. Nur an die wirren Bilder seiner Panik und Verzweiflung, die sich in einem Nebel aus Schmerzen verloren, und die hitzige, aufgebrachte Stimme seiner Mutter, als Polizist Edwards endlich die Tür aufschloß und ihn herausließ.

24

Hill Grove, das »Hügelwäldchen«, bemühte sich redlich, seinem Namen gerecht zu werden. Jedenfalls lag es auf einem kleinen Hügel, und wer auch immer der Eigentümer war, schien durchaus bemüht, dort auch ein Wäldchen anzulegen.

Zwei ausgewachsenen Bäumen im Vorgarten des großen viktorianischen Gebäudes hatten sich einige jüngere, unlängst gepflanzte Sträucher und dichte, allzu üppige Blumenrabatten hinzugesellt. In der Hitze des Sommers erschien das alles staubig und welk. Seitdem Gärten nicht mehr mit Trinkwasser gesprengt werden durften, war das Gras verdorrt, und selbst der aus Backsteinen gelegte Weg, der zu einem imposanten schwarzen Portal mit Messingbeschlägen führte, war ausgebleicht und voller Risse.

Das Portal stand halb offen, um das bißchen, was an Wind vorhanden war, in die Eingangshalle zu lassen. Hinter dem Empfang war niemand, aber als Alec die Tür ein wenig weiter aufstieß, ertönte eine Glocke, und dann kam eine Frau aus einem Raum, der wie ein Speisesaal aussah: Durch die offene Tür hinter ihr waren Tische mit karierten Tischdecken und kleinen Blumenvasen zu sehen.

»Kann ich Ihnen helfen?« fragte sie, machte aber den Eindruck, als wüßte sie bereits, wer sie waren und warum sie gekommen waren.

»Ich bin Alec Armitage«, sagte Alec. »Marcie, meine Tochter, und Michael Whitney, mein Schwiegersohn.«

»Martha Silverman«, sagte die Frau und hielt Alec die Hand hin. »Ich möchte ja nicht unhöflich sein, aber könnten Sie…«

»Selbstverständlich«, sagte Alec. Er zückte ein weiteres Mal seine Brieftasche und zeigte ihr seinen Ausweis.

Michael griff in die Hosentasche und zog seine Karte von der Rechtsberatungsstelle hervor, auf der neben dem Namen seiner Dienststelle auch ein Paßfoto von ihm abgebildet war. »Sie sind Rechtsberater?« sagte die Frau. »Das muß eine faszinierende Tätigkeit sein. Ist das so was wie ein Anwalt?«

Damit schien sie zufrieden; sie erwartete gar nicht, daß Michael antwortete, und Marcie ließ sie einfach links liegen.

»Sie müssen entschuldigen«, sagte sie, »aber Joe hat uns immer erzählt, er habe keine Familie.«

»Mein Vater hat mir erzählt, daß Joe vor langer Zeit gestorben sei«, sagte Alec wie zur Bestätigung. »Soweit ich weiß, haben sie sich zerstritten. Aber jetzt liegt Jack im Sterben. Er wird nicht mehr lange durchhalten, und, nun ja, ich nehme an, er sehnt sich nach Versöhnung.«

Die Frau sah ihn nachdenklich an, dann nickte sie. »Ich habe Joe gesagt, daß Sie kommen werden«, erzählte sie. »Ich weiß nicht, ob er das so richtig mitbekommen hat, aber er ist bereit, Sie zu empfangen.«

Sie folgten ihr durch den hinteren Teil des Hauses und traten durch eine Flügeltür – eigentlich ein nachträglich erweitertes großes Fenster – auf eine flache Rampe, die zu einer Terrasse führte. Eine zweite flache Rampe mit Geländern an beiden Seiten ging auf einen weiten, ausgedorrten Rasen. Bäume, Blumen, Stühle und Tische und ein älterer Mann, der mit einem Golfschläger Übungsschläge mit einem angebundenen Ball ausführte. Der rückwärtige Teil des Hauses war ein Anbau, ganz hübsch, aber ohne rechte Beziehung zu der ursprünglichen Architektur. Zwei einstöckige Flügel zogen den Komplex in die Breite; Wohnräume, vermutete Marcie, an denen entlang sich eine Veranda an die nächste reihte.

Als sie auf den Rasen traten, reckte und streckte sich dort eine große getigerte Katze und sah erwartungsvoll auf, schritt dann aber mit erhobenem Schwanz davon, um einen besseren Platz in der Sonne zu finden.

In Hill Grove herrschte eine Stille, eine Atmosphäre von friedlichem Verfall, die ebenso angenehm wie traurig war. Es gibt sicher weit schlimmere Umgebungen, in denen man seine letzten Jahre verbringen kann, dachte Marcie, aber trotzdem ist es deprimierend.

Joe saß an einem kleinen Tisch im Schatten einer gewaltigen Linde. Trotz der Hitze trug er eine Strickjacke mit Lederknöpfen und eine leuchtendrote Chicago-Bulls-Baseballmütze, die seine Augen vor der Sonne des Spätnachmittags schützte. Vor ihm stand ein Schachbrett mit geschnitzten Holzfiguren, und er schien über das dort aufgebaute Endspiel nachzudenken.

»Joe«, sagte Martha Silverman freundlich. »Das sind die Leute, von denen ich Ihnen erzählt habe.«

Er blickte auf. Sein Gesicht war dem von Jack nicht allzu ähnlich, aber die welken braunen Augen, die Marcie jetzt neugierig und wachsam ansahen, hätten auch die ihres Großvaters gewesen sein können.

»Joe«, fing Alec an, »wir sind, äh, gekommen, weil ...«

Aber schon trat Marcie vor und griff, ohne den alten Mann aus den Augen zu lassen, in ihre Handtasche. Langsam zog sie das Foto von der Ernte heraus und legte es vor ihn hin.

25

Sie saßen um den winzigen Tisch, tranken Tee und aßen Vollkornkekse. Alec hatte Mrs. Silverman geholfen, ein paar Stühle herbeizutragen, und dann hatte sie das Tablett mit Tee und Keksen gebracht, das auf Joes Wunsch nicht auf den Tisch, sondern auf den Boden gestellt worden war. »Ich bin mitten in einem Spiel«, hatte er gesagt.

»Sie sind immer mitten in einem Spiel, Joe.« Sie wandte sich mit vertraulicher Miene an die anderen. »Leider hat er hier niemanden, mit dem er spielen kann. Alle, die spielen können, hat er geschlagen, und ohne gleichwertigen Gegner macht es ihm keinen Spaß, sagte er.«

»Stimmt ja auch«, erklärte er gereizt.

»Ich kann Schach«, sagte Michael.

Joe musterte ihn aufmerksam. »Tatsächlich?« fragte er. »Ich meine, können Sie *spielen*, oder wissen Sie nur, wie man die Figuren bewegt?«

Michael sah sich die Stellung auf dem Schachbrett sorgfältig an. Er griff hinter sich, zog einen Stuhl heran und setzte sich, ohne den Blick vom Brett zu wenden. »Weißer Springer auf F4«, sagte er; seine Hand schwebte bereits über dem Brett. »Darf ich?«

Joes Augen leuchteten interessiert auf. »Nur zu«, sagte er. »Also dann. Seien sie so lieb und schenken uns Tee ein«, sagte er zu Marcie; er rieb sich erwartungsvoll die Hände und vertiefte sich in die Stellung auf dem Brett. »Also dann«, wiederholte er. »Sieht aus, als könnten wir hier ein anständiges Spielchen machen.«

Marcie sah Alec an und verdrehte die Augen, dann ging sie neben dem Tablett in die Knie, arrangierte die Tassen und Untertassen und goß den Tee ein. Joe schien sie kaum noch wahrzunehmen. Minutenlang saßen sie schweigend da, sahen den Spielern beim Grübeln zu und nippten höflich an ihrem Tee. Marcie nutzte die Zeit, um sich ihren Großonkel genau anzusehen.

Wenn er saß, war es schwer zu erkennen, doch schien er ungefähr Jacks Größe und Statur zu haben. Blaue Adern wölbten sich unter der fleckigen, sonnengebräunten Haut seiner arthritischen Hände. Sein Gesicht war verwittert, und um die Augen hatte er weitaus mehr Falten als Jack, aber seine Bewegungen, das Funkeln in seinen Augen und sein Lächeln ließen einen Elan erkennen, der Jack schon lange abhanden gekommen war, nicht erst während seiner Krankheit, sondern seit vielen Jahren.

Ihre Gedanken wanderten zu dem Jack zurück, den sie als Kind so geliebt hatte. Der mit einem einzigen Wort die ganze Welt wieder ins Lot bringen konnte. Der ihre Geburtstage organisiert hatte, sie in den Zoo oder ans Meer mitgenommen hatte. Oder zum neuesten Disney-Film ins Kino. Nicht zum erstenmal fiel ihr auf, wie selten irgend jemand anders in diesen Erinnerungen auftrat. Gewöhnlich waren es nur Jack und

Bird, wie sie Hand in Hand die Straße entlanggingen, der Mann mit leicht geneigtem Kopf neben dem plappernden Mädchen. Oma und Tante Alice und auch ihr Vater waren stets nur ferne Gestalten, die hinter den Gardinen standen und ihnen nachblickten. Im Lauf der Jahre und angesichts der bedingungslosen Zuneigung des alten Mannes wurden ihre Lippen immer verkniffener und ihre Augen immer trauriger.

Marcie blickte zu Alec hinüber, sah ihm in die Augen und bemerkte die Müdigkeit darin wie zum ersten Mal.

In ihrem Herzen war große Verbitterung über diese anderen, die ihr Leben mit Jack so sehr beeinträchtigt hatten. Was sie ihr angetan hatten, konnte sie ihnen niemals verzeihen, keinem von ihnen, nicht einmal Jack. Doch fragte sie sich jetzt zum erstenmal, ob umgekehrt nicht auch sie die Beziehung der anderen zu Jack beeinträchtigt haben könnte. Ob nicht auch sie, ohne es zu merken, das Leben der anderen ruiniert haben könnte. Darüber hatte sie bis jetzt noch nie nachgedacht.

Sie wurde aus ihre Gedanken gerissen, als Joe sich räusperte und zum Sprechen anhob. Eine Hand noch über dem Brett, in Gedanken noch bei seinem nächsten Zug, sagte er: »Und weshalb seid ihr nun zu mir gekommen? Martha behauptet, mein sogenannter Bruder wolle seinen Frieden mit mir machen, aber so ein Märchen kann ich nicht glauben.«

Er stieß mit der knotigen Hand unerwartet energisch aufs Brett hinunter und schob seinen Läufer zwei Felder weiter.

Michael ließ einen bewundernden Pfiff hören, aber Marcie konnte nach einem Blick aufs Brett nur raten, wer in Führung lag.

»Was macht Sie da so sicher?« fragte sie ihn. »Warum sollte Jack nicht den Wunsch haben, sich mit Ihnen auszusöhnen?«

Der alte Mann sah zu ihr auf, seine Augen waren im Schatten des Mützenschirms kaum zu erkennen. »Was macht Sie so sicher, daß ich den Wunsch habe, mich mit ihm auszusöhnen?« fragte er scharf. »Glauben Sie mir, meine Liebe, ich könnte diesen sogenannten Bruder in der Hölle braten sehen, und ich würde ihm nicht mal die Barmherzigkeit erweisen, ihn zur Abkühlung anzupinkeln.«

Marcie starrte den Alten an, aber der hatte sich wieder dem Spiel zugewandt. Sie sah Alec an; der schockierte Ausdruck auf dem runden Gesicht ihres Vaters spiegelte ihr eigenes Entsetzen. Michael lachte in sich hinein. Sein Blick war aufs Brett geheftet, seine Miene bewundernswert verschlossen, aber die Belustigung, die seine Schultern zum Beben brachte und seine Mundwinkel zucken ließ, war unverkennbar.

»An die Möglichkeit hatte ich gar nicht gedacht«, sagte Marcie langsam. »Daß Sie vielleicht gar nicht wollen, daß wir Verbindung mit Ihnen aufnehmen.«

Joe schnaubte verächtlich. »Na, jetzt wissen Sie's«, sagte er. Er sah sie an und zog eine Augenbraue hoch. »Und will er wirklich Frieden machen? Ich meine, hat er das wirklich gesagt?«

»Nein«, gab Marcie zu. »Nicht so direkt.«

»Und was soll das denn? Fast vierzig Jahre lang höre ich kein Wort von meiner sogenannten Familie, und plötzlich taucht ihr drei wie aus dem Nichts hier auf und redet wie die Friedensstifter von der UNO. Also wirklich, Mädchen«, sagte er, und ein Lächeln milderte seinen strengen Ton, »Sie müssen schon zugeben, das ist ein wenig sonderbar.«

Marcie holte tief Luft. »Das ist eine ziemlich lange Geschichte, Joe«, sagte sie; das Wort »Onkel« wollte ihr noch nicht über die Lippen. »Ich weiß gar nicht, wo ich anfangen soll.«

»Na«, sagte er, und das Lächeln wurde breiter. »Fang halt irgendwo an. Ich sag dir schon Bescheid, wenn ich nicht mitkomme. Mach es wie Alice, fang einfach am Anfang an und erzähl weiter, bis du am Ende ankommst. Und die beiden hier können dir helfen, die Lücken zu füllen. Vielleicht könntest du damit anfangen, wie ich überhaupt zu einer Großnichte mit einem Namen wie Marciella gekommen bin.«

»Meine Mutter war Italienerin«, sagte sie lächelnd. »Ist gestorben, als ich noch ganz klein war. Mein Dad hat mich nach Hause gebracht, zu Jack und Oma und Tante Alice.«

Langsam, stockend, fragmentarisch und oft von Alec oder Joe unterbrochen, erzählte Marcie von ihrem Leben bei Tante, Vater und Großeltern. Am schwersten fiel es ihr zu erklären, daß Jack, dieser schattenhafte Jack, der in einer selbsterschaffenen Halbwelt lebte, im Sterben keinen Frieden gefunden hatte.

Instinktiv hatte Marcie den Namen der Frau nicht genannt, die Jack in seinen Tagträumen verfolgte. Hatte manche Einzelheiten verschwiegen und auch nichts von ihren eigenen Alpträumen erzählt. Joe sagte nichts dazu, aber sie sah seine Hände zittern, wenn er einen Zug machte, und wenn er sich übers Brett beugte und die Stellung studierte, drückte seine Schulterhaltung eine eigenartige Gespanntheit aus.

Noch einmal schob Marcie ihm das Foto hin.

»Diese Frau, die Jack andauernd sieht«, sagte sie. »Ich glaube, ich weiß, wer das ist. Auf jeden Fall ist sie schon lange tot. Das weiß ich von meinem Vater.«

Joe lehnte sich zurück, den Blick auf das Schachbrett geheftet, als denke er über seinen nächsten Zug nach.

Unsicher, was sie davon halten sollte, aber deutlich spürend, daß der alte Mann von ihren Worten tief beunruhigt war, zeigte Marcie auf die Frau auf dem Foto.

»Das ist sie«, sagte sie und hielt das Bild so, daß das vom Laub gesprenkelte Licht Rebeccas Gesicht beleuchtete. »Sie heißt Rebecca. Wir haben uns gedacht, du müßtest sie kennen, Joe. Weißt du vielleicht, warum Jack so von ihr besessen ist? Was ihn so bedrückt?«

Ohne das vor ihm liegende Bild zu beachten, verhinderte Joe mit einem Zug seiner Dame das Schach, das Michael ihm sonst mit dem nächsten Zug geboten hätte.

»Aber natürlich kenne ich diese Frau. Und ob ich die kenne, Mädchen. Rebecca war schließlich meine Frau.«

26

Nach der Schlacht von Montecassino sind wir nach Neapel gekommen. Tagelang hatten wir bäuchlings im Schlamm gelegen, während um uns herum die Welt explodierte.

Dann Neapel und der leise Schock relativen Friedens, jedenfalls für eine Weile. Wie die Stadt sich an den Hang schmiegt, was für Aussichten sie bietet: die stille blaue See, am Horizont Capri, schön, grau in der leeren Weite.

Am deutlichsten sind mir die Kinder in Erinnerung geblieben, Birdie. Zu Dutzenden bettelten sie in den Straßen. Darunter ein kleines Mädchen, etwa sechs Jahre alt, große dunkle Augen und lange schwarze Haare. Sie sah genauso aus, wie Becky als Kind ausgesehen hatte, und sie hatte eine ganz besondere Art, einen anzusehen. Noch so jung und doch schon so alt wie die älteste Frau der Welt. Ich wußte sofort, sie war es.

Jack beobachtete das Kind.

Er stand auf der schmutzigen Straße zwischen schmalen Häusern. Der Himmel glänzte in einem unirdischen, wie polierten Blau, und die Sonne brannte auf die Ziegeldächer und die verfallenen weißgetünchten Mauern herab.

Die Stadt hätte schön sein können, dachte Jack. Zu einer anderen Zeit und wenn sein Kopf nicht so sehr mit all dem Sterben und all dem Häßlichen angefüllt wäre. Er sah ja mit seinen Augen, wie reizend es hier hätte sein können, nur im Herzen spürte er nichts davon. Und hier und da gab es sogar Anzeichen für jene Normalität, die selbst noch auf dem Höhepunkt eines Krieges waltet. In ein steinernes Gefäß neben einer Haustür hatte jemand Blumen gepflanzt, und quer über die Straße hing strahlend weiße Wäsche, die im Wind zu den roten Dächern hochflatterte.

Und die Kleine schien zwischen Krieg und Nichtkrieg zu schweben. Hüpfte und tänzelte die schmutzige Straße entlang, brauchte keine Kreidezeichen auf dem Boden, um Himmel und Hölle zu spielen.

Wie munter sie war, wie entzückend, wie unberührt. Ein Kind, wie er und Becky es in die Welt gesetzt haben könnten.

Aber die Welt des Krieges berührte sie so unerbittlich wie Jack selbst. Trübte den Glanz, den er an ihr wahrnahm. Als sie etwas früher an ihr vorbeigekommen waren, war sie mit ausgestreckter Hand neben ihnen hergelaufen. Offenbar kannte sie nur zwei englische Wörter: »Soldat, geben! Soldat, geben!«

Diese marschierenden Soldaten waren womöglich die Feinde ihrer Eltern, aber sie lächelte herzlich und wußte genau, daß kaum jemand einem hübschen Kind widerstehen konnte.

Sie hatten dann kurz haltgemacht, sich auf die zertrümmerten Mauern gesetzt, ihre Zigarettenstummel geraucht und auf Nachricht gewartet, wo sie untergebracht werden sollten. Jack wußte selbst nicht genau, was ihn dazu brachte, ihr ein paar Schritte nachzugehen, als sie den Hügel wieder hinunterlief und dann in einer Seitenstraße verschwand, die zum Hafen führte.

Als Jack ihr nachblickte, sah er die Spuren des Krieges erstmals in aller Kraßheit. Zerbombte Gebäude und verkohlte Ruinen, kahl und häßlich vor dem klaren Blau des

Himmels und der See. Und er verlor sie aus den Augen, die tanzende Kleine, verlor sie in den Trümmern der zerschossenen Häuser und dem Chaos der blockierten Straßen.

Ihr Blick tanzte noch durch seine Gedanken, als sie den Marschbefehl bekamen und wieder loszogen.

Und Jack lächelte.

27

Sie fanden eine Übernachtungsmöglichkeit in der Nähe von Joes Heim. Bestimmt nicht ganz billig, dachte Marcie, hier in dieser exklusiven, feinen viktorianischen Wohngegend.

»Ich bezahle«, erklärte Alec unvermittelt. »Das ist ja wohl das mindeste.«

Fürs Abendessen seien sie schon etwas spät dran, sagte die Frau an der Rezeption. Das müsse eigentlich im voraus gebucht werden, aber wahrscheinlich ließe sich doch noch etwas machen.

Alec schüttelte den Kopf. »Danke, wir machen uns nur ein wenig frisch«, sagte er. »Dann wollen wir noch ausgehen.«

Die Frau nickte, notierte einige Zahlen von seiner Kreditkarte und gab ihnen die Zimmerschlüssel.

»Wir treffen uns im Foyer«, sagte Alec. »Sagen wir, in vierzig Minuten. Das dürfte reichen, wieder einen klaren Kopf zu bekommen. Und dann suchen wir uns ein Restaurant.«

Marcie reckte ihre müden Arme. Dieser Tag schien sich endlos in die Länge zu ziehen, und sie war vollkommen erschöpft.

»Ich muß Adele anrufen«, sagte sie; plötzlich sehnte sie sich nach ihren Kindern und wollte nur noch nach Hause.

Michael und Alec waren schon vor der verabredeten Zeit fertig. Alec saß am Fenster und las die Abendzeitung, als

Michael zu ihm stieß. Er setzte sich ihm gegenüber und blickte aus dem Fenster, lauschte dem sanften Rascheln von Alecs Zeitung und dem fernen und beruhigenden Lärm der anderen Gäste im Speisesaal.

»Marcie zieht sich um und will dann noch zu Hause anrufen«, teilte er Alec mit. »Und in der Klinik ruft sie sicher auch noch an.«

Alec nickte, dann legte er die Zeitung weg und faltete behaglich die Hände im Schoß.

»Denkst du, er hat sie umgebracht?« fragte Alec. Es war ihm nicht ganz höflich erschienen, den alten Mann, mit dem sie eben Tee getrunken hatten, selbst zu fragen, ob er seine Frau umgebracht habe.

Auf jeden Fall hatte die Enthüllung sie alle aus der Fassung gebracht.

»Ich weiß nicht«, sagte Michael. »Er sieht nicht gerade wie ein Mörder aus ... aber so sieht ja wohl niemand aus, oder?«

Er lachte, brach plötzlich ab und sah Alec seltsam an.

Alec sprach weiter.

»Dieser Junge, von dem ich dir erzählt habe. Der Marcie geschwängert hat ...«

Michael gebot ihm mit einer Hand zu schweigen. »Davon will ich gar nichts wissen, Alec. Marcie hat mir vor langer Zeit alles erzählt, was sie davon noch wußte. Die offizielle Version war demnach die, daß er das Opfer von Straßenräubern geworden und letztlich an Unterkühlung gestorben sei. Sie wußte selbst nicht, ob sie das glauben sollte oder nicht ...«

»Genau darum geht es, Michael. Ich möchte das jetzt endlich loswerden. In all diesen Jahren habe ich ...«

»Dann geh zu einem Priester. Geh zur Polizei. Erleichtere dein Gewissen anderswo. Aber bitte nicht bei mir.« Er seufzte. »Also paß auf, Alec. Ich mache das hier nur Marcie zuliebe mit. Obwohl ich mir vorstellen kann, daß du mir irgendwann mal sympathisch werden könntest. Aber du mußt endlich erwachsen werden, Alec. Es hilft nichts, seine Schuld bei anderen abzuladen. Schlimm genug, daß Jack das tut. Ich glaube kaum, daß wir deine Sorgen auch noch tragen können.«

Alec wirkte kurzfristig entrüstet. Dann nickte er langsam. »Du hast natürlich recht«, sagte er. »Aber im Augenblick weiß ich wirklich nicht, was ich tun soll.«

»Alec, du hast in all diesen Jahren nichts getan. Da kommt es auf ein paar Tage auch nicht mehr an.«

»Und wenn ich zu einem Entschluß komme?«

»Zu was für einem Entschluß?« fragte Marcie, die hinter ihm aufgetaucht war.

»Gibt's was Neues?« fragte Michael, als sie sich über ihn beugte und ihm einen Kuß gab. Die Frage sollte sie von Alecs konsternierter Miene ablenken.

»Den Zwillingen geht es gut. Heute nachmittag sind sie alle im Park gewesen. Sophie Lee, Adele, Kate mit ihren zwei Kindern und Leroy. Das muß ein richtiger Auflauf gewesen sein.« Sie schien zu zögern.

»Und wie geht es Jack?«

Marcie schüttelte den Kopf. »Viel schlechter. Man hat ihn jetzt an einen Morphium-Tropf gehängt. Er hält bestimmt nicht mehr lange durch.« Sie sah Michael hilflos an, und er nahm ihre Hand und drückte sie fest.

»Ich finde«, sagte er leise, »dann sollten wir das hier erst recht zu Ende bringen.«

Alice brauchte frische Luft; sie war in den Garten der Klinik getreten und hatte Mary allein zurückgelassen. Der Tag war noch wärmer gewesen als erwartet, nicht der leiseste Windhauch hatte die Baumkronen oder die Vorhänge bewegt.

Es war halb neun Uhr abends. Der Himmel verdunkelte sich, jedoch nicht von der einbrechenden Nacht. »Es wird ein

Gewitter geben, Jack«, flüsterte Mary; dicht über ihn gebeugt, blieb ihr Blick dennoch auf die eisengrauen Wolken gerichtet, die sich am Himmel zusammenballten. »Du hast doch immer gern dem Regen zugeschaut. Und nach einem Blitz die Sekunden gezählt, bis der Donner kam. Weißt du noch, Jack? Weißt du noch?

Marcie muß damals zwei Jahre alt gewesen sein. So ein winzig kleines Ding, eher ein Püppchen als ein richtiges Kind. An diesem Abend hat das Gewitter die Kletterrosen ruiniert, die du so geliebt hast. Du hast Marcie ans Fenster gehalten. Das Püppchen hat auf der Fensterbank gestanden, und der Regen ist so wild über die Scheibe geströmt, daß man praktisch gar nichts anderes mehr sehen konnte. Eine Welt hinter Wasser, der Himmel von grellen Blitzen zerrissen...«

»Sie kriegt bestimmt Angst, Jack, nimm sie da runter.«

»Aber nein, meine Bird doch nicht. Sieh mal, mein kleiner Liebling, das ist wie ein Feuerwerk. Genau wie ein Feuerwerk.«

Die Kleine machte große Augen. Sie zitterte, ob vor Angst oder weil ihr an der eisigen Fensterscheibe kalt war, konnte Mary nicht erkennen, aber Jack ließ sie nicht los; er hatte einen Arm um ihren kleinen, molligen Leib geschlungen und hielt sie fest an sich gedrückt.

»Licht. Licht, Opa Jack.«

»Ja, mein Liebling, schönes Licht.«

Mary war zurückgetreten und beobachtete die beiden. Sie fühlte sich ausgeschlossen. Alec hatte als Kind Angst vor Gewittern gehabt. Hatte sich unterm Tisch oder hinter einem Sessel versteckt und es niemals verwunden, wie sehr Jack eine solche Feigheit angewidert hatte.

»Licht«, sagte Marcie erneut und streckte das Händchen aus, als wollte sie nach den Blitzen greifen und ihr Leuchten ins Zimmer holen.

Jack streichelte sie zärtlich, seine Stimme sanft und voller Lob, sein Gesicht ganz nah an ihren dunklen Locken.

Ein zweites Händchen griff nach den Blitzen, der kleine Körper dehnte sich zu einem einzigen Bild kindlichen Verlangens. Die Macht ihrer Sehnsucht schien sie wachsen zu lassen. Jack drückte sie noch fester, umschlang sie mit beiden Armen, als könnte er es nicht ertragen, daß dieser Augenblick einmal enden würde.

Wie auf Kommando schlug direkt vor dem Fenster ein gewaltiger Blitz aus dem Himmel. Mary schrie ängstlich auf und sprang instinktiv zu ihrem Mann und ihrer Enkelin.

Dann ließ sie die Hände wieder sinken und sah die beiden an, reglos und verzweifelt. Schon folgte der Donnerschlag, und Mary konnte nur zusehen und ihre Verzweiflung verfluchen. Ihr ungestilltes Verlangen nach Liebe, während das Kind, die Hände noch immer gen Himmel gereckt, in lautes Lachen ausbrach.

»Eben hat Ihre Enkelin angerufen«, erzählte die Schwester, und Mary erwachte mit einem Schreck in der Gegenwart.

»Alles in Ordnung mit Ihnen? Ich wollte Sie nicht erschrecken.«

»Ja, ja, schon gut.«

»Ich habe ihr gesagt, daß Sie hier sind, aber sie war in einer Telefonzelle und hatte nicht mehr genug Kleingeld.«

Mary nickte. »Aha«, sagte sie. »Verstehe. Danke.«

Sie seufzte tief auf, griff nach Jacks knochiger, weißer Hand und streichelte sie. »Sogar jetzt noch«, sagte sie leise. »Sogar jetzt noch versucht sie dich mir wegzunehmen.«

Sie hatten eine Pizzeria gefunden und waren zu müde, nach etwas anderem zu suchen. Sie bestellten Pizza Margherita mit verschiedenen Extras und holten sich Salat von der Salattheke. Lange bevor die Pizza kam, hatte Marcie ihren

Salat schon halb aufgegessen und überlegte, ob sie noch einmal an die Theke gehen und sich den Teller wieder auffüllen sollte.

»Wieso nimmst du eigentlich nicht zu, so wie du ißt?« fragte Alec.

Marcie zuckte mit den Schultern. »Ich habe eben Hunger. Ganz normaler, gesunder Appetit, das ist alles.«

»Gott, ich kann mich noch an Zeiten erinnern, wo wir um jeden Bissen mit dir kämpfen mußten.«

Plötzlich verlegen, brach er ab. Nach der Abtreibung hatte Marcie praktisch jede Nahrungsaufnahme verweigert. Selbst als sie sich ein wenig erholt hatte und wieder zur Schule ging, schien sie keinen Appetit zu haben. Und als sie dann erfahren hatte, was mit Patrick Simpson passiert war, war alles noch viel schlimmer geworden. Ihre Gefühlsausbrüche wurden etwas Alltägliches. Sie glaubte ihnen allen kein Wort mehr. Konnte nicht einmal mehr Jack in die Augen sehen, und ihr Appetit war praktisch wieder auf Null gesunken.

Als sie dann eines Tages in der Schule ohnmächtig wurde, war ihnen nichts anderes mehr übriggeblieben, als ärztlichen Rat einzuholen. Der Arzt hatte Eßstörungen diagnostiziert, vermutlich Anorexie. Hatte die Familie gedrängt, Marcie zu einem Psychiater zu schicken und sie bei einer Selbsthilfegruppe im Krankenhaus mitmachen zu lassen.

Empört und zum ersten Mal einer Meinung, hatten Mary und Jack den Vorschlag zurückgewiesen.

Marcies Zustand hatte sich zunehmend verschlechtert. Sie war untergewichtig und, von gelegentlichen Wutausbrüchen abgesehen, vollkommen lethargisch. Verbittert. Dann der Abend, an dem sie die von Jack im Gartenschuppen versteckten Zeitungen gefunden hatte. Eine Sammlung sämtlicher Artikel über Patrick Simpsons Tod, die er hatte finden können. Sauber in ein Sammelalbum eingeklebt.

Marcie hatte das Album ins Haus gebracht.

Die hintere Küchentür war aufgeflogen und an die Anrichte gekracht. Mit funkensprühenden Augen, lebhaft, wie sie seit langer, langer Zeit nicht gewesen war, stürmte Marcie durch die Wohnzimmertür und warf das Album Jack auf den Schoß.

Das war nicht so wie damals, als sie die Sache mit Patrick Simpson erfahren hatte. Diesmal gab es keine Hysterie, keinen Wutanfall. Nur stumme Verzweiflung.

»Hast du ihn umgebracht, Jack? Hast du ihn umgebracht?«

Und Jack hatte sie sprachlos angestarrt, als ob es schon Wahnsinn sei, so etwas auch nur zu denken.

»Nein, Birdie. Nein, ich schwöre es dir. Ich habe ihn niemals angerührt.«

»Du lügst, Jack, ich weiß, daß du lügst. Ach Jack, ich weiß überhaupt nicht mehr, was ich von dir halten soll.«

Sie stand vor ihm, wollte ihm nicht glauben, ihre dunklen Augen glänzten wie im Fieber. Sie flehte Jack an, ihr das alles zu erklären, so lange, bis ihr jeder Zweifel genommen war. Damit sie wenigstens noch etwas von ihrem früheren Leben retten konnte.

Dann war Mary dazugekommen und hatte Marcie so heftig gepackt, daß ihre Finger sich tief ins dünne Fleisch ihrer Arme gruben.

»Er hat nichts getan, Marcie, gar nichts. Wie kommst du überhaupt dazu, hier so reinzuplatzen? Du bist ja hysterisch, Kind, vollkommen hysterisch!«

»Bin ich nicht...« Sie hob protestierend die Stimme, und genau darauf hatte Mary gewartet.

Während sie Marcie mit einer Hand immer noch festhielt, schlug sie ihr mit der anderen kräftig ins Gesicht.

»Ich glaube euch nicht«, wimmerte das Mädchen. »Ich glaube keinem von euch. Ach Jack, ich will dir doch so gerne glauben.«

Am nächsten Tag kam Marcie ins Krankenhaus. Verwirrt

und durchgefroren war sie in den frühen Morgenstunden in der Notaufnahme erschienen. Trotz der bitteren Kälte vor dem endgültigen Zusammenbruch. Das Krankenhaus hatte die Polizei informiert, und die wiederum hatte ihre Familie benachrichtigt. Jack und Alec waren in aller Eile hingefahren, dann aber nicht zu ihr gelassen worden.

»Sie möchte niemanden sehen«, wurde ihnen gesagt. »Mr. Armitage«, erklärte der Assistenzarzt behutsam, »Ihre Tochter hat bedenkliches Untergewicht und befindet sich offenbar in einem psychotischen Zustand. Sie ist vollkommen verwirrt. Es wäre am besten, wenn wir uns, zumindest vorläufig, ihren Wünschen fügen würden.«

Alec starrte ihn an. Es war das erste und einzige Mal, daß jemand ihn – und nicht Jack – angesprochen hatte, wenn es darum ging, was für Marcie am besten sei.

»Ich möchte sie sehen. Wann kann ich zu ihr?«

Der Arzt schüttelte den Kopf. »Bedaure, Mr. Armitage, aber sie will Sie nicht sehen. Keinen von Ihnen. Und wir handeln hier nur im Interesse unserer Patienten.«

Marcie war damals sechzehneinhalb. Patrick Simpsons Tod lag fast ein Jahr zurück.

»Du hast dich selbst ins Krankenhaus gebracht, stimmt's?« fragte Alec sie jetzt. Das war etwas, was er schon seit langer Zeit wissen wollte. »Dieses ganze Getue mit deiner angeblichen Anorexie. Das war nur deine Art, es uns heimzuzahlen.«

Marcie antwortete nicht sogleich. Sie stocherte aggressiv nach einem Stückchen Kartoffel in der Mayonnaise.

»Das hat mich von euch allen entfernt«, sagte sie schließlich. »Anorexie, ich weiß auch nicht. Für mich ist das nur ein Wort, mit dem man einen Haufen Probleme zukleistern kann. Und ich habe viele junge Leute gesehen, die wirklich nicht anders gekonnt haben. Ich wollte nicht mehr essen. Ich wollte nicht mehr leben. Vor allem wollte ich nicht mehr mit euch zusammensein. Es ging nicht um mein Aussehen, darum ging es nicht einmal oberflächlich. Ich hatte es längst aufgegeben, über mein Aussehen nachzudenken. Ich weiß auch nicht, vielleicht ging es darum, was ich nicht sein wollte.«

Sie sah ihren Vater an. »Bitte, Dad, ich glaube, ich möchte jetzt nicht darüber reden. Wir müssen uns um andere Dinge kümmern. Später vielleicht, aber nicht jetzt. Daß ich überhaupt hier bin und mich auf dieses Thema einlasse, hat seinen Grund vielleicht darin, daß ich endlich weiterkommen möchte. Aber das kann ich nicht, solange Jack so ist, wie er ist.« Sie unterbrach sich, scheinbar verwirrt, und schüttelte den Kopf. »Ich will frei sein, Dad. Frei von allen Dingen, die ich dem alten Jack schuldig zu sein glaube. Dem Jack, den ich als kleines Mädchen geliebt habe. Und ich glaube, ich bin euch allen was schuldig.«

Alec nickte langsam. »Liebst du ihn immer noch?« fragte er.

»Was glaubst du denn? O Gott, Dad, man hört doch nicht einfach auf, einen Menschen zu lieben. Fast mein ganzes Leben ist mit Erinnerungen an Jack verbunden. Mit Erinnerungen an euch alle.«

Alec schwieg dazu. Er spürte, daß sie den letzten Satz nur mit Rücksicht auf seine Gefühle hinzugefügt hatte, und wünschte, es wäre anders. Er wollte gerade etwas sagen, aber Michael, dem die Spannung in Marcies Stimme nicht entgangen war, lenkte das Gespräch in eine andere Richtung.

»Was hältst du von Joe?« fragte er.

Nach kurzem Schweigen sagte sie: »Ich glaube, er könnte mir gefallen.«

»Denkst du, daß er sie umgebracht hat?«

Marcie schüttelte den Kopf. »Ich weiß es nicht.«

»Jack hat immer gesagt, Rebecca sei von ihrem Mann getötet worden. Und wenn Joe ihr Mann gewesen ist...«

»Jack hat auch behauptet, daß Joe tot sei.«

»Nun«, meinte Alec, als ihre Pizza kam, »morgen sehen wir ihn ja. Vielleicht können wir das dann mal zur Sprache bringen.«

»Er ist ein verdammt guter Schachspieler«, sagte Michael; es klang ehrlich bewundernd.

»Na, dann ist ja alles gut«, antwortete Marcie.

Michael lächelte ihr vertraulich zu. Alec beobachtete die beiden, er fühlte sich wie ein Außenseiter. Seine Gedanken wanderten zu Marianne, zu den beiden kurzen Jahren, die sie miteinander leben durften. Wie hätte sich das alles entwickelt, wenn sie nicht gestorben wäre? Wären sie immer so glücklich gewesen? Hätte er sich immer so eins mit ihr gefühlt wie damals?

Oder wären sie wie Jack und Mary geworden? Enttäuscht und frustriert von einem Leben, das hinter ihren Erwartungen zurückblieb?

Er dachte an Joe, wie er alt und einsam nur in Erinnerungen an eine Frau lebte, die es nicht mehr gab. Die Opfer einer ähnlichen, aber viel unheimlicheren Gewalt geworden war, wie sie auch Marianne dahingerafft hatte.

Während er traurig und ohne auf den Geschmack zu achten seine Pizza aß, dachte Alec an Joe, wie sie ihn beim Abschied gesehen hatten. Wie er alt und ein wenig unbeholfen, auf einen schön geschnitzten Stock gestützt, über den verdorrten Rasen gegangen und im Schatten der Bäume verschwunden war.

Einsam. Seit langer Zeit ganz allein.

Alec erschauderte plötzlich, als er an das Gesicht des alten Mannes dachte und dort nicht Joes Augen sah, sondern seine eigenen.

28

Es war nicht schwer, da wegzukommen. Dem Posten ein paar Zigaretten zusätzlich in die Hand gedrückt, und das war's. Die kannten mich. Wußten, daß ich für sie das gleiche tun würde.

Ich bin dahin zurück, wo ich die Kleine zwischen den Trümmern hatte verschwinden sehen. Das war eine Art Test. Wenn ich sie an diesem Abend nicht gefunden hätte, nun, dann wäre die Sache beendet gewesen. Desgleichen, wenn Benny nicht so früh zurückgekommen wäre oder wenn dieser Junge nicht dagewesen wäre … Ein Test, und alles beruhte auf Zufällen.

Aber ich wußte, daß die Kleine dasein würde. Das wußte ich ganz genau.

Trotz der fortgeschrittenen Dunkelheit erkannte ich sie sofort; sie spielte in den Trümmern, zwischen zerborstenen Ziegelsteinen und Kacheln, und mit ihrer vom Mond beschienenen Haut sah sie vor dem dunklen Himmel jetzt schon aus wie ein Gespenst.

Als sie mich bemerkte, blickte sie auf, zunächst etwas ängstlich. Dann aber, als sie erkannte, wer und was ich war, lächelte sie freundlich und kam mir mit ausgestreckten Händen und flehendem Blick entgegen.

Ich gab ihr Geld und das Stück Schokolade, das ich noch in der Tasche hatte, setzte mich und sprach mit ihr, während sie kaute.

So ein hübsches kleines Ding. Und ich spürte Rebeccas Nähe, sie beobachtete mich unablässig, aus dem Schatten heraus, am Rand meines Blickfelds. Sie wartete auf mich.

Es hat mir leid getan, Bird, auch wenn ich nie die Chance haben werde, dir das zu sagen. Es hat mir leid getan, was mit ihr passiert war, und am meisten hat mir das Kind leid getan, das nie eine Chance zum Leben bekommen hat. Sie war bestimmt sehr einsam.

Und daher wußte ich, sie würde es verstehen, wenn ich die Hand ausstrecken und dem kleinen Mädchen die wilden Locken aus dem Gesicht streichen, dann den Kamm aus der Tasche ziehen und die verfilzten Strähnen behutsam nach hinten schieben würde. Ich wußte, Becky verstand mich, als sie so nahe kam, daß ich sie deutlich sehen konnte, und ich wußte, sie wollte mich nicht bremsen, auch wenn sie die Hände ausstreckte, als wollte sie meine festhalten, wobei ihr Schatten alles noch dunkler machte, als ich den Griff um die Kehle des Kindes immer mehr verstärkte.

Marcie saß am Steuer. Die Straßen, schmal und kurvenreich, tauchten zuweilen jäh in grüne Täler hinab.

Der Weg war auf weiten Strecken von Bäumen überwölbt, und das sprenklige Licht rings um sie her machte Marcie ganz konfus. In ihren Augenwinkeln flimmerten die Schatten im Tempo der Fahrt, und sie dachte an Rebecca, wie sie mit den Schatten durch die Bäume lief. Rebecca, wie sie mit dem Licht der Sonne tanzte. Wie sie lachend ihre Träume träumte.

Rebecca, wie sie im kalten Dunkel starb.

Sie brachten Joe nach Ludford, aber da er nicht den Wunsch hatte, dort anzuhalten, fuhren sie ein paar Meilen weiter, bis sie bei einer kleinen Kirche, die auf einer Böschung etwas abseits der Straße stand, einen Parkplatz fanden. Die Böschung war mit Steinen verkleidet. Früher mochte der Friedhof auf Straßenhöhe gewesen sein, leicht zu der Kirche hin ansteigend, doch mit den Jahren und zahllosen Begräbnissen war er immer höher gewachsen, und jetzt hinderte ihn nur noch die Mauer daran, sich beim nächsten Wintersturm über die Straße zu ergießen.

Marcie hatte keine Ahnung, wie alt die Kirche war, aber das Mauerwerk war stark verwittert, und der Weg dorthin glänzte geradezu, so viele Füße hatten ihn im Lauf der Jahrhunderte blankgewetzt. Die Kirche war verschlossen, sie konnten nicht hinein, fanden aber am Eingang ein Schild mit den Gottesdienstzeiten. Nur jeden dritten Sonntag konnte ein Vikar hierhergeschickt werden, um Messe zu halten, und heute fand keine statt.

Langsam, auf seinen Stock gestützt, ging Joe über den Friedhof, und wenn der Weg zu beschwerlich war, führte Michael ihn am Arm. Joe zeigte ihnen die Gräber von Bekannten und Verwandten. Es war noch früh am Vormittag, aber es wurde schon richtig warm. Joe trug wieder die dicke, haferfarbene Strickjacke mit den Lederknöpfen, die er tags zuvor angehabt hatte. Sie war zugeknöpft; sein einziges Zugeständnis an die Hitze war die Baseballmütze, die seine Augen vor der grellen Sonne schützte.

Schließlich gelangten sie an die Rückseite der Kirche. Zur Straße hin war der Friedhof sehr ordentlich gewesen, das Gras gemäht, die Sträucher gestutzt; im rückwärtigen Teil waren die Gräber älter und nicht mehr so gepflegt. Joe zeigte auf eine Stelle ganz hinten an der Friedhofsmauer, wo das Gras sehr hoch stand und Brombeeren und Brennesseln um die Vorherrschaft kämpften.

»Dort liegt sie begraben«, sagte er leise. »Meine Becky.«

Michael half ihm über das unebene Gras zu den Bäumen, die den Friedhof umsäumten.

»Wie lange bist du nicht mehr hier gewesen?« fragte er.

»Zu lange«, antwortete Joe traurig. Er runzelte verwirrt die Stirn, dann schüttelte er den Kopf. »Ich kann mich nicht mehr genau erinnern. Irgendwo hier muß sie sein, aber ich sehe sie nicht.«

Mit steifen, unbeholfenen Bewegungen näherte er sich dem zugewucherten Friedhofswinkel. Die Sorge, das Grab seiner Frau womöglich nicht finden zu können, machte seine Schritte nur noch unsicherer.

»Bleib stehen«, sagte Michael. »Ich will versuchen, ob ich es finden kann.« Dann trat er die Nesseln nieder und schob vorsichtig die Dornenranken auseinander.

»Meinst du wirklich, daß wir das tun sollten?« fragte Alec.

»Wüßte nicht, was du bis jetzt getan hast«, erwiderte Joe. »Komm, gib mir deinen Arm, Mädchen.« Er reichte Marcie seinen Stock. »Er soll's mal damit versuchen. Ich weiß, daß sie da ist, meine Becky. Ich weiß, daß sie da ist.«

Es dauerte eine Weile, bis Michael und Marcie das Gestrüpp beseitigt und das Grab freigelegt hatten. Joe sah ihnen dabei zu, aufgeregt und stumm, während Alec den Blick umherschweifen ließ, als fürchte er, man könnte sie sehen. Dann stieß Marcie einen kleinen Triumphschrei aus. »Es ist hier, Joe!« rief sie, als habe sie bis zu diesem Augenblick nicht so recht daran geglaubt.

Sie und Michael richteten sich auf, die Hände zerkratzt von Dornen, die Kleidung beschmutzt von reifen Brombeeren. Sie bogen die Ranken auseinander, damit Joe sehen konnte, was dahinter war.

Schweigend betrachtete er den flachen Erdhügel, den schlichten, stark verschmutzten Grabstein.

»Bitte vorlesen«, sagte er, als brauche er eine Bestätigung. Michael kniete sich hin, wischte mit den Fingern den angetrockneten Schmutz beiseite und las sozusagen mit Händen und Augen.

Rebecca Armitage. Geboren am 4. Mai 1914. Gestorben am 14. Februar 1937 im Alter von 23 Jahren. Möge Gott dich in seine Arme schließen.

Er sah zu Joe auf, als erwarte er irgendeine Reaktion, aber es kam keine. Die Augen des alten Mannes hatten sich mit Tränen gefüllt, aber er sagte nichts. Statt dessen nahm er Marcie den Stock ab, hakte sich wieder bei Michael ein und zeigte in die Richtung, aus der sie gekommen waren.

»Bringt mich dorthin«, verlangte er. »Ich möchte euch noch etwas anderes zeigen.«

Das »andere« war ein winziges Grab mit einem ebenso winzigen Stein. Das Gras war ordentlich gemäht, der Grabstein sauber, die Aufschrift deutlich lesbar.

»Hier ist Marys Kind begraben«, erklärte er. »Es hat lange genug gelebt, daß man es taufen konnte. Sie hat den Namen Margaret bekommen. Das arme Ding. Verflucht, noch bevor sie geboren wurde.«

»Verflucht?« fragte Marcie, unsicher, ob er das nicht vielleicht symbolisch meinte.

Joe nickte traurig. »Angeblich soll der Fluch daran schuld gewesen sein. Ich war natürlich nicht dabei. Da hatten sie mich schon eingesperrt.«

Marcie sah kurz zu ihrem Vater hinüber, aber Joe erzählte ohne Pause weiter.

»Beckys Mutter hat den Fluch über sie gesprochen. Elizabeth hieß sie. Ich habe erst nach Jahren herausgefunden, was da passiert war und warum sie es auf Mary und Jack abgesehen hatte. Schließlich hat Jack es mir erzählt, und plötzlich habe ich alles begriffen.«

Er unterbrach sich, schüttelte den Kopf, als wollte er eine Erinnerung von sich weisen. Sie hielten beinahe den Atem an, so gespannt waren sie auf die Fortsetzung.

Marcies Blick fiel wieder auf das kleine Grab, und irgend etwas machte sie stutzig. Gewiß, das Gras mochte im Rahmen allgemeiner Pflege gemäht worden sein, um die Vorderseite des Friedhofs attraktiv zu erhalten, aber damit war längst nicht alles erklärt. Margaret war laut Inschrift 1937 gestorben, und ihre Eltern waren vor langer Zeit fortgezogen, und trotzdem hatte jemand erst vor kurzem eine kleine Vase mit frischen Blumen auf das Grab gestellt.

Mary saß in Alice' Sessel. Sie hatte ihn vom Fenster weggerückt und saß im Schatten, der neben dem durchs Fenster in die Mitte des Zimmers fallenden Sonnenstrahl noch dunkler wirkte.

Es war ihr zu warm gewesen, sie hatte die weiche rosa Strickjacke ausgezogen, sich in den Sessel gesetzt und die Gedanken schweifen lassen. Jetzt lag die Strickjacke in ihren Armen. Sie drückte sie an sich, streichelte das weiche Gewebe, schaukelte es sanft und sang ein Wiegenlied:

Und wenn du erwachst, sind all
die schönen Pferdchen wieder hier …

Es war ein Sonntag gewesen. Die Falten ihres blauen Sonntagskleids straff über der Schwellung ihres Bauchs, war sie an Jacks Arm aus der Kirche gekommen. Das Baby in ihr zappelte und wand sich wie ein Fisch.

Wie glücklich sie gewesen war. Wie überglücklich.

»Es ist kalt, mein Liebes, zieh den Mantel an«, hatte Jack gesagt. Wie zufrieden und aufmerksam er in letzter Zeit gewesen war. Jetzt mußte das Baby bald kommen, und die schrecklichen Ereignisse des Winters konnten beiseitegeschoben werden.

Mary nahm seinen Arm, dann schritten sie über den Friedhofsweg zu dem kleinen Tor hinunter, grüßten Freunde und genossen die wäßrige Frühlingssonne, die durch die Bäume funkelte.

Wie glücklich, wie friedlich: der Mann, den sie liebte, neben ihr, wie er vor allen Leuten mit ihr angab. Stolz auf sie und auf das Kind unter ihrem Herzen.

Dann tauchte wie aus dem Nichts diese Elizabeth Lacey auf. Die schwarzen Haare wirr ums Gesicht, die Kleider in Unordnung, an der Hand ihre jüngste Tochter, die sie wegzuzerren versuchte.

Der Augenblick schien ihr zu gehören. Die Stille, die sich rings um sie herabsenkte, wurde nur unterbrochen von ihrem schweren, mühsamen Atmen und dem Schmerzensschrei, der sich ihr entrang, als sie Jack erblickte.

»Du!« schrie sie. »Du. Du hast sie umgebracht. Du hast meine Becky umgebracht!«

Mary war fassungslos. Sie stand erstarrt neben Jack und klammerte sich an seinen Arm.

»Verschwinde von hier, Frau«, sagte jemand. »Jack hatte damit nichts zu tun.«

»Du kannst einem Bruder nicht vorwerfen, was der andere getan hat, Elizabeth.«

Der Vikar trat vor, versuchte sie zu beruhigen und fragte in die Runde, ob nicht jemand ihrer Tochter Ann helfen könne, Elizabeth Lacey von dort wegzuführen.

»Sie ist wahnsinnig«, sagte Mary. »Wahnsinnig oder betrunken.«

»Ich bin wahnsinnig?« schnaubte Elizabeth. »Ich bin betrunken? Also wirklich, ich habe mein Kind hier auf diesem Friedhof begraben. Wahnsinnig vor Schmerz, ja, das mag sein. Betrunken vor Schmerz, schon möglich.«

Sie riß sich los von denen, die sie festhielten, und zeigte auf Mary. »Und eins sage ich dir, Frau. Auch du wirst erfahren, wie es ist, wenn man ein verlorenes Kind betrauert. Dein Kind da wird keinen Atemzug tun, bevor du es ins Grab legst.«

Wieder senkte sich fassungsloses Schweigen über die versammelte Gesellschaft. Mary stand wie gelähmt. Sie legte ihre Hände auf den gewölbten Bauch, als wollte sie das Ungeborene schützen.

»Mama, komm jetzt, Mama, bitte.«

Andere schimpften oder versuchten zu vermitteln.

»Das war grausam, Elizabeth. Grausam und ungerecht.«

»Ist schon gut, Mary. Es stimmt, die Frau ist wahnsinnig vor Schmerz. Sie weiß nicht, was sie sagt.«

Elizabeth war jetzt ruhiger. Sie stand still im Mittelpunkt des feindseligen Kreises und starrte Mary an.

Dann ließ sie sich von Ann wegführen, drehte sich aber noch einmal nach Mary um und sah ihr ins Gesicht.

»Mary? Ach Mary, was hast du, Liebes?«

Alice stellte das Teetablett auf den kleinen Tisch und ging zu ihrer Schwägerin.

»Nicht weinen, meine Liebe. Bitte nicht, ich glaube, ich kann das nicht mehr ertragen.«

Sie ergriff ihre Hände, zog sie aus dem Sessel und nahm sie fest in die Arme.

»Ach Mary. Mary, ich weiß ja, Liebes, ich weiß ja.« Tränen quollen aus ihren Augen und strömten ungehemmt über ihr Gesicht. Tränen, die Marcie und die Männer niemals hätten sehen dürfen.

»Ich habe an Margaret gedacht«, schluchzte Mary. »Mein Baby.« Ihre Stimme verlor sich in einem leisen Wimmern. »Ich hätte sie so sehr geliebt, Alice. So sehr geliebt, wenn es für mich einen Platz gegeben hätte.«

Alice drückte sie an sich, streichelte ihren Rücken und küßte ihr graues Haar. »Ich weiß, Liebes, ich weiß«, sagte sie, ohne genau zu wissen, ob Mary noch immer von Margaret sprach oder inzwischen von Bird.

»Was hat Jack dir erzählt?« fragte Marcie ihn schließlich, als sie das Warten nicht mehr aushalten konnte.

Joe schloß die Augen. Nach einigen Sekunden machte er sie auf und sah wieder auf die Stelle, wo seine Frau im tiefen Schatten der uralten Bäume begraben lag.

»Er hat mir von sich und Rebecca erzählt«, sagte er langsam. »Ich habe immer gewußt, daß es da jemanden gab, nur wer das sein könnte, wußte ich nicht. Natürlich gab es überall im Dorf Gerüchte, daß Becky untreu war. Sie hatte so etwas an sich, dem die Männer offenbar nicht widerstehen konnten, und, weiß Gott, sie war wirklich schön. Schwarzes Haar und dunkle Augen, die einem ins Innerste drangen, und eine Haut wie Honig, wenn die Sonne darauf schien.«

»Und Rebecca und Jack…«, flüsterte Marcie, die zu begreifen begann. Die plötzlich sehr viel zu begreifen begann.

»Waren ein Liebespaar«, sagte Joe. »Und es ist sehr gut möglich, daß das Kind von ihm war.«

»Wie kannst du dir da so sicher sein?« fragte Michael.

»Ich kann zählen, junger Mann. Als sie schwanger wurde, hatte ich sie über einen Monat nicht gesehen.«

Er schüttelte traurig den Kopf. »Das waren schlimme Zeiten. Arbeit war schwer zu finden, und ich wollte nur das Beste für sie. Nicht bloß den Lohn eines Farmarbeiters. Oft genug gab es nicht einmal den. Und wer keine Arbeit hatte, bekam von der Gemeinde ein bißchen Geld, das nicht mal für die Miete reichte.

Als der größte Teil der Ernte eingebracht war, bin ich gegangen. Das war etwa eine Woche nach dem Bild, das du mir gezeigt hast, Mädchen. Das ist Anfang August entstanden. Ende des Monats war ich längst weg. Insgesamt bin ich zwei Monate ohne Unterbrechung unterwegs gewesen, dann bin ich für ein paar Wochen nach Hause gekommen. Da hätte sie es mir erzählen müssen. Sie muß es doch gewußt haben. Aber sie hat kein Wort gesagt.«

Er seufzte tief auf und senkte den Blick auf das Kindergrab.

»Jack war begeistert, daß seine Mary in anderen Umständen war… Ich hätte zu Weihnachten zurückkommen sollen, aber ich hatte eine Stelle bei einem Kaufmann gefunden. Die brauchten ungelernte Arbeiter. Harte Arbeit, bis in die Nacht. Aber gut bezahlt. Am achten Februar bin ich nach Hause gekommen. Sie hatte seit Weihnachten bei ihrer Mutter gewohnt. Alle sagten, es ginge ihr nicht gut, sie wolle niemanden sehen. Als ich sie bei ihrer Mutter abgeholt habe, ist mir klar geworden, warum sie sich versteckt hatte. Sie war mindestens schon im fünften Monat, auch wenn ihr Bauch noch nicht allzu dick war. Hatte kaum genug für einen gegessen, geschweige denn für zwei, und konnte ihren Zustand noch gut unter der Winterkleidung verbergen.

Alle haben gedacht, nachdem ich von ihrer Schwangerschaft erfahren habe, hätte ich gleich gewußt, daß ich nicht der Vater war.«

»Und hast du sie umgebracht?« fragte Marcie ohne Vorwurf.

Joe drehte sich wieder zu ihr um und musterte sie mit seinen welken braunen Augen, die denen von Jack so ähnlich waren.

»Nein, Mädchen, das habe ich nicht. Und ich habe auch nie verraten, daß das Kind nicht von mir war. Aber sie haben es alle gewußt. Haben bestimmt hinter meinem Rücken gelacht. Aber versteh doch, ich habe sie geliebt. Es war mir egal, was sie getan hatte. Ich wußte ja, wie es war, bevor ich um ihre Hand angehalten hatte. Mit der Zeit wäre sie solider geworden. Ich wußte von Anfang an, daß sie meine Liebe erwidern würde. Sie hatte bloß der Versuchung nicht widerstehen können, und natürlich war sie einsam, als ich nicht bei ihr war.« Er schüttelte den Kopf. »Ich habe sie geliebt. Sinnlos, darum herumzureden oder Entschuldigungen für sie vorzubringen. Ich habe sie geliebt, das ist alles, was man dazu sagen kann.«

Alec wandte sich ab, er mußte heftig schlucken und klammerte sich an den Anblick der hohen Bäume, die schwarz vor dem Sommerhimmel standen.

»Und wenn du früher von ihr und Jack erfahren hättest?«

»Dann hätte man nicht sie, sondern ihn mit einem Strick um den Hals an einem Baum gefunden«, sagte Joe mit wütend vorgerecktem Kinn. »Eins mußt du nämlich wissen: Wir beide haben uns niemals leiden können, Marcie. Jack war ein mieses Schwein, seit wir kleine Kinder waren.«

29

Sie gingen mit Joe in einem kleinen Gasthaus essen, dann fuhren sie ihn nach Hill Grove zurück. Michael spielte den ganzen Nachmittag Schach mit ihm. Dabei unterhielten sie sich, aber nicht über Jack und Rebecca, sondern hauptsächlich über die Zwillinge – Marcie hatte Fotos von ihnen mitgebracht – und über Michaels Arbeit. Über seinen alten Traum vom Beruf eines Kronanwalts. Über Alecs Zeit bei der Marine und über die Jahre danach, als er zunächst in Griechenland und dann in Italien gelebt und gearbeitet hatte.

Das meiste davon war Marcie neu. »Ich habe Oliven gepflückt«, erzählte er. »Ich habe Fische gefangen. Und zwei Sommer lang habe ich in einer Taverne gearbeitet und dabei Griechisch gelernt.«

In Italien hatte er Arbeit bei einem Bauunternehmer gefunden, und als er die Aufenthaltsgenehmigung und ein Visum bekommen hatte, hatte er sich dort niedergelassen, als Hilfsarbeiter angefangen und das Handwerk von der Pike auf gelernt.

»Der Mann hat Kirchen restauriert«, erzählte Alec, »Schulen und Wohnhäuser gebaut. Sogar einen Bahnhof. Am Anfang habe ich nur Ziegelsteine saubergekratzt. Am Ende habe ich ihm die Bücher geführt.« Er lachte. »Ich weiß nicht mehr genau, wie ich von da nach dort gekommen bin, das muß Jahre gedauert haben, aber jetzt… drängt sich das alles zu einem sehr kleinen Gestern zusammen.« Er sah zu seiner Tochter hinüber, und auf seinem Gesicht zeigte sich ein Lächeln. »Dann habe ich deine Mutter kennengelernt. Der Mann, für den ich gearbeitet habe, hatte eine Tochter. Zu ihrer Hochzeit wurden einige Aushilfskräfte eingestellt. Und das war's. Ich bin ihr den ganzen Abend gefolgt, habe ihr so lange zugesetzt, bis sie einer Verabredung mit mir zugestimmt hat.«

»Ich hätte nie gedacht, daß du so hartnäckig sein kannst«, sagte Marcie lächelnd.

»Vor langer Zeit muß ich einmal so gewesen sein«, sagte Alec leise.

»Und? Was ist dann passiert?« drängte sie ihn, bemühte sich aber um einen unbekümmerten Tonfall, falls er Anstoß an der Frage nehmen sollte.

»Ich weiß es nicht«, sagte Alec erschöpft. »Wahrscheinlich habe ich einfach aufgegeben, als sie starb. Ich habe aufgegeben, bin nach Hause zurück, und da war alles noch wie früher, als ob ich niemals fort gewesen wäre.«

Thoresway war ein winziges Dorf, versteckt zwischen Hügeln; hier waren Jack und Joe aufgewachsen, und hier war Rebecca gestorben.

Das Dorf bestand aus einer einzigen Straße. Einige Häuser, eine Kirche, eine Schule, die inzwischen zu einem Wohnhaus mit hübschen Bogenfenstern umgebaut worden war, und ein paar größere Gebäude, von denen eins, das halb hinter Bäumen verborgen und in einem fast neoklassizistischen Stil gebaut war, die Pfarrei zu sein schien. Ein solches Haus, dachte Marcie, hätte ohne weiteres als Kulisse in *Vom Winde verweht* dienen können.

Sie parkten unweit einer Quelle, die unter der Hecke am Straßenrand hervorsprudelte. Marcie bückte sich und tauchte ihre Finger ins Wasser. Es war kalt und klar. Erhitzt von der Fahrt, fuhr sie mit beiden Händen tief hinein, hob sie dann ans Gesicht und sah die Tropfen an ihren Unterarmen entlangrinnen und sich in der Ellbogenbeuge sammeln.

Alec betrachtete sie lange, mußte wieder an die kleine Tochter denken, die er kaum gekannt hatte.

Joe hatte ihnen eine Karte gezeichnet, nach der sie sich richteten, als sie durchs Dorf gingen, vorbei an den kleinen Häusern und dem weißgetünchten Gebäude, in dem es ein riesiges Mühlrad gab. Am Dorfausgang bogen sie ab, schritten durch ein Zauntor und dann die Felder hinauf zu einer abgelegenen Baumgruppe, die Joe auf seiner groben Skizze eingetragen hatte.

Der Hügel war ziemlich steil. Marcie geriet außer Atem. Sie dachte an Rebecca, wie sie schwanger und verzweifelt denselben Aufstieg gemacht hatte. Niemand hätte eine bewußtlose Frau hier herauftragen können, dachte sie. Wenn Rebecca ermordet worden war, mußte es hier oben geschehen sein, auf dem Kamm des Hügels, vor dem freien Himmel nur geschützt durch diese Eschen.

Oben angekommen, drehte Marcie sich um und blickte ins Tal zurück. Die Perspektive schien verzerrt; gegenüber und zu beiden Seiten erhoben sich Hügel und verdeckten viele Einzelheiten, die weiter unten deutlich zu erkennen gewesen waren.

»Da unten«, sagte Alec, »muß die Stelle sein, die man Roman Hole nennt. In dieser Senke haben früher die Zigeuner gelagert.«

»Du warst schon mal hier?« fragte Marcie verwundert.

»Muß wohl«, bestätigte er. »Aber da war ich noch ein Kind. Jedenfalls kann ich mich an diesen Ort erinnern. Wie Jack mir davon erzählt und mir das alles hier gezeigt hat; aber ich bin erst drauf gekommen, als ich die Quelle gesehen habe.«

Marcie nickte. Michael war ein Stück weitergegangen. Er stand mit Joes Kartenskizze in der Hand bei der Baumgruppe und spähte zu dem Mühlengebäude und dem Staubecken hinunter, das halb verborgen hinter einem Wäldchen lag.

»Joe hat gesagt, es war eine Eiche.« Er runzelte die Stirn. »Ich kenne mich mit Bäumen nicht besonders gut aus, aber das hier sind für mich Eschen.« Er sah zu Marcie hinüber. »Sind wir auch wirklich an der richtigen Stelle?«

»Ja«, sagte sie leise. »Ganz bestimmt.«

Er setzte sich auf einen abgebrochenen Ast, zog eine Wanderkarte aus der Tasche und sah sich noch einmal zur Orientierung um.

Am Hang gegenüber, jenseits der Straße, sausten auf Mountainbikes zwei buntgekleidete Gestalten hinunter. Ohne zu bremsen, schossen sie über die Straße, dann stiegen sie aus dem Sattel, senkten die Köpfe und kamen, kraftvoll in die Pedale tretend, wie bunte Blitze den diesseitigen Hang heraufgestürmt. Als sie näher kamen, konnte Marcie sie keuchen hören, angestrengt und aufgeregt so kurz vor dem Gipfel.

Sie trat zur Seite, um sie vorbeizulassen, und sah dann wieder ins Dorf hinunter; belustigt registrierte sie den mißbilligenden Blick, den Alec den zwei Kindern nachsandte. Als sie hörte, wie ihr Mann die beiden nach dem Baum fragte, sagte ihr eine plötzliche Eingebung, daß der Ast, auf dem Michael saß, alles war, was von dem Baum noch übrig war.

Alec stand jetzt bei ihr. Das Gespräch zwischen Michael und den Kindern bekam sie nur in Bruchstücken mit. Jedenfalls hatten sie von dem »Galgenbaum« gehört und waren ganz begeistert, die Geschichte erzählen zu können.

»Das war ihr Mann, der hat sie umgebracht«, sagte einer der Jungen im Brustton der Überzeugung. »Und mein Opa sagt, der Ast, an dem sie gehangen hat, hat niemals mehr Blätter getragen.«

»Das ist doch Blödsinn. Der Baum muß irgendeine Krankheit gekriegt haben«, sagte sein Freund.

»Mein Opa sagt, das kommt von dem Blut. Genau wie das Stück Zaun in Roman Hole, das dauernd umfällt.«

»Red keinen Quatsch, wo soll denn Blut herkommen, wenn einer erhängt wird…«

Marcie sah lächelnd zu Michael hinüber, der die beiden ermunterte, noch mehr zu erzählen. Michael ist ein guter Zuhörer, dachte Marcie. Dann sprach Alec wieder, leise, als wollte er nicht die Aufmerksamkeit auf sich lenken.

»Der Zaun«, sagte er, »in Roman Hole. Dort ist ein Kind getötet worden. Ein Baby.«

»Getötet? Von wem?« fragte Marcie.

»Von Zigeunern, vor langer Zeit. Es ging um Blutrache oder so was Ähnliches. Soweit ich weiß, war da ein Kind ermordet worden, und das war dann die Rache. Man hat es getötet und gehäutet und die Haut über den Zaun gehängt; den Rest hat man den Eltern geschickt.«

Die Jungen hatten ihn nicht hören sollen, aber natürlich hatten sie ihn gehört.

»Mein Opa sagt, sie haben es lebendig gehäutet. Er sagt, der Arzt hat gemeint, wenn nur ein bißchen Haut drangeblieben wäre, hätte alles wieder nachwachsen können. Aber die haben nichts drangelassen. Haben es sauber gehäutet wie ein Kaninchen.«

»Ach hör doch auf. Das wäre schon gestorben, wenn sie ihm nur ein kleines Stück Haut abgezogen hätten. Das ist genauso wie bei Verbrennungen. Da verliert man viel Körperflüssigkeit«, erklärte der andere triumphierend. Er wandte sich an Michael. »Habe ich recht oder nicht?«

Marcie schauderte. »Ich erinnere mich, wie Jack mir davon erzählt hat«, sagte sie leise. »Danach hatte ich wochenlang Alpträume. Immer wieder hat mir das vor Augen gestanden: die Haut an dem Zaun und das arme Kind, zusammengeschnürt wie ein Stück Fleisch.«

Sie lächelte bitter. »Aus irgendeinem blöden Grund hatte ich mir vorgestellt, die hätten es, um es an die Eltern zurückzuschicken, in den Briefkasten gesteckt. Ich habe es mit meinen Puppen ausprobiert, aber nur die Barbie hätte da reingepaßt.«

Alec hielt ihrem Blick stand.

»Danach haben sich die Träume verändert. Zum Beispiel habe ich von einer bluttriefenden Barbiepuppe geträumt, die der Postbote in Packpapier gewickelt bei uns vor die Tür gelegt hat, und als Tante Alice sie dort findet, sagt sie zu Oma, sie hätte vergessen, dem Metzger zu sagen, daß wir diese Woche nichts haben wollten.«

»Du liebe Zeit! Du warst wirklich ein seltsames Kind«, sagte Alec. Er berührte ihre Hand. »Auch ich habe Alpträume davon gehabt«, gestand er.

»Man wird uns sehen«, flüsterte Jack. »Um Gottes willen, Becky, zurück unter die Bäume. Du bist verrückt, mir hierher zu folgen.«

Sie lachte, ihre dunklen Augen funkelten, die langen Haare wehten im Wind. Dann setzte sie sich mit dem Rücken an die Eiche und sah ihn nachdenklich an.

»Hast du es eigentlich niemals satt, dauernd so herumzuschleichen? Warum können wir uns nicht in der Öffentlichkeit treffen, Jack?«

»Du bist ja verrückt, Becky! Die Frau meines Bruders. Gott! Für die Leute hier würde das einem Mord gleichkommen.«

Sie schloß seufzend die Augen, neigte den Kopf nach hinten und sah durch halbgeschlossene Lider in die blaue Himmelswölbung.

»Hattest du nie den Wunsch, von hier fortzugehen?« Abrupt richtete sie den Blick wieder auf ihn. »Es gibt eine ganze Welt da draußen, Jack. So viel zu sehen. Eine ganze große Welt, und wir zwei sind niemals weiter als nach Lincoln gekommen.« Den Ortsnamen sprach sie mit größter Verachtung aus.

»Ich frage dich, Jack, was gibt es hier? Was für eine Zukunft? Ich bin Ehefrau, eines Tages werde ich Mutter sein. Und wozu? Um die nächste Generation von Farmarbeitern und Farmarbeiterfrauen auszubrüten.«

»Du hast Joe geheiratet, du mußt etwas für ihn empfunden haben.«

»O ja, das stimmt! Das stimmt auch heute noch!« Ihr Blick verklärte sich auf eine Weise, die ihn innerlich ganz schwach machte. »Er ist ein guter Mensch, dein Bruder, und eines Tages werde ich ihn zur Vernunft bringen, und dann ziehen wir fort von hier.«

Jack lachte laut auf. »Wenn er so gut ist, warum bist du dann hier mit mir? Joe ist schwach, schon immer schwach gewesen. Der wird niemals was aus sich machen.«

»Aber du! Du ja? Was willst du denn Großes werden? Vorarbeiter vielleicht? Viehtreiber? Ist das alles, Jack, der Gipfel deiner Wünsche? Du sagst, Joe sei schwach, aber wann hast du das letztemal mit ihm gekämpft?«

Jack wandte wütend den Blick ab. Beide erinnerten sich an das letztemal, da Jack seinen Bruder niedergerungen hatte.

Marcie sah den zwei Kindern nach, die nun den Hügel wieder hinunterschossen: rote und gelbe Streifen, die rasch in der Ferne verschwanden. Sie spürte, wie Alec vor der rasenden Talfahrt schauderte.

Sie trat in den Schatten der anderen Bäume, ließ ihre Augen im Dämmerlicht ausruhen und sah sich den umgestürzten Baum sorgfältig an – versuchte zu erkennen, wo Rebecca gehangen haben mochte. Stellte sich ihren Körper vor, den gewölbten Bauch, an starke Äste gebunden, schlaff und leblos. Sah vor ihrem inneren Auge die Frau neben den Bettchen der Zwillinge stehen, eine Hand auf dem Unterleib, eine Geste, die gleichermaßen schützend wie verzweifelt wirkte.

Joe hatte behauptet, er habe mit Rebeccas Tod nichts zu tun gehabt, aber mehr hatte er dazu nicht sagen wollen. Marcie machte ihm deswegen keine Vorwürfe. Als sie ihn auf dem Friedhof gesehen hatte, war ihr klar geworden, wieviel Schmerz er noch immer mit sich herumtrug, und ihr lag nichts daran, den noch zu vermehren. Er hatte sie davon überzeugt, daß er, was auch immer die Richter gesagt haben mochten, seine Frau nicht umgebracht hatte.

»Also«, fragte sich Marcie, »wenn Joe dich nicht umgebracht hat, wer dann?«

Ein einziger Name drängte sich auf. Ein einziger Mensch, der soviel zu verlieren hatte und der jetzt so deutliche Gewissensqualen litt…

Am Nachmittag fuhr Alec sie nach Hause. Es war etwas später als geplant, und Michael beschloß, direkt seine Dienststelle aufzusuchen. Alec brachte Marcie noch zu Adele, wo sie die Kinder abholen wollte.

»Michaels Pflegemutter, das ist schon, hm, eine starke Persönlichkeit«, sagte Alec. Er dachte an seine erste Begegnung mit Adele am vorigen Freitag.

Marcie nickte. »Eine der stärksten Frauen, die ich jemals kennengelernt habe«, bestätigte sie. »Und eine der freundlichsten.«

Als sie ankamen, bereitete Adele gerade das Abendessen. Die Küche war voller Helfer, die aber nur im Weg standen. Liam und Hanna spielten am Tisch mit Teig – die Hälfte davon hatten sie bereits in den Haaren –, und Sophie Lee half ihnen, Plätzchen zu backen, die sie mit Rosinen und Kirschen verzierte.

Als sie Marcie sahen, kreischten sie auf und wollten von ihr hochgehoben werden. Sie nahm sie beide in die Arme, wobei sie vergeblich versuchte, selbst keinen Teig ins Haar zu bekommen, und bedeckte sie mit Küssen.

»Komm doch rein«, rief Sophie Lee Alec zu, der nervös in der Tür stehengeblieben war. »Leon, setz bitte den Kessel auf.«

Alec nahm mitten in dem Chaos Platz und warf konfuse Blicke um sich. Der Lärm war unglaublich, alle sprachen auf einmal und stellten Fragen, und dazwischen rief Adele ihre Anweisungen.

»Ist Michael nicht mitgekommen?« fragte Leroy.

»Nein, er ist direkt zur Arbeit gegangen.«

»Messer und Gabeln auf den Tisch, bitte«, rief Adele. »Und wie geht's deinem Großvater, Marcie?«

»Sehr viel schlechter, Adele. Die Ärzte glauben nicht, daß er noch lange durchhalten wird.«

»Aber den Bruder habt ihr gefunden...?«

»O ja«, sagte Marcie. »Wir haben Joe gefunden.«

»Bleib doch über Nacht«, lud Adele ihn ein. »Wozu jetzt noch ein Hotel suchen oder auf einem lumpigen Sofa schlafen, wenn wir hier ein ordentliches Bett für dich haben?«

»Aber ich will euch keine Umstände machen«, protestierte Alec. »Wirklich nicht.«

Aber Adele hatte sich längst entschieden. »Leroy, holst du mir bitte saubere Laken?« sagte sie. »Na siehst du. Gar kein Problem, und morgen früh kannst du frisch den Tag beginnen.«

Es war schon spät, und Alec mußte zugeben, daß er ziemlich müde war. Sie hatten stundenlang geredet, erst beim Essen und auch noch danach. Hatten Adele und Sophie Lee von Joe erzählt, von dem Kindergrab und von Jack und Rebecca.

»Hört sich an, als ob Jack ein schlechtes Gewissen habe«, meinte Sophie Lee. »Glaubst du, er hat diese Frau umgebracht, die von ihm schwanger war?«

»Ich weiß es nicht«, sagte Marcie. »Ich möchte es nicht glauben, aber es würde so vieles erklären.«

»Ich fahre morgen noch einmal nach Lincoln«, sagte Alec. Er hatte das eben während des Gesprächs beschlossen. »Ich habe noch Zeit, und ich denke, wir sollten soviel wie möglich herausfinden.«

»Ich glaube nicht, daß Joe dir noch sehr viel mehr erzählen wird«, meinte Marcie skeptisch.

»Nein, wahrscheinlich nicht, jedenfalls *noch* nicht«, stimmte Alec zu. »Immerhin hat er uns schon ungeheuer viel anvertraut, und ich will ihn auf keinen Fall drängen. Nein, ich will mich bei den örtlichen Zeitungen erkundigen, ob ich mal einen Blick in die Archive werfen darf. Wenn es damals einen Mordprozeß gegeben hat, müssen die doch darüber berichtet haben.«

»Ich dachte, du wolltest dir morgen eine Wohnung suchen?«

»Ja, verdammt, eigentlich schon. Na, das muß ich dann eben verschieben.«

Marcie sah ihn nachdenklich an. Alec hatte sich in diesen letzten Tagen verändert, er war bestimmter und konsequenter geworden. Auch seine Ausdrucksweise war anders. Seltsamerweise sagte er, wie ihr auffiel, nicht mehr »Dad« oder »mein Vater«, sondern Jack, einfach nur Jack, als habe er sich irgendwie von dem alten Mann zurückgezogen, während er doch gleichzeitig dessen Interessen verfolgte.

»Warum tust du das?« fragte sie. »Ich meine, du hast doch gar keinen Grund, noch mehr zu tun.«

»Sicher«, stimmte Alec zu. »Da wirst du recht haben. Aber du hast ja selbst neulich von unerledigten Punkten gesprochen. Was auch immer sich zwischen Jack und Rebecca und Joe und auch meiner Mutter abgespielt hat, es wirkt sich bis heute auf uns alle aus. Es hat viele Menschen enttäuscht und einsam gemacht, und das hätte nicht so sein müssen.«

»Ja«, sagte Sophie Lee traurig, »die arme junge Frau und ihr Baby sind nicht die einzigen Opfer dieser Geschichte.«

»Richtig«, stimmte Alec zu. »Opfer sind wir alle. Jack und meine Mutter. Joe. Ich. Und Marcie auch. Ich bin nicht abergläubisch. Dazu fehlt es mir, ehrlich gesagt, an Phantasie. Aber es sieht so aus, als ob Elizabeth Laceys Fluch über all die Jahrzehnte hin gewirkt hat, und das muß endlich ein Ende haben. Ich weiß nicht, was man mit Flüchen macht, aber man muß das irgendwie zurückdrehen.«

Sophie Lee nickte weise.

»Eins verstehe ich nicht«, sagte Adele. »Diese Frau, von der Jack dauernd redet. Die Frau in der Wüste. Wie kann man die in diese ganze Geschichte einordnen?«

»Ich weiß es nicht«, gab Alec zu. »Ich habe Jack leider nie richtig zugehört, wenn er von ihr gesprochen hat. Ich weiß nur, was Marcie mir davon erzählt hat.«

»Vielleicht bringt er da was durcheinander. Vielleicht ist diese Frau in der Wüste nur symbolisch gemeint.«

»Ich weiß es nicht, Birdie. Wirklich nicht. Ich kann mich erinnern, wie er aus dem Krieg zurückgekommen ist. Er war mir unsympathisch, und zwar sehr. Ich habe meine Mutter immer wieder gebeten, ihn wegzuschicken.« Er lachte freudlos. »Mama hat gesagt, der Krieg habe ihn verändert. Er habe zu vieles gesehen, das er nicht vergessen könne. Bettelnde Kinder, Frauen und alte Leute, die gefoltert und getötet wurden. Soviel Tod und Zerstörung. Und jetzt war er selbst bösartig und reizbar, ich konnte ihn kaum ertragen. Erst nach vielen Jahren habe ich erkannt, daß das womöglich nicht nur seine Schuld gewesen war. Daß er einfach nicht damit fertig geworden ist, wieder zu Hause zu sein. So wenig wie wir damit fertig geworden sind, daß er wieder bei uns war.«

Alec fuhr Marcie zu ihrer Wohnung und half ihr die schlafenden Zwillinge vom Auto ins Bett zu tragen. Es war schon spät – Michael würde in höchstens zwei Stunden von der Arbeit kommen –, aber nachdem Alec gegangen war, fühlte sich Marcie in der Wohnung schrecklich einsam und verloren.

Sie versuchte es mit fernsehen, aber das alles interessierte sie nicht. Sie war nervös und gereizt, beim leisesten Geräusch schreckte sie zusammen. Schließlich ging sie zum Telefon im Hausflur, ließ aber die Wohnungstür offen, damit sie die Zwillinge hören konnte, und rief in der Klinik an.

»Es hat sich nichts verändert«, wurde ihr gesagt. »Er hält noch durch, ist aber kaum noch bei Bewußtsein.«

Marcie dankte der Krankenschwester und legte auf. Sie blieb noch stehen, starrte auf den Lichtfleck, der aus ihrer Wohnung in den dunklen Flur fiel, und versuchte sich darüber klarzuwerden, was sie eigentlich für Jack und ihren Vater empfand. Während Jack immer mehr in den Hintergrund trat, schien Alec fast ebenso schnell daraus hervorzutreten. Es war schon erstaunlich, daß sie nach all dieser Zeit ihren Vater tatsächlich doch noch gern haben konnte.

Aber was war mit Jack? Was wäre, wenn sie herausfinden würde, daß er Rebecca getötet hatte?

Sie ging in die Wohnung zurück; plötzlich war ihr kalt, und sie suchte in ihrer Kommode nach einem Pullover. Ganz unten in der Schublade lag eine Mappe, die sie seit der Schulzeit aufbewahrte; darin waren Briefe und Postkarten von Freunden, Songtexte und Zeitungsausschnitte mit Bildern von Popstars, für die sie einmal geschwärmt hatte, an deren Namen sie sich jetzt aber kaum noch erinnern konnte. Das übliche Sammelsurium eines Teenagers. Es war das einzige, was sie mitgenommen hatte, als sie in jener Nacht das Haus ihrer Großeltern verlassen hatte.

Marcie nahm die Mappe aus der Schublade und schlug sie auf. Es war noch etwas anderes darin. Das Heft mit den Zeitungsartikeln über Patricks Tod.

»Ich wollte dir glauben, Jack«, sagte sie leise. »Ich möchte nicht denken, daß du das getan hast, aber jetzt bin ich mir nicht mehr so sicher.«

»Nach dieser Nacht ist sie nicht mehr zu uns zurückgekommen«, sagte Alec. »Ich weiß, daß sie nach dem Krankenhaus in einer Art Jugendherberge gelandet ist, aber das ist auch schon ziemlich alles.«

»Warum hast du sie dann nicht gefragt?« meinte Michael. »Es ist kein Geheimnis, Alec. Als wir uns kennenlernten, war sie siebzehn und ich im ersten Semester. Das Jahr davor hatte ich gearbeitet, um finanziell etwas unabhängiger zu sein; ich war also immerhin schon fast zwanzig, als wir uns kennengelernt haben.«

Alec lächelte schief. »Du redest, als ob zwanzig ein hohes Alter wäre«, sagte er.

Michael lachte. »Hast du dich nie so alt gefühlt, Alec? Jung genug, um alles zu tun, und alt genug, um alles zu wissen?«

»Und jetzt fühlst du dich anders?« fragte Alec.

»Nein, eigentlich nicht. Und ehrlich gesagt, Alec, möchte ich mich auch niemals anders fühlen.«

Er stand auf, ging zur Kaffeemaschine und goß zwei Tassen abgestandenen, aber noch warmen Kaffee ein. »Warum bist du gekommen?« fragte er.

Alec nahm die Tasse und starrte in die schwarze Brühe.

»Leider keine Milch mehr«, sagte Michael.

»Schon gut.« Alecs Blick wanderte durch Michaels winziges Büro. Ein abgenutzter Teppich, ein Schreibtisch, der wie ein schlecht zusammengebasteltes Selbstbaumöbel aussah, einige mit Büchern und Akten vollgestopfte Regale. In einer Ecke zwei Stühle. Er hatte allein mit seinen Gedanken draußen im Wartezimmer gesessen, bis Michael den letzten Klienten entlassen hatte.

»Ich wollte wissen, wo sie gelebt hat«, sagte er. »Wie ihr euch kennengelernt habt. Was euch zusammengebracht hat.«

»Und was noch?« fragte Michael freundlich.

»Das hat mit dem zu tun, was ich dir kürzlich gesagt

habe«, sagte er. »Nein, schon gut, ich will nicht davon anfangen. Jedenfalls nicht jetzt.«

Michael ließ den erkaltenden Kaffee in der Tasse kreisen und sah Alec nachdenklich an. »Dir ist sicher bekannt«, meinte er, »daß alles, was du mir hier sagst, vertraulich ist. Auch wenn ich nicht so eine alberne Perücke trage, halte ich mich an meine Schweigepflicht.«

»Das ist mir allerdings bekannt. Ich weiß, daß du nichts ausplaudern würdest, trotzdem kann ich dir das nicht antun. Ich wollte nur sagen, daß du recht gehabt hast. Daß ich diese Sache allein zu Ende bringen muß, daß ich tun muß, nun ja, was mein Gewissen von mir verlangt.« Er sah Michael an, und der Schmerz in seinen Augen war unverkennbar echt. »Ich habe gerade erst angefangen, meine Tochter wiederzufinden, Michael, und ich weiß, daß ich sie wieder verlieren werde, wenn sie erfährt, was wir getan haben.«

Michael sagte dazu nichts, er hörte nur aufmerksam zu und wartete, bis Alec sich sammelte und weitersprach.

»Ich habe diesen Jungen nie angerührt«, sagte Alec bedächtig, »aber ich hätte seinen Tod verhindern können. Ich bin ein Feigling, Michael, und dafür werde ich zu zahlen haben.«

Der Jüngere schwieg einen Augenblick, dann stellte er die leere Tasse auf den Tisch und beugte sich zu Alec vor. »Du mußt tun, was du für richtig hältst«, sagte er. »Aber eins ist sicher, du wirst nicht mehr lange damit leben können. Du mußt irgend jemandem die Wahrheit sagen.«

Jack hörte Mary, schaffte es aber nicht, sie das merken zu lassen. Er war eingesponnen in ein Netz aus Schmerz und Medikamenten, nach außen hin von der Welt abgeschlossen. Innen tobten seine Gedanken und flochten sich zu wirren Träumen.

Und in diesen Träumen rief ihn Rebecca, während mehrere Männer sie festhielten und vergewaltigten. Ihre Finger krallten sich in den Sand. Ihre Haare waren voll davon, und als sie sich wehrte und den Kopf hin und her warf, geriet ihr der Sand in den Mund, und sie würgte, bis sie kaum noch Luft bekam.

Becky! Er wollte schreien, aus den Träumen davonlaufen, aber sie gaben ihn nicht frei. Er war gefangen in diesem Käfig aus Drogen und Schmerz.

»Schon gut, Jack«, flüsterte Mary; sie nahm seine Hand, und obwohl sein Körper sich kaum bewegte, spürte sie seine Unruhe. »Ist ja schon gut.«

30

Seit längerer Zeit, als er selbst noch wußte, hatte Joe seine Kindheit in einer Holzschachtel unter dem Bett versteckt.

Jetzt bückte er sich unbeholfen, angelte sie mit seinem Stock hervor und pustete, so gut es ging, den Staub vom Deckel; er mußte an den Tag denken, den er mit Alec, Marcie und Michael verbracht hatte, dieser seltsamen Verwandtschaft, die da plötzlich in sein Leben getreten war.

Er setzte sich mit der Schachtel auf dem Schoß ans Fenster und dachte an frühere Jahre, an eine andere Familie; all das war lange her, aber niemals richtig begraben worden. Er saß reglos da, sah aus dem Fenster in die zunehmende Dämmerung, und um ihn herum versammelten sich all die Gespenster, die er in seinem langen Leben um sich geschart hatte.

Als schließlich kein Licht mehr durchs Fenster fiel, knipste Joe die Lampe mit dem blauen Schirm neben sich an und machte die Schachtel auf.

Eigentlich brauchte er kein Licht, um den Inhalt zu erkennen. Das seltsame Durcheinander von Gegenständen, die er aufbewahrt hatte, als alles andere ihm weggenommen worden war.

Ein Hochzeitsfoto seiner Eltern. Steif und förmlich in ihrem Sonntagsstaat. Sein Vater ernst und verlegen und im Gegensatz dazu das schelmische Funkeln in den Augen seiner Mutter.

Getrocknete Blüten aus dem Hochzeitsstrauß seiner Mutter, die seine Tante ihm gegeben hatte, ihm ins Gefängnis geschickt hatte, kurz bevor er endgültig eingesperrt worden war. Glattgeriebene Kieselsteine, von ihm aus dem Mühlbach geholt, wo das schnell strömende Wasser sie rundgeschliffen hatte; wie schön sie sich in der Hand anfühlten. Er hatte sie immer bei sich getragen, als buchstäbliche Prüfsteine der Freiheit in den vielen Jahren seiner Gefangenschaft. Kaputtes Spielzeug, liebevoll bewahrt aus einer Kindheit, die nur wenig Spielsachen zu bieten hatte.

Er kramte herum, bis er fand, was er suchte. Die einzigen Bilder, die ihm von seiner Becky geblieben waren. Ein offizielles Foto, aufgenommen an ihrem Hochzeitstag, und ein viel älteres, das die gesamte Schule zeigte, alle gut dreißig Schüler auf dem Schulhof.

Jungen in Gürteljacken, längst abgetragen von Generationen vor ihnen. Enge Kragen, ordentlich zugeknöpft bis unters Kinn; die Haare streng gekämmt und mit Wasser angeklatscht. Die Mädchen mit Bändern in den langen Haaren und Schürzen über den Kleidern, damit sie nicht schmutzig wurden. Die meisten von ihnen, dachte Joe, hatten sicher nur dieses eine Kleid. Wer eins für die Schule und eins für Sonntag besaß, galt schon als wohlhabend. Er erinnerte sich, wie seine Tante Samstag abends, wenn ihre Tochter zu Bett gegangen war, deren Kleider gewaschen und zum Trocknen vor den Kamin gehängt hatte, das Sonntagskleid bereits gebügelt und die Schuhe noch einmal sorgfältig gebürstet.

Sie waren alle da. Er selbst und Jack, Mary und Alice und Rebecca. Sie stand in der dritten Reihe, neben Mary und einen halben Kopf größer als sie. Beide blickten direkt in die Kamera, stocksteif und mit albernen übergroßen Schleifen im lockigen Haar. Aber weiter reichte ihre Ähnlichkeit nicht. Mary, schon ihrer selbst und des Bildes bewußt, das sie der Außenwelt bieten sollte, tüchtig, streng und unnachgiebig angesichts jeglicher Widrigkeiten. Und Rebecca, den Mund leicht geöffnet und einen Ausdruck in den Augen, als wollte sie den Fotografen etwas fragen. Als versuchte sie von der anderen Seite durch das lange sperrige Objektiv zu sehen, einen Blick in die Welt jenseits des kleinen Tals zu werfen, in dem sie lebten.

»Du bist nie zufrieden gewesen, stimmt's, Mädchen?« sagte Joe leise. »Ich hätte nach der Hochzeit auf dich hören sollen. Dich von dort wegführen sollen. Ins Ausland vielleicht. Nach Kanada oder Amerika. Ich hätte uns etwas aufbauen sollen. Aber ich bin auf meine Weise genauso stur gewesen wie Jack. Konnte damals nicht sehen, daß das Leben woanders vielleicht besser sein könnte und daß auch wir daran teilhaben könnten.«

Er schüttelte traurig den Kopf bei der Vorstellung, wandte den Blick von Beckys Gesicht ab und seinem Bruder zu, der groß und mißmutig in der letzten Reihe stand. Die Größe täuschte, denn die Jungen hatten sich auf eine Bank gestellt, damit sie besser zu sehen waren. Die alte Jacke, die er anhatte, spannte an den Schultern, und sein Kragen war nicht ganz richtig zugeknöpft. Um älter auszusehen, kniff er die Lippen zu einer strengen Grimasse zusammen.

Joe erinnerte sich an jenen Tag genauso deutlich wie an den, den er gerade mit Marcie und den anderen verbracht hatte. Er hatte sich in sein Gedächtnis eingebrannt. An jenem Tag war ein Punkt erreicht worden, der, so sah es Joe jetzt, den ganzen weiteren Verlauf ihres Lebens bestimmt hatte.

Wieder betrachtete er das Foto, konzentrierte sich nun aber auf das kleine Straßenstück an der Schule und auf das Feld dahinter, auf dem, schattenhaft und leicht gekrümmt, eine Gestalt zu sehen war.

Benny.

Es war Bennys letzter Lebenstag gewesen, aber niemand hatte ihn beachtet; er stand im Hintergrund und beobachtete die kleine Schar und den Fremden, der gekommen war, sie für alle Zeit festzuhalten.

Damals hatte sich niemand sonderlich um Benny gekümmert. Die Abzüge der Bilder waren längst verteilt, und erst zwei Wochen später fiel es irgend jemandem auf, daß Benny verschwunden war.

Zwei Wochen, in denen die Fliegen ganze Arbeit geleistet hatten. Man hatte gar nicht erst versucht, die Leiche abzutransportieren, sondern einfach zwischen der Hütte und den nächsten Bäumen eine Feuerschneise gegraben und das ganze Grundstück niedergebrannt.

Der alte Mann hatte in einer winzigen Waldarbeiterhütte gelebt, mitten in einer Schonung etwa eine Meile vom Dorf entfernt. Die Kiefern waren zwanzig Jahre vor Joes Geburt gepflanzt worden, und im Sommer darauf konnte er zusehen, wie sie gefällt wurden. Dazwischen gab es die einheimischen Eichen und Eschen und dichtes Unterholz. Wilderer trieben sich dort herum, Benny lebte dort, aber das war alles.

Niemand nahm tätig Anteil an Benny. Die Erwachsenen tolerierten ihn; man hielt ihn für geisteskrank, aber harmlos, und ließ ihn in Ruhe. Er arbeitete nicht, hatte wenig mit dem Dorfleben zu tun und murmelte ständig vor sich hin. Die Kinder lachten ihn aus, liefen ihm nach und verhöhnten ihn, und die Frauen sagten, er sei schmutzig.

Wovon er sich ernährte und wie er sich kleidete, das war unter den Dorfkindern Gegenstand langer Debatten. Es gab Gerüchte, Benny habe in seiner schmutzigen Hütte einen

Schatz versteckt; alle wußten, daß er von gewilderten Tieren lebte und sich mit erbettelten Sachen kleidete, aber das Gerücht war natürlich besser. Viel besser.

An dem Tag, als das Foto aufgenommen wurde, hatten sie früher schulfrei bekommen. Eine halbe Stunde, nicht mehr, aber immerhin. Zeit, in der sie weder in der Schule noch zu Hause arbeiten mußten. Und Becky, immer auf der Suche nach einem Abenteuer, hatte plötzlich von dem Schatz angefangen.

»Wir könnten ihn suchen. Ihn verstecken, bis wir groß geworden sind, und dann alle miteinander von hier fortgehen.«

»Und wohin?« hatte Mary verächtlich gefragt, aber Joe spürte genau, wie sehr die Vorstellung sie begeisterte.

»Auf Reisen. Genau wie unsere Ururgroßeltern. Also natürlich nicht genau wie sie, von einem Jahrmarkt zum anderen, wie manche es heute noch tun. Sondern übers Meer. Vielleicht nach Amerika! In die Neue Welt. Dort könnten wir leben. Und reich werden.«

Ihre Augen leuchteten. Über Amerika stand viel in ihren Lesebüchern. Da gab es alle möglichen Kapitel über Geschichte und große Schlachten und Landkarten, und das alles war ohne erkennbare Ordnung mit irgendwelchen trockenen Texten vermischt. Joe waren diese Bücher immer wie Märchenbücher vorgekommen. Amerika mochte so weit weg und so geheimnisvoll sein wie das Goldene Vlies, aber für Becky war es etwas, das Realität annehmen konnte.

Ihre Begeisterung war ansteckend. Es gab eine aufgeregte Debatte. Mary, noch nicht einmal zwölf, war Realistin. Becky, ein wenig älter, war noch Träumerin; und die anderen schwankten irgendwo dazwischen. Jack war ungewöhnlich still gewesen. Erst als sie auseinandergegangen waren, hatte er zu Joe gesagt: »Wir können ja mal nachsehen. Ich meine … wir wissen ja nicht, ob er nicht wirklich einen Schatz versteckt hat …«

Sie hatten vor dem Essen, als sie die Hausaufgaben machten, darüber gestritten. Und dann wieder vor dem Schlafengehen, aber es war klar, daß Jack längst entschlossen war, und nicht minder klar, daß Joe wie immer einem Streit aus dem Weg gehen würde. Er hatte viel zuviel Angst vor Jack. Mitten in der Nacht waren sie dann also aus dem Haus geschlichen und aus dem Dorf zu der Schonung gelaufen, wo Benny hauste.

Als er jetzt bei geschlossenen Vorhängen in seinem kleinen Zimmer saß, erinnerte sich Joe wieder an die gespannte Aufregung, die ihn damals ergriffen hatte. Die Geräusche der Nacht, durchaus vertraut, aber so viel lauter bei diesem ersten Mal, daß er ohne einen Erwachsenen im Freien war. Und der eisige Hauch, der vom feuchten Boden aufstieg und ihn nicht nur vor Kälte zittern ließ.

Sie wagten kaum zu sprechen. Das leiseste Geräusch schien meilenweit durch die Stille zu hallen, und erst als sie den Schutz der Schonung erreicht hatten, erklärte Jack ihm seinen Plan.

Es könne gut sein, daß Benny jetzt unterwegs wäre. Um sein Abendessen und das Frühstück für den nächsten Morgen zu holen. Falls er aber doch in seiner Hütte wäre, solle Joe irgendein Geräusch machen und ihn herauslocken.

»Warum ich?« fragte Joe.

»Na gut, dann eben ich«, erklärte Jack wütend. »Dann gehst du eben hinein und suchst.«

Joe biß sich auf die Lippen und schwieg. Er solle draußen bleiben, egal was passiert, sagte Jack. Wache halten und ihn warnen, wenn er Benny zurückkommen höre.

Von Benny keine Spur. Sie standen mit angehaltenem Atem da und horchten auf das kleinste Geräusch, aber nur der Wind in den Bäumen unterbrach die Stille. Die Tür quietschte, als Jack hineinschlich. Joe beobachtet seinen Bruder durch das winzige schmutzige Fenster: Er huschte zu dem groben Holztisch in der Mitte des Raums und drehte den Docht der Sturmlampe hoch, die Benny für seine Rückkehr dort stehengelassen hatte.

Jack blickte auf und verscheuchte Joe unwillig vom Fenster. »Weg, du sollst aufpassen!« schimpfte er unhörbar, aber mit übertriebenen Lippenbewegungen.

Joe trat in den Schatten zurück, trennte sich aber nur ungern vom Anblick des matten Lichtflecks hinter der Fensterscheibe. Nun stand er in der Dunkelheit, die Geräusche der Nacht wurden immer lauter, die Äste der großen Bäume knarrten im Wind, und er konnte nur noch hoffen, daß Jack sich beeilte und Benny nicht zu früh zurückkäme.

Das Warten schien ewig zu dauern, und am Ende nützte es gar nichts, daß Joe Wache hielt. Jack hatte gesagt, er solle immer um die Hütte herumgehen und nach allen Seiten nach Benny Ausschau halten, aber dazu hatte Joe nicht den Mut aufgebracht. Als er das helle flackernde Licht am Fenster beobachtete, schien die Dunkelheit immer dunkler zu werden, und je länger er in das Licht sah und je schwärzer das Dunkel wurde, desto weniger wagte es Joe, sich zu bewegen.

»Er kommt nicht zurück, er kommt nicht zurück«, sagte er sich immer wieder, als könne er es so erzwingen.

Aber Benny kam doch zurück; plötzlich war er vor der Hütte, und dann sah Joe auch schon die Tür weit aufgehen und das Licht auf den Waldboden strömen.

Mit rasselndem Atem rannte Joe ans Fenster und spähte hinein. Bei der hektischen Suche nach Bennys Schatz hatte Jack den Wohnraum vollständig auseinandergenommen. Hatte das Bettzeug auf den Boden geworfen. Bennys kümmerliche Möbel zertrümmert. Essen und Wasser verschüttet. Den Brennholzstapel umgestoßen und die Scheite überall herumgeworfen. Und Benny stand jetzt in der Tür, drehte den struppigen Kopf hin und her und erfaßte das ganze Ausmaß der Zerstörung.

Seiner Kehle entrang sich ein leises, verzweifeltes Stöhnen, das Jack mindestens so viel Angst machte wie Joe. Das Stöhnen wurde lauter, und dann begann Benny im Takt zu den ruckartigen Bewegungen seines Kopfes mit den Armen zu schlenkern. Er schien, so glaubte Joe, in dem Licht immer größer zu werden, und riesig schwoll sein Schatten an der Wand.

Er stürzte sich auf Jack und krallte sich an dem zurücktaumelnden Jungen fest. Jack schrie etwas, das Joe nicht verstand, und versuchte aus Bennys Umklammerung freizukommen. Benny schüttelte ihn jetzt. Schüttelte ihn heftig. Warf den Kopf hin und her, wobei sein Körper wie eine schlaksige Marionette folgte. Er hielt Jacks Arme fest und drückte sie ihm an die Seite.

Joe stand da wie erstarrt; er wußte, daß er helfen sollte, konnte sich aber nicht rühren.

Dann war es mit dem Warten vorbei. Jack bekam einen Arm frei und schlug nach dem Kopf des alten Mannes. Nur für einen Augenblick lockerte Benny seinen Griff, aber das reichte schon. Plötzlich hatte Jack etwas in der Hand, was, konnte Joe nicht erkennen, aber es war eine Waffe. Er streifte Benny mit einem Schlag, der ihn taumeln ließ.

Lauf weg! wollte Joe rufen. Lauf weg, im Wald findet er uns nicht. Aber Jack hatte nicht die Absicht, jetzt davonzulaufen.

Er hob die Hände, und Joe sah, daß er ein abgebrochenes Stuhlbein schwang. Er hat Angst, dachte Joe. Er tut ihm nichts, er hat nur Angst.

Und dann schlug Jack zu, ließ die Waffe auf Bennys Schädel krachen, immer und immer wieder auf seinen Schädel und seine Schultern, bis der alte Mann reglos am Boden lag.

Joe war starr vor Entsetzen. Er konnte nicht glauben, was er gesehen hatte. Jack prügelte sich ziemlich oft, schlug auch Joe regelmäßig zu Boden, aber das hier... Das hier war etwas anderes.

Er hatte nur Angst, sagte sich Joe, er wußte nicht mehr, wann er aufhören sollte. Er hatte nur Angst, sonst nichts.

Dann aber drehte sich Jack zum Fenster um, als hätte er die ganze Zeit gewußt, daß Joe dort stand, und sah seinem Bruder direkt in die Augen. Ein seltsamer Triumph leuchtete auf seinem Gesicht, dämonisch im flackernden Licht, und dann sah Joe seinen Bruder lächeln.

31

Ich habe die Schlinge geknüpft, den Knoten so geschlungen, daß das Seil ohne Widerstand hindurchlaufen konnte.

Ich kann mich noch erinnern, wie leicht mir das Seil schien, dünner und auch rauher, als ich gedacht hatte. Ich weiß noch, wie ich mir Sorgen darüber machte, daß die Schlinge ihr beim Zuziehen die Haut aufscheuern und sich in ihr weiches Fleisch schneiden könnte, aber das war nicht zu ändern. Nicht alles kann vollkommen sein, hab' ich recht, Birdie?

Und ihr langes schwarzes Haar, so weich, als ich ihr die Schlinge um den Hals legte. Das schwere Schwarz in meinen Händen, als ich die Haare herauszog, damit sie den Lauf des Seils nicht behinderten. Aber ich habe ihr nicht in die Augen gesehen, als meine Hände an ihrer weichen Kehle lagen.

Im Traum erinnerte sich Jack an das Gefühl ihrer Haut an seiner Hand. An Beckys Geruch, als sie an ihm lehnte. An das Kind, das Marcie gewesen war, wie es in seinen Armen schlief.

Die Weichheit ihrer Haut an seinen Händen…

Marcie fuhr in jäher Panik aus dem Schlaf, der Atem blieb ihr in der Kehle stecken.

Sie schluckte heftig, sog gierig Luft in ihre Lungen, hob instinktiv die Hände an den Hals und an die Striemen, die jetzt zwar fast ganz verblaßt waren, jedoch mit neuer Intensität zu brennen begonnen hatten.

Der Traum, so beängstigend und so real... Sie blickte sich nervös um und stellte fest, daß sie, während sie auf Michael gewartet hatte, auf dem Sofa eingeschlafen war.

Die Hände an den brennenden Stellen an ihrem Hals, ging Marcie zum Spiegel. Die Striemen waren noch da, aber nicht schlimmer; sichtbar, aber kaum mehr als dunkle Flecken. »Nur ein Traum«, sagte sie zu ihrem Spiegelbild und erstarrte plötzlich, als neben ihr im Spiegel das Bild der anderen Frau erschien.

»Rebecca?« Sie wandte sich halb um, ließ aber den Spiegel nicht aus den Augen. Diesmal hatte sie keine Angst, empfand nur eine seltsame Art von Verwandtschaft, als ob sie und die seit langem tote Frau etwas Gemeinsames hätten, das sie nicht recht zu benennen wußte.

Dann verblaßte das Bild vor ihren Augen, und als sie sich vollständig umgedreht hatte, war es weg.

Doch noch während sie aus ihrem Blick verschwand, glaubte Marcie zu bemerken, daß Rebecca lächelte.

32

Am Dienstag morgen fuhr Alec nach Lincoln. Die Adresse der örtlichen Tageszeitung hatte er aus dem Telefonbuch, und um zehn Uhr stand er im Empfangszimmer.

»Eigentlich brauchen Sie einen Termin«, sagte die junge Frau. Aber sie rief trotzdem im Archiv an und sagte, er solle warten.

Eine Stunde später stand Alec in der Dokumentationsabteilung. »Wir haben zuwenig Personal«, sagte die Archivarin, eine adrette Frau Anfang Dreißig. »Sie werden daher leider allein suchen müssen.« Sie erklärte ihm die Abkürzungen auf den Schubfächern, zeigte ihm, wo er die nötigen Informationen am ehesten finden würde und wie das Mikrofiche-Lesegerät zu benutzen war.

Alec setzte sich mit Notizblock und Bleistift hin und überlegte, wo er anfangen sollte.

Februar 1937. Er fand die richtige Schublade und trug sie zum Lesegerät. Der Februar befand sich irgendwo in der Mitte. Er nahm das erste Blatt heraus, legte es in den Betrachter und machte ein finsteres Gesicht. Er hätte nicht gedacht, wieviel Informationen sich auf diesen kleinen Plastikkärtchen unterbringen ließen. Ungeduldig schob er das Ding hin und her, bis er gar nicht mehr wußte, wo er war. Schließlich bekam er den Dreh raus; er mußte, um sich zurechtzufinden, sozusagen rückwärts denken. Nach Betrachtung einiger Mikrofiches war klar, daß dort jeweils eine komplette Ausgabe der Zeitung abgespeichert war. Anfangs schien das seine Aufgabe zu erleichtern, bis er sich die Datumsangaben ansah. Nichts war in der richtigen Reihenfolge eingeordnet. Es begann mit dem dritten Februar, dann kam der sechzehnte, dann der zwölfte und dann etwas von Mitte Mai.

Alec stöhnte. Er mußte sich also durch den ganzen Monat arbeiten und dabei die Daten notieren, um auch wirklich keine Ausgabe zu übersehen; und daß nichts fehlte, konnte er nur hoffen.

Methodisch machte er sich an die Arbeit.

Schon nach einer Stunde taten ihm vom Lesen am Bildschirm die Augen weh, aber er hatte immerhin die ersten Artikel über Rebeccas Tod entdeckt, und was er da las, verblüffte ihn sehr.

»Ich dachte, Sie könnten vielleicht einen Kaffee vertragen«, sagte die Archivarin. »Schon was gefunden?«

»Danke«, sagte Alec. »Ja, habe ich.« Er zeigte auf den Bildschirm. »Hier«, sagte er, »genau das habe ich gesucht.«

»›Tragischer Selbstmord‹«, las sie. »›Heute morgen wurde in der Nähe des Dorfes Thoresway, in dem Waldstück, das als Bale's Wood bekannt ist, die Leiche einer jungen Frau gefunden.‹« Sie sah Alec an. »Ein Selbstmord? Wieso interessieren Sie sich dafür, wenn ich fragen darf?«

»Die Frau war eine Verwandte von mir«, sagte Alec. »Und man hat mir immer erzählt, daß es Mord gewesen sei.«

Schweigend las Alec den ganzen Artikel. Rebecca Armitage, nur dreiundzwanzig Jahre alt, war von einem Farmarbeiter gefunden worden. Er hatte gesehen, daß sie tot war und daß er nichts für sie tun konnte, und war zur nächsten Farm gelaufen, um Hilfe zu holen. Der Artikel war in traurigem Ton und sehr anschaulich geschrieben.

> Die junge Frau war zum erstenmal schwanger. Ihre aufgedunsenen und von dem Seil entstellten Züge waren dank der dichten schwarzen Haare, die ihr wie ein Vorhang vor dem Gesicht hingen, allen neugierigen Blicken entzogen. Ihr Kleid war durchnäßt vom Morgentau...

Danach schilderte der Artikel das ganze Ereignis. Das Entsetzen ihres Mannes, mit dem sie keine zwei Jahre verheiratet war, als er am Schauplatz eintraf; seinen tiefen Schmerz. Nachdem man die Tote abgeschnitten hatte, hatte er sich auf sie geworfen und laut den Namen seiner Frau gerufen.

»Wahrscheinlich hat er überhaupt nichts gesehen«, sagte die Archivarin.

»Pardon?«

»Der Reporter – wahrscheinlich ist er nicht mal dagewesen. Jedenfalls bestimmt nicht rechtzeitig, um zu sehen, wie die Tote abgeschnitten wurde; nicht mal, wenn er ein Auto gehabt hätte.«

»Ich glaube, ich kann Ihnen nicht ganz folgen…«

»Heutzutage sind wir so an Originalberichte gewöhnt, daß wir kaum noch wissen, daß damals viele örtliche Nachrichten nur aus zweiter Hand zu haben waren. Das *Echo* war keine große Zeitung. Die meisten Neuigkeiten haben wir von den Ortspolizisten erfahren.« Sie lachte. »Wenn man so was liest, kann man gleich erkennen, daß eine Menge davon nur auf Gerüchten beruht.«

»Über einen Mord wäre demnach ausführlicher berichtet worden?«

»Ja, sicher, besonders über den Prozeß. Die Menschen ändern sich nie, ein guter Mord spricht jeden an; aber Selbstmord, na ja, ich weiß nicht, da werden die Leute immer so selbstgefällig.«

Sie sah wieder auf den Bildschirm. »Die Ärmste«, sagte sie. »Und auch noch schwanger. Wirklich traurig.«

Erst zwei Stunden später – die Archivarin hatte ihn über die Mittagspause weggeschickt, weil sie ihn dort nicht allein lassen durfte – stieß Alec auf die Fortsetzung der Geschichte. Drei Tage nach dem Auffinden der Leiche von Rebecca Armitage war ihr Mann, Joseph Armitage, unter Mordverdacht verhaftet worden. Plötzlich war das Interesse der Medien wieder geweckt.

Der erste Artikel lieferte die nackten Tatsachen. Alec erinnerte sich an das, was die Archivarin ihm von Aussagen aus zweiter Hand erzählt hatte. Genau das war hier offenbar der Fall; der Reporter berichtete von Joes Verhaftung in allen Einzelheiten, obwohl die Verhaftung im Morgengrauen stattgefunden hatte, als habe man da etwas zu verheimlichen gehabt.

Dabei war nicht alles glatt gegangen. Joe war trotz der frühen Stunde schon auf und halb angezogen, und er hatte einen Fluchtversuch unternommen. »Ein hieb- und stichfester Beweis für seine Schuld«, hatte der Reporter schwadroniert. Alec stutzte. Er dachte an Joe, wie er jetzt war: ein alter

Mann, der sein Leben lang Reue empfunden hatte und seine letzten Tage still und friedlich verlebte. Wie Marcie konnte auch Alec sich nicht vorstellen, daß Joe dazu fähig wäre, kaltblütig eine Frau und ihr ungeborenes Kind zu töten. Aber vielleicht in einem Wutanfall?

Alec schüttelte den Kopf. Irgendwie paßte das nicht zusammen. Jemand, der außer Kontrolle geriet, konnte sein Opfer erstechen, erschießen oder auch – er schluckte nervös – zu Tode treten. Aber würde er es mitten auf einem weithin sichtbaren Hügel an einer Eiche aufhängen?

Bisher gab es keinen Hinweis darauf, warum man Joe verdächtigt hatte; also überflog er den Artikel noch einmal.

Die Polizei hatte Joe kurz nach fünf aufgesucht. Drei Beamte von der Wache in Louth, der Ortspolizist, der seine Arbeit nur nebenher versah, wenn die Farm ihm Zeit dazu ließ, und etwa ein halbes Dutzend weitere Männer, die man zur Unterstützung aus den Betten gescheucht hatte.

Reichlich viele Leute, um einen einzigen Mann zu verhaften.

Er las weiter. Der Zeitungsschreiber hielt sich offenbar für etwas Besseres als bloß einen Lokalreporter. Er hatte seinen Bericht sehr blumig ausgeschmückt. Alec sah ihn beinahe vor sich, wie er sich an die Brust schlug und auf sein Recht bestand, die Wahrheit zu predigen.

> Sie erreichten das Haus im ersten Licht der Morgendämmerung. Insgesamt zehn Männer, deren entschlossene Gesichter von den Laternen, die sie trugen, und den Taschenlampen der Polizisten beleuchtet wurden. Man hatte ihnen gesagt, daß Joseph Armitage sich bei seiner Verhaftung womöglich zur Wehr setzen würde, und sein örtlicher Ruf als Boxer, sowohl innerhalb als auch außerhalb des Rings, machte sie alle ein wenig nervös ob der Aufgabe, die ihnen vom Gesetz auferlegt worden war.

Sie hatten sich dem Haus von vorne und hinten genähert; zwei Polizisten und ein nicht näher bezeichneter Dritter waren über die Mauer in den Garten geklettert. In einem der unteren Zimmer war Licht gewesen. Joe, der vielleicht nicht schlafen konnte oder aber sich einfach zur Arbeit fertigmachte. Er war, dachte Alec, nicht der Typ, der zu Hause hockte und trauerte. Viel wahrscheinlicher würde er versuchen wollen, durch Arbeit darüber hinwegzukommen. Durch rastlose Tätigkeit …

Der Ortspolizist klopfte laut an die Tür. »Mach auf, Joe, wir wissen, daß du da bist, mach jetzt auf.«

Aus dem Haus kam keine Reaktion. Das Licht blieb weiter an, und als sie durchs Fenster hineinspähten, sahen sie auf dem Tisch eine Sturmlampe stehen. Von Joseph Armitage aber keine Spur.

»Brecht die Tür auf.«

Zwei Männer warfen sich mit vereinten Kräften an die Haustür. Sie war alt, aber massiv und zusätzlich von innen mit einem Holzbalken verriegelt. Der erste Versuch machte viel Lärm, brachte aber außer schmerzenden Armen und Schultern nichts ein. Sie versuchten es noch einmal, und der Ortspolizist rief den Männern im Garten hinter dem Haus zu, sie sollten sich bereit halten, falls Joe die Flucht nach hinten antreten sollte.

Indessen lag Joe oben, unbemerkt, an einem Fenster und beobachtete die Männer unten. Das Zimmer hinter ihm war dunkel.

Er sah, wie in den Nachbarhäusern die Lichter angingen und die Leute vor die Türen traten, neugierig, was es mit diesem Lärm auf sich hatte. Zweifellos würden sie gleich näher kommen und ihre Hilfe anbieten, falls der Schurke zu fliehen versuchen sollte. Allzeit bereit, für Recht und Ordnung einzutreten …

Die Gerüchte hatten praktisch seit dem Tag seiner Rückkehr zu wuchern begonnen – eher sogar schon früher –, und anfangs betrachtete man ihn im Dorf mit einer Mischung aus Mitgefühl und Spott. Jedes Kind hätte die Monate zählen und sich ausrechnen können, daß Becky nicht von ihm schwanger sein konnte. Es war eine Tragödie. Es war ein Witz, es war ein Rätsel, dessen Lösung sie alle gespannt entgegensahen.

Und dann hatte man ihre Leiche gefunden. Sie hatte den Freitod gewählt und das Leben ihres ungeborenen Kindes mit geopfert.

Nun gab es nicht mehr viel zu lachen. Niemand wußte, was man tun, wie man sich Joe gegenüber verhalten sollte. Er hatte ihre Angst und ihre Verwirrung gespürt, selbst wenn sie nur freundlich sein wollten. Es war ein kleines Dorf, wo man dem Schmerz eines anderen kaum ausweichen konnte, wo man immer wieder zu spüren bekam, wie unzulänglich das eigene Mitgefühl war... und doch gab es viele, die immer wieder versucht hatten, ihm aus dem Weg zu gehen.

Er hatte ihr Gerede gehört.

»Eigentlich ist es so am besten für sie...«

»Ja, aber das Kind, das arme Kind.«

»Die war schon immer so, immer hinter den Männern her. Weiß der Himmel, was Joe sich gedacht hat, als er sie geheiratet hat...«

Und dann wehte der Wind plötzlich aus einer anderen Richtung. Ganz neue Gerüchte kamen auf. Joe wurde von den Menschen geschnitten oder mit argwöhnischen Blicken bedacht.

Anfangs war ihm das gar nicht aufgefallen. Allzusehr mit seinen eigenen Gedanken beschäftigt, hatte er den Gerüchten, die über ihn in Umlauf kamen, und der Schuld, die man ihm anlastete, kaum Beachtung geschenkt.

Und dann hatte Jack ihn beiseite genommen und es ihm erzählt.

»Die Leute sagen, du hättest sie umgebracht, Joe. Sie hätte eine Schwellung an der Schläfe gehabt, so groß wie ein Taubenei. Und angeblich war sie bewußtlos, bevor… bevor, du weißt schon…«

»Bevor ich sie aufgehängt habe!« hatte Joe wütend ergänzt. »Gott ist mein Zeuge, Jack, ich habe niemals Hand an sie gelegt.«

Jack klopfte ihm beschwichtigend auf die Schulter, aber Joe sah den Zweifel in den Augen seines Bruders.

»Du denkst, ich habe es getan, stimmt's? Gott! Du denkst, ich habe es getan!«

»Nein, Joe, nein, natürlich nicht, aber viele werden es denken. Sehr viele. Vielleicht solltest du ein wenig verreisen, von hier fortgehen. Ich habe ein bißchen Geld gespart, eigentlich war es für das Baby gedacht, aber jetzt wollen wir es dir geben. Geh weg von hier, das wäre das beste.«

»Nein. Ich laufe nicht weg. Wenn die Leute mir was zu sagen haben, wenn sie mir etwas vorwerfen, dann sollen sie kommen und es mir ins Gesicht sagen. Ich bin bereit.«

Aber das war gestern gewesen, als er noch geglaubt hatte, die Gerüchte würden sich wieder verflüchtigen. Er hatte einfach nicht verstehen können, wie jemand wirklich denken konnte, daß er imstande sei, Rebecca auch nur ein Haar zu krümmen. Jetzt kauerte er hinter dem Fenster seines kleinen Schlafzimmers, das fast vollständig von dem Bett ausgefüllt wurde, in dem er so oft mit ihr geschlafen hatte. Die Erinnerungen an sie, an ihr Lachen, an ihre Liebe, an ihren Geruch, der noch immer überall im Haus zu spüren war. Als Joe die Männer unten beobachtete, wie sie seine Tür aufzubrechen versuchten, wußte er, daß sie ihn für schuldig hielten.

Er wußte, daß er nicht warten durfte, daß er weglaufen mußte, schuldig oder nicht schuldig. Und im Grunde war Joe sich selbst nicht mehr sicher, was diese Wörter bedeuteten. Bleiben konnte er jedenfalls nicht. Er mußte weg.

Sein Haus war das letzte in einer Dreierreihe. Rechts wurde der Garten von einer Mauer begrenzt. Dahinter lagen Felder und freie Natur. Versteckmöglichkeiten. Er würde es schon irgendwie schaffen, von dort zu Jack zu gelangen. Er würde ihn um Geld bitten. Ihn um Hilfe bei der Flucht bitten. Das Fenster lag nicht sehr hoch, denn erstens befand es sich direkt über dem Tragbalken, und zweitens hatten sich die Grundmauern des kompakt gebauten Hauses im Lauf der Zeit abgesenkt.

Und Joe war verzweifelt.

Er schob den Riegel auf, balancierte auf der niedrigen Brüstung, ließ sich dann vorsichtig hinunter und stieß sich von der Wand ab. Sprang praktisch über die Köpfe derer hinweg, die noch immer an seine Tür hämmerten.

Als er am Boden auftraf, fuhr ihm ein stechender Schmerz vom Knöchel ins Bein, aber das konnte seine Flucht nicht aufhalten. Er riß sich zusammen und rannte die Straße hinunter in Richtung der Felder. Die anderen waren freilich dicht hinter ihm, er konnte sie hören, ihr Geschrei, ihr Gebrüll. Die Jagd war eröffnet.

Als sie ihn eingeholt hatten, schlug er um sich. Spürte das befriedigende Krachen, als seine Faust auf irgendeinen Knochen traf, und registrierte, daß die Verfolger zurückwichen. Sie umstellten ihn, aber in vorsichtigem Abstand. Einer lag am Boden und hielt sich die Hände vors blutende Gesicht. Während er sich so gut es ging auf seinem verletzten Bein im Kreis drehte, dachte er an Schlägereien, die er gewonnen hatte. Zorn und Schmerz gossen ihm Adrenalin ins Blut und hielten ihn auf den Beinen.

»Holt mich doch, ihr Schweine! Holt mich doch!«

Wieder schlug er zu, als jemand auf ihn losging, aber das war nur eine Finte, die ihn ablenken sollte; der Schlag ging daneben und brachte ihn für den Bruchteil einer Sekunde aus dem Gleichgewicht. Mehr war nicht nötig. Von drei Männern angegriffen, stürzte Joe zu Boden, krachte mit dem Gesicht in den Staub, und schon wurden ihm die Arme verdreht und die Hände auf den Rücken gezerrt.

»Dafür hängen wir dich auf«, sagte jemand undeutlich, während er sich die stark blutende Nase hielt.

»O Becky«, flüsterte Joe. »O Becky, Becky. Warum?«

Alec las ihnen übers Telefon vor, was er sich notiert hatte. Michael und Marcie saßen aneinandergeschmiegt da, den Hörer zwischen sich, und lauschten seinem kurzgehaltenen Bericht.

»Armer Joe«, sagte Marcie leise, als er fertig war. »Die haben ihn schon vor dem Prozeß verurteilt. Hast du schon mit ihm gesprochen, Dad?«

»Nein, noch nicht. Ich will's morgen versuchen. Heute war ich den ganzen Tag bei der Zeitung. So lange, bis sie mich vor einer Stunde rausgeschmissen haben.«

»Ich habe sie wieder gesehen«, erzählte Marcie. »Rebecca, sie war hier in der Wohnung.«

»Und? Alles in Ordnung?«

»Ja, ja. Schon gut. Ich hatte einen schlimmen Traum, bin mit einem Riesenschreck aufgewacht, und... na ja... da war sie. Aber das Komische ist, Dad, daß ich dann plötzlich keine Angst mehr hatte. Nur noch Mitleid mit ihr, sonst nichts.«

Michael nahm sie noch fester in den Arm. »Wenn wir dir nur helfen könnten«, sagte er zu Alec. »Ich habe mich am Freitag für den Frühdienst eintragen lassen, das heißt, wir könnten nachmittags nach Lincoln kommen.«

»Das wäre großartig. Dann ziehen wir noch mal mit Joe los. Aber das können wir morgen abend besprechen, wenn ich wieder zurück bin.«

»Willst du wieder auf dem Sofa schlafen?«

»Danke, nein. Mein Rücken hat sich immer noch nicht vom letztenmal erholt. Adele hat mir ein Bett angeboten, und ich habe dankend angenommen.« Er machte eine verlegene Pause. »Das ist eine sehr nette Frau, deine Adele«, sagte er dann. »Habt ihr in der Klinik angerufen?«

»Ja«, sagte Michael. »Alles beim alten, Alec. Ich habe den Eindruck, die Ärzte staunen selber, wie lange er durchhält.«

»Scheint mir auch so«, erwiderte Alec. »Also, wir sehen uns morgen abend. Und, Marcie, gib den Kindern einen Kuß von mir...«

Damit legte er auf, und Marcie schien ein wenig verwirrt.

»Ich möchte ihn gernhaben«, sagte sie. »Ich *habe* ihn gern. Aber es gibt da... wie soll ich sagen, es gibt da soviel Mist, durch den ich waten muß.«

»Ich glaube, das weiß er selbst«, sagte Michael. »Ich glaube, daß auch er noch eine ganze Menge alten Ballast loswerden muß. Dinge, auf die er nicht gerade stolz ist.«

Marcie sah ihn nachdenklich an und nickte. »Wie sagt man bei den Anonymen Alkoholikern? Jeder Tag ist ein Schritt?«

Joe rannte, Jacks Miene machte ihm angst.

Er hatte nur einen Gedanken: Er mußte hier weg. Er mußte verschwinden, bevor Jack sich auf ihn stürzte.

Zweimal fiel er hin, schrammte sich an verborgenen Ästen die Knie auf. Zweige schlugen ihm ins Gesicht, peitschten die Haut um seine Augen und rissen an seinen Haaren. In seiner Vorstellung griff Jack nach ihm, warf ihn zu Boden, zerrte ihn an Haaren und Kleidern.

Jack wollte ihn umbringen.

Er wußte nicht mehr, wie er von Bennys Hütte geflohen war, wie er aus dem Wald gekommen und zum Dorf zurückgelaufen war. Er hatte nur den einen Gedanken, daß er sich verstecken mußte und auf keinen Fall nach Hause gehen durfte.

Vor ihm tauchte aus dem Dunkel der weiße Umriß des Mühlengebäudes auf, und Sekunden später hatte Joe die Tür aufgerissen und sich hineingeschoben; er tastete sich über den schmalen Sims am Mühlrad vorbei und zwängte sich in den winzigen freien Raum dahinter, der für Wartungsarbeiten gedacht war.

Dort legte er sich hin, machte sich klein und zwang sich, auch wenn ihm die Lungen brannten und der Hals furchtbar weh tat, den Atem möglichst flach zu halten.

Joe schloß die Augen, Schmerzwellen fuhren durch seinen Körper. Etwas später glaubte er Jacks Schritte zu hören, leise und regelmäßig auf dem Seitenstreifen der Straße. Als er an der Mühle vorbeikam, hörte Joe, wie Jack seinen Namen flüsterte. Aber so, wie es in seinem Innern vor Schmerz und Panik schrie, hätte das auch ein Hund sein können, der in die Nacht hinausbellte. Oder der Wind, der im Holzdach der Mühle heulte. Nein, das konnte nicht die Stimme seines Bruders sein.

Der Morgen kam, drängte sich durch die Risse in den Wänden und durch Joes fest geschlossene Lider. Aufwachend erkannte er, daß er trotz seiner Angst eingeschlafen sein mußte.

Er wußte nicht, wie spät es war, aber da es hell war, mußten die Menschen schon aufgestanden sein und sich zur Arbeit bereit machen. Wenn er noch wegkommen wollte, mußte Joe sich beeilen.

Er zwängte sich wieder an dem Mühlrad vorbei und schob die Tür auf; von der Sonne geblendet und noch ganz wirr im Kopf, spähte er unsicher hinaus. Das Gebrüll seines Onkels holte ihn in die Gegenwart zurück, und dann packten ihn kräftige Hände und krallten sich so fest um seine Arme, daß er vor Schmerz aufschrie.

»Treibst dich die ganze Nacht draußen rum! Schleichst dich wie ein kleiner Dieb davon und versetzt deine Tante in Todesängste! Was glaubst du, was sie gedacht hat, als sie dich wecken wollte und du nicht im Bett warst? Ich kann dir sagen, was sie gedacht hat!«

Joe bezog heftige Prügel, aber er hatte schon Schlimmeres erlebt und nahm es tapfer hin, verbiß sich die Tränen und bat seinen Onkel und seine Tante um Verzeihung, daß er ihnen solche Sorgen gemacht hatte. Offenbar hielten sie das Ganze für einen törichten Knabenstreich.

Ebenso stand fest, daß sie nicht wußten, daß auch Jack in dieser Nacht nicht dagewesen war.

Als Joe unter den Wimpern hervor nach seinem Bruder schielte, sah er ihn mit höhnischem Grinsen weiter hinten im Zimmer stehen.

Am Mittwoch ging Alec wieder ins Archiv. Rebeccas Tod hatte zehn Tage lang fast täglich Stoff für Artikel hergegeben, die meisten davon brachten aber nichts Neues. Spekulationen über den anstehenden Prozeß. Expertenmeinungen von Leuten, die behaupteten, die Geschehnisse am Tag von Rebeccas Ermordung von beiden Seiten her zu kennen.

Im Haus hatte man Gegenstände beschlagnahmt, von denen man annahm, daß Rebecca damit erschlagen worden sein könnte. Alltagsgegenstände: Schürhaken, Nudelhölzer, eine Keramikflasche. Dinge, die man überall hätte finden können. Andere meinten, wahrscheinlich sei sie mit der Faust oder irgendeinem Ast erschlagen worden, und wiesen auf die Entfernung zwischen dem Haus und der Eiche hin. So weit könne auch ein starker Mann eine bewußtlose Frau nicht tragen.

Alec dachte an die Abgelegenheit des Tatorts. Wenn Joe, wenn *irgendwer* sie umgebracht hätte – auch Jack kam dafür in Frage, eine unangenehme, nach der Sache mit Patrick Simpson aber keineswegs absurde Vorstellung –, dann mußte es oben auf dem einsamen windigen Hügel geschehen sein. Nicht unten im Tal, wo man sie gesehen oder ihr Geschrei gehört haben würde.

Joe und Becky hatten sich gestritten. Dafür gab es jede

Menge Zeugen. Aber nicht an dem Tag, an dem sie gestorben war. Als Joe zu seiner Schwiegermutter nach Ludford gefahren war und Rebecca nach Hause zurückgeholt hatte, war ihr schlecht gehütetes Geheimnis unmöglich länger zu verbergen gewesen. Da hatten sie sich nach Aussagen vieler Zeugen gestritten. Aber am nächsten Tag hatte man Joe zusammen mit Jack frühmorgens aus dem Haus zur Arbeit auf der Farm gehen sehen. Und Rebecca hatte sich nicht blicken lassen, obwohl viele bei ihr an die Tür geklopft hatten.

Am Morgen darauf war sie tot.

Wenn Joe unschuldig ist, fragte die Zeitung, warum hat er dann seine Frau nicht als vermißt gemeldet, als er am Abend zuvor von der Arbeit nach Hause kam? Hat er tatsächlich geglaubt, daß sie wieder zu ihrer Mutter gegangen war? Deswegen war er an diesem Abend angeblich nach Ludford gefahren, weil es schon zu spät war, um die Suche fortzusetzen.

Als nichts Neues zu berichten war, wurden die Artikel spärlicher. Der Prozeßbeginn war für den nächsten Monat festgesetzt, und bis dahin ließ sich das, freilich gespannte, Interesse gerade noch aufrechterhalten.

Alec setzte seine Recherchen zur Zeit des Prozeßbeginns fort, mußte aber, als sich etwas ziemlich Makabres ergab, bald wieder zurückgehen.

Im Lauf der Vorverhandlung wurde Dr. Fielding gebeten, das exakte Alter des Kindes zu ermitteln, beziehungsweise dies wenigstens so genau wie nur irgend möglich zu tun. Der Arzt hatte auch schon die Autopsie der Leiche der Mutter durchgeführt. Und er hatte an Mrs. Armitages Schläfe die starke Prellung festgestellt, von der er annimmt, daß sie von einem Schlag herrührt, der sie zumindest bewußtlos und damit unfähig zum Widerstand gemacht haben muß, als ihr Mann sie, wie gemutmaßt wird, an der Eiche in Bale's Wood aufgehängt hat.

»Wie gemutmaßt wird«, kicherte Alec. Warum auf einmal so juristenhaft und vorsichtig?

> Es wird zu Protokoll gegeben, daß Mrs. Armitage für eine Frau in der zwanzigsten bis fünfundzwanzigsten Schwangerschaftswoche untergewichtig war und daß der exakte Entwicklungsstand des Fötus durch eine nur äußerliche Untersuchung unmöglich zu ermitteln war. Der Arzt mußte daher den Fötus aus dem Mutterleib entfernen, um dessen Alter zu bestimmen und den Fötus selbst zu konservieren, für den Fall, daß er als Beweismittel herangezogen werden müsse. Die Anklage beruht gänzlich auf der Annahme, daß als Motiv für die Mordtat nur das Zutagetreten der Untreue seitens Mrs. Armitage in Frage kommt.
>
> Diese Untersuchung wurde ordnungsgemäß durchgeführt, seinerzeit aber nicht der Öffentlichkeit bekanntgemacht.
>
> Am Abend des 26. März, am Abend des Tages, an dem unsere Zeitung von dieser ziemlich unerquicklichen, aber notwendigen Maßnahme berichtete, brachen eine oder mehrere Unbekannte in Dr. Fieldings Praxis ein und verschafften sich von dort aus Zugang zu seinem Labor, in dem die präparierten Überreste des Fötus aufbewahrt wurden. Das Labor wurde verwüstet und zahlreiche wertvolle Gerätschaften zertrümmert. Mehrere Präparate wurden gestohlen, darunter auch das des Ungeborenen.
>
> Die zur Beweissicherung im Kühlhaus des Stafford-Hotels konservierte Leiche von Mrs. Armitage steht seither unter ständiger Bewachung.

Das war ja, dachte Alec, eine verblüffende Wendung. Wer sollte ein Interesse daran haben, Rebeccas Kind zu stehlen? Und was wurde sonst noch mitgenommen? In dem Artikel war die Rede von mehreren anderen Präparaten. Er suchte, bis er in der Ausgabe vom übernächsten Tag einen Hinweis darauf fand…

Dr. Thomas Fielding kehrte die Glasscherben auf dem Orientteppich in seinem Labor zusammen. Labor war eigentlich ein zu pompöses Wort für ein Zimmer, in dem lediglich Bücher und Mikroskope und einige Präparate in Gläsern auf hohen Regalen aufbewahrt wurden. Aber er betrachtete es als solches und sich selbst als jemanden, der wissenschaftlich arbeitete. Er strebte ernsthaft nach Erkenntnis und war vom Ausmaß der Verwüstung zutiefst entsetzt. Glasgefäße, die er eigens aus London bestellt hatte und auf deren Lieferung er oftmals wochenlang hatte warten müssen, lagen in tausend Splittern überall auf dem Boden herum.

Zur Zeit des Überfalls hatte die Familie beim Abendessen gesessen. Das wußte er genau, denn er hatte bis kurz davor gearbeitet und war unmittelbar danach ins Labor zurückgekehrt. Das Labor befand sich wie die Praxis in einem Anbau des Wohnhauses und war vom Speisezimmer durch mehrere Wände und Räume getrennt. Sie hatten nichts gehört.

»Sie können den Teppich jetzt nehmen, Millie. Schütteln Sie ihn aber vorsichtig aus – es könnten noch Splitter im Gewebe hängen.«

»Ja, Sir«, erwiderte sie, wobei sie sorgfältig dem Anblick der Präparate, der Bandwürmer, Tumore und tierischen Überreste in den Stellregalen auszuweichen versuchte.

Sie eilte davon. Fielding ließ seine Hausangestellten nur selten in dieses Zimmer, und er wußte, sie waren ausgesprochen froh darüber.

Als er ein höfliches Hüsteln vernahm, drehte er sich um. »Ah, Sergeant Willis. Kommen Sie rein.«

Willis, ein stämmiger Mann mit prächtigem Schnauzbart, trat durch die Tür und sah sich mit argwöhnischem Interesse um; die Hände behielt er auf dem Rücken, als habe er Angst, irgend etwas umzustoßen.

»Diese Liste, Sir. Sie sagten, Sie hätten jetzt einen ungefähren Überblick, was sonst noch mitgenommen wurde.«

»Ja, richtig. Ich habe ein Verzeichnis angelegt, aber ich glaube, das ist soweit vollständig. Nur die drei Gläser.« Er lachte grimmig. »Wer auch immer hier eingebrochen ist, hat bestimmt nicht gewußt, wonach er eigentlich suchen sollte«, sagte er. »Was fehlt, sind drei Präparate: der Fötus, für den Sie sich interessieren; ein zweiter Fötus, eine geringfügig jüngere Fehlgeburt etwa aus der zwanzigsten Woche. Die Mutter ist leider gestorben. Armenbegräbnis – der Fötus war ein nützliches Lehrmittel.«

Der Sergeant nickte ernst.

»Nummer drei war der Embryo eines Schweins.«

»Eines Schweins, Sir?«

Fielding nickte. »Im Frühstadium dem des Menschen sehr ähnlich«, sagte er. »In der fünfundzwanzigsten Woche sieht ein menschlicher Fötus freilich schon ganz wie ein Mensch aus. Durchaus nicht wie ein Schwein. Ich vermute, Sergeant, die Einbrecher haben einfach alles mitgenommen, was eine Nabelschnur hatte, um später in aller Ruhe das Richtige heraussuchen zu können.«

»Verstehe, Sir«, sagte er; sein großer Schnurrbart zuckte, er versuchte krampfhaft, nicht vor Abscheu den Mund zu verziehen. Dieses kalte Gespräch über etwas, das für ihn die Überreste eines Kindes waren, war ihm sehr unangenehm.

»Offenbar hatten sie es eilig«, fügte Fielding hinzu.

»Aber nicht so sehr, daß sie keine Zeit mehr gehabt hätten, hier alles kleinzuschlagen.«

»Richtig«, sagte Fielding frustriert. »Deshalb glaube ich ja auch, daß es zwei gewesen sein müssen. Jedenfalls sind diese Gläser sehr schwer. Drei davon wären sicher zuviel gewesen. Nein. Ich denke, wir können von zwei Tätern ausgehen. Aber das Motiv kann ich mir beim besten Willen nicht vorstellen, Sergeant. Schließlich stehen die Ergebnisse der Untersuchung längst in den Akten.«

»Vielleicht haben die Verbrecher das nicht gewußt, Sir.«

Drei Präparate, dachte Alec. Er selbst hatte vom Aussehen eines fünfundzwanzig Wochen alten Fötus nur eine ganz allgemeine Vorstellung. Ob er tatsächlich schon wie ein Baby aussah?

Er dachte an Dokumentationssendungen über Krankenhäuser, die er in letzter Zeit gesehen hatte. Eine Spezialabteilung für Frühgeburten aus der vierundzwanzigsten Woche, eine andere für solche aus der sechsundzwanzigsten. Selbst die etwas älteren waren zerbrechliche, schrumplige kleine Dinger gewesen, mit durchsichtiger Haut und Gesichtern wie uralte Affen. Und dennoch, ja, sie hatten wie Menschen ausgesehen.

Rätselhaft. Hatten die Diebe tatsächlich einfach alles mitgenommen, was irgendwie menschlich aussah? Er schauderte.

Und dann dachte er an die junge Marcie und das Kind, das sie erwartet hatte.

Plötzlich wollte er nur noch weg. Er packte rasch alles zusammen, sortierte die Mikrofiches wieder ins Schubfach und stellte es beiseite. Dann rief er der Archivarin auf Wiedersehen zu und verließ das Gebäude, so schnell er konnte.

Draußen im kräftigen Sonnenschein fühlte er sich gleich besser, hier konnte er wieder denken.

»Es tut mir so leid«, sagte er zu seiner Tochter, und er sagte es, obwohl sie viele Meilen von ihm entfernt war. »Es tut mir so furchtbar leid.«

Joe wurde trotz der Prügel zur Schule geschickt. Schweigend ging er hinter Jack her; er tat so, als sei Jack gar nicht da, und gab sich alle Mühe, die Schrammen und sein schmerzendes Hinterteil zu vergessen.

Er stand noch immer unter dem Schock der nächtlichen Ereignisse, wurde sich aber langsam bewußt, daß Jack ihn nicht so ohne weiteres davonkommen lassen würde. Er mußte als erster handeln, und zwar wohlüberlegt.

Seine Chance kam in der Mittagspause, als die Klasse sich auf dem Schulhof versammelt hatte. Jack war zum Kampf bereit, genauso gespannt wie Joe. Es brauchte nicht viel, ihn zu einer Schlägerei zu provozieren.

Binnen Minuten hatte sich um die Kämpfer ein dichtgeschlossener Kreis gebildet. Beide Brüder waren als Raufbolde bekannt, aber Jack, der ältere und stärkere, hatte noch nie gegen Joe verloren. Trotzdem konnte es eine gute Prügelei werden…

Die Jungen standen sich gegenüber, taxierten längst Bekanntes, zuckten mit Händen und Füßen, um den anderen zum ersten Schlag zu provozieren.

Joe wartete kaltblütig; er wollte Jack reizen, ihn im Kreis herumtreiben, bis er sich vor Wut blindlings auf ihn stürzte. Der erste Schlag traf ihn voll an der Schläfe und schickte ihn beinahe zu Boden, aber da er Jacks Kampftechnik kannte, hatte er damit gerechnet und traf, als er wieder hochkam, Jacks Kinn mit der vollen Wucht eines Schlags, der von Angst und Haß und dem ganzen Gewicht seines Körpers getrieben wurde. Jack brach zusammen wie ein geschlachtetes Schwein, und Joe, dessen Wut und Kraft plötzlich verschwunden waren, sank neben ihm zu Boden.

Am Abend wurde er erneut von seinem Onkel verprügelt. Das heißt, er verprügelte sie beide, weil sie sich auf dem Schulhof geprügelt hatten, aber Joe, der ohne Abendessen, grün und blau geprügelt und mit einem dicken Verband um die aufgeplatzten Knöchel der rechten Hand im Bett lag, trug all diese Schmerzen mit großer Befriedigung.

Es war nicht ihre letzte Schlägerei gewesen, aber Joe hatte den Sieg errungen, den er sich ersehnt hatte. Die Nacht von Bennys Tod wurde zwischen ihnen nie mehr erwähnt, nicht einmal, als man die Leiche fand.

Joe hatte sich bei seinem Bruder Respekt verschafft, wenigstens für eine Weile...

33

»Ich habe was über dich gelesen, Joe«, erzählte Alec. »Alte Ausgaben des *Echo*. Du warst ja eine Zeitlang mal richtig berühmt.« Er lachte nervös.

Joe musterte ihn nachdenklich, dann griff er nach dem eisernen Teekessel und schenkte ihnen beiden ein.

»Und zu welchen Schlüssen bist du nun gekommen?« fragte er. »Ist Joe Armitage des Mordes schuldig oder nicht?«

Alec nahm die angebotene Tasse. Seine Hände zitterten, und etwas Tee schwappte in die Untertasse.

»Mist!«

»Nervös, wie?« bemerkte Joe. »Hast du Angst, ich hätte dir was in den Tee getan, Alec?« Er kicherte boshaft, wurde dann aber wieder sachlich. »Also, Alec, war ich's oder nicht?«

»Warst du's?« Alec schüttelte den Kopf. »Nein, ich glaube nicht, daß du es warst, Joe. Sicher, in einem Wutanfall wärst du vielleicht fähig, jemanden umzubringen. Aber ich glaube nicht, daß du deine Frau getötet hast.«

Er sah seinen Onkel an, als warte er auf dessen Bestätigung.

Joe antwortete aber nicht, sondern brachte geschäftig die Teesachen auf dem Alutablett wieder in Ordnung.

»Du hast versucht wegzulaufen«, fuhr Alec fort. »Also, das versteh ich nicht. Warum wolltest du weglaufen?«

»Für die Schweine stand doch fest, daß ich schuldig war«, sagte er. »Und ich war mir damals selbst nicht so sicher, ob sie nicht recht hatten. Hätte ja sein können, daß ich Becky dazu getrieben hatte, oder? Sie war ja doch ziemlich sensibel, meine Becky.«

Alec sah ihn traurig an. Joes Stimme klang belegt, und überhaupt wirkte er jetzt tief melancholisch.

»Die Beule an ihrem Kopf...«, setzte Alec nach. »Man nimmt an, daß sie vorher geschlagen wurde.«

»Als ob ich das nicht wüßte. Aber ich habe sie nicht geschlagen, Alec, niemals, und die Schlinge habe ich ihr auch nicht um den Hals gelegt.« Er schüttelte den Kopf. »Vergiß nicht, ich war dabei. Ich habe dem Prozeß beigewohnt und mir angehört, was man über mich gesagt hat. Was man über mich und Becky behauptet hat.«

»Und man hat dich schuldig gesprochen.«

Joe nickte langsam. »Man hat mich schuldig gesprochen und eingesperrt. Nur gehängt hat man mich nicht, obwohl viele Leute das nur zu gern gesehen hätten. Aber der Richter hat etwas von berechtigten Zweifeln gesagt. Hat meinem Anwalt erlaubt, auf Totschlag zu plädieren. Oder hat deine tolle Zeitung dir das nicht mitgeteilt.«

»So weit bin ich nicht gekommen«, sagte Alec. »Noch nicht.«

Joe trank seufzend seine Tasse aus und schenkte sich nach. Alec sah sich in dem winzigen Zimmer um, das Joe in Hill Grove bewohnte. Klein, sauber und ordentlich und nahezu ohne persönliche Gegenstände. Nahezu.

»Das Foto«, zeigte Alec. An der Nachttischlampe lehnte ein Bild von Marcies Kindern in Badehosen, sie spielten in einem aufblasbaren Planschbecken.

Joes Blick wurde weich. »Heute morgen mit der Post gekommen«, sagte er stolz. »Sie hat versprochen, mir eins zu schicken, aber ich hab' ihr nicht geglaubt.«

»Sie ist ein gutes Mädchen«, sagte Alec, als sei Marcie noch ein Kind. Das Kind, das er anscheinend nie richtig gekannt hatte.

»Ich habe meinen Anwalt eine Erklärung aufsetzen lassen, wie es passiert sein könnte. Das hat er so vorgetragen, als ob es die Wahrheit wäre«, sagte Joe. »Und da man meine Aussage nicht hören wollte, habe ich nicht einmal lügen müssen. Mir war damals längst alles egal. Ich wollte sterben, aber sie wollten das nicht. Ich sollte nicht für etwas sterben, von dem sie nicht überzeugt waren, daß ich es getan hatte.«

»Und warum hat es dann keinen Freispruch gegeben?«

»Man hat von einem Indizienbeweis gesprochen. Zu viele Indizien und zu viele Leute, die unbedingt Blut sehen wollten.«

»Und zu welchem Schluß ist man dann gekommen?«

»Daß ich sie geschlagen habe. Ich hätte meine Kräfte unterschätzt. Und als ich gemerkt hätte, daß sie tot war, wäre ich in Panik geraten. Hätte versucht es so aussehen zu lassen, als ob sie sich selbst erhängt hätte.« Er unterbrach sich. »Elizabeth hat sie dazu gebracht. Daß sie Zweifel an meiner Schuld bekommen haben, meine ich.«

»Elizabeth?«

»Beckys Mutter. Hat gesagt, sie glaube nicht, daß ich ihr Mädchen getötet habe. Ich hatte ein Alibi. Hatte den ganzen Tag auf Strawsons Farm gearbeitet. Bin an diesem Abend nicht nach Hause gegangen. Das hätte ich nicht ertragen. Bin nach Ludford zu ihrer Mutter. Wollte wissen, mit wem sie sich getroffen hatte. Ich dachte, Elizabeth müßte es wissen, aber sie wollte es mir nicht sagen.«

»Hat sie es denn gewußt?« fragte Alec.

Joe nickte. »Ganz bestimmt, aber sie wollte es nicht sagen. Ist vor Gericht für mich eingetreten. Hat gesagt, daß ich an diesem Abend bei ihr war und daß ich Becky ein guter Ehemann gewesen bin. Aber da war noch die Fahrzeit. Zu ihr und zurück. Ich hatte niemanden gesehen, mit niemandem gesprochen. Ich hätte genug Zeit gehabt, sie umzubringen und erst danach loszufahren. Da war ja kein Blut. Nichts zu verbergen. Aber dazu hätte ich ein kaltblütiger Mörder sein müssen, Alec, findest du nicht? Meine Frau umzubringen und gleich danach ihre Mutter zu besuchen.«

»Jedenfalls hat man auf Totschlag plädiert.«

»Nicht alle waren damit einverstanden, aber der Richter konnte es nicht mit seinem Gewissen vereinbaren, mich zum Tod durch Erhängen zu verurteilen. So jedenfalls hat man es mir erzählt.«

»Glück gehabt«, sagte Alec.

»Ach ja? Fünfzehn Jahre lang habe ich im Gefängnis gesessen. Nach meiner Entlassung habe ich ständig und überall erklären müssen, wo ich die letzten fünfzehn Jahre gewesen bin. Wer will schon was mit einem Mörder zu tun haben, Alec? Auch wenn er seine Strafe abgesessen hat?«

Er stemmte sich hoch und griff nach seinem Stock. Seine Arthritis machte ihm heute sehr zu schaffen, und er humpelte langsam zu dem Schrank neben dem Fenster.

Als er zu Alec zurückkam, hatte er einen dicken braunen Umschlag in der Hand; er war zugeklebt und trug in großen schwarzen Buchstaben die Aufschrift »Marciella«.

»Fahr jetzt lieber, sonst kommst du in den Berufsverkehr«, sagte Joe und reichte Alec den Umschlag. »Sag ihnen, ich habe mich über ihren Besuch gefreut. Über deinen auch«, fügte er hinzu. »Auch wenn du mit Jack verwandt bist.«

Joe nahm das Foto von Marcies Zwillingen und sah die zwei Kinder zärtlich an.

Ein Rascheln ließ ihn aufblicken. Sie stand am Fenster und blickte auf den Rasen hinaus.

»Ich dachte mir, daß du kommen würdest«, sagte Joe leise. »Ich habe dich schon einige Male gesehen, das aber immer für Einbildung gehalten, bis ich erfahren habe, daß andere dich auch manchmal sehen.«

Becky wandte sich lächelnd zu ihm um, in ihren Augen aber lag immer noch Trauer.

»Du hast es bald geschafft, stimmt's?« fragte Joe. »Willst du dich rächen, Mädchen? Wenn ja, würde ich sagen, das ist dir gelungen. Am Ende wird er sie verlieren, genau wie ich dich verloren habe.« Er schüttelte ungläubig den Kopf. »Und selbst nach all dieser Zeit, Becky, meine Liebste, kann ich einfach kein Mitleid für ihn aufbringen.«

Als er aus Lincoln hinausfuhr, nahm Alec die falsche Abfahrt und geriet in den zähflüssigen Feierabendverkehr, der sich vom Dom auf einer breiten Ausfallstraße stadtauswärts bewegte. Eine halbe Stunde kroch er im Schneckentempo dahin und atmete die giftige Mixtur aus heißer Sommerluft und Autoabgasen ein, ehe es jenseits des Hügels endlich etwas schneller voranging – allerdings wurde ihm bald klar, daß er sich an der entscheidenden Stelle falsch eingeordnet hatte und jetzt in Richtung Melton fuhr, genau in die entgegengesetzte Richtung, in die er eigentlich wollte.

Er hielt an, ging in eine Telefonzelle und teilte Marcie mit, daß er später kommen würde.

Sie war gerade nach Hause gekommen. »Schätze, in zwei Stunden bin ich da«, sagte er. »Ich habe euch viel zu erzählen. Ja, ja, ich habe mit Joe gesprochen. Jetzt habe ich keine Münzen mehr. Also bis gleich.«

Er stieg ins Auto und wollte erst einmal nachsehen, wie er am schnellsten wieder auf die richtige Straße käme; als er die Straßenkarte aus dem Handschuhfach zog, fiel der Umschlag heraus, den Joe ihm mitgegeben hatte. Alec hob ihn auf. Ein gewöhnlicher A4-Umschlag, mit irgend etwas vollgestopft. Zugeklebt.

»Ich möchte, daß sie ihn öffnet, wenn ihr alle zusammen

seid«, hatte Joe gesagt. »Und ich werde dir auf die Finger sehen, Alec. Du kommandierst dieses Mädchen schon viel zu lange herum. Ich will auf keinen Fall, daß du darüber bestimmst, was davon sie sehen darf und was nicht.

Sag den beiden, ihr und diesem Schwarzen, ich freue mich darauf, sie nächsten Samstag zu sehen. Und es würde mich sehr glücklich machen, wenn sie ihre hübschen Kinder mitbringen könnten.«

Alec sah den braunen Umschlag finster an und fragte sich, was für Geheimnisse er enthalten mochte. Solche Heimlichtuerei machte ihn immer mißtrauisch. Es hatte in seiner Familie schon viel zu viele Geheimnisse gegeben. Er stöhnte laut auf, als ihm bewußt wurde, daß es immer noch einige gab, die auch er selbst nicht zu lüften bereit war.

Nachdem er minutenlang die Karte studiert hatte, ließ er den Motor an und fuhr weiter; er mußte wieder an Joes Erzählungen denken und an die Artikel, die er an diesem Tag gelesen hatte.

Über den Einbruch in Fieldings Praxis hatte er mit Joe nicht gesprochen. Er fragte sich, ob Joe überhaupt davon wußte, nahm es aber als selbstverständlich an. Ein solcher Vorfall ließ sich doch wohl kaum geheimhalten.

Wer hatte den Fötus gestohlen? Was hatte man damit getan?

Alec versuchte sich zu entspannen, rieb die Schultern an der Sitzlehne und konzentrierte sich auf die kurvenreiche Straße.

Und wie lange, fragte sich Alec, hatte man Rebeccas Leiche im Kühlhaus des Hotels aufbewahrt? Seine Gedanken schweiften ab, er stellte sich vor, wie sie da gelegen hatte, die Haut blau vor Kälte, der Körper fahl und farblos, in ein Leichentuch gehüllt, auf die Beerdigung wartend.

Sie muß doch gefroren haben. Ein kalter Tod, wie der von Patrick Simpson, dessen Blut im Schnee versickert war.

»Das ist Jacks Handschrift«, sagte Marcie.

»Sieht nicht so aus, als ob er die jemals abgeschickt hätte«, bemerkte Michael, während er die Briefumschläge untersuchte. Er strich sich die langen Haare aus dem Gesicht und löste vorsichtig den Umschlag aus Liams kleiner Hand. »Nichts für dich, Junge. Nichts für Liam.«

»Joe hat erwähnt, Jack hätte sie ihm gegeben, als er aus dem Gefängnis kam«, sagte Alec. »Aber sonst wollte er mir nichts erzählen. Hat nur gesagt, wir müßten alle zusammensein, wenn ich den Umschlag aufmache.«

Marcie öffnete den ersten Brief und sah nach dem Datum. »August 1938«, sagte sie. »Und bei dir?«

»März '39.«

»Na schön. Bringen wir sie erst mal in die richtige Reihenfolge.«

»Verzögerungstaktik?« fragte Michael.

Marcie sah ihn erstaunt an. »Schon möglich.« Sie betrachtete die zahllosen Briefumschläge, die den kleinen Tisch bedeckten und zum Teil auf den Boden gefallen waren. »Wie viele mögen das sein, um Himmels willen?«

Schweigend, nur die Datumsangaben vorlesend, nahmen sie die Briefe aus den Umschlägen, befestigten sie mit Heftklammern daran und sortierten sie in zeitlicher Reihenfolge.

Als sie damit fertig waren, sah Marcie die anderen nervös an und nahm den ersten Brief. »Der muß kurz nach ihrem Umzug geschrieben worden sein.« Dann las sie von dem vergilbten Papier:

> Ich habe dir unsere neue Adresse schriftlich mitgeteilt, auch wenn du ja nur selten schreibst, aber vielleicht meldest du dich ja doch einmal. Es ist schön hier, Joe, aber nicht so wie bei uns früher. Ich hätte nie gedacht, daß ich mal in eine Stadt ziehen könnte, aber Mary hat es einfach nicht mehr ausgehalten. Zu viele Erinnerungen.

Aber dir muß ich wohl nichts von Erinnerungen erzählen, oder? Ich denke an dich, wie du in dieser Zelle sitzt. Du, der du es kaum eine Stunde im Haus ausgehalten hast. Ich könnte heulen.

Du warst schon immer der Zigeuner, stimmt's? Der Wanderer. Du wärst ihr nie ein guter Ehemann gewesen. Jedenfalls nicht im normalen Sinne. Du wärst wie unser Großvater gewesen, immer unterwegs, im Sommer von einem Jahrmarkt zum andern, den ganzen Winter auf Auktionen. Und immer nur gerade lang genug zu Hause, um seiner Frau wieder ein Kind zu machen. Wäre das ein Leben für eine Frau wie Rebecca gewesen? Sie hätte dich zu Hause gebraucht. Einen Mann, der sich um sie kümmert. Ich denke, das ist die einzige Rechtfertigung für das, was ich getan habe, Joe.

Fest steht, ich kann mit diesem Geheimnis nicht leben. Zumindest mit dir muß ich es teilen, du hast ein Recht darauf. Daher habe ich heute einen Entschluß gefaßt. Ich werde dir alles schreiben, was du wissen sollst, und dir von unserem Leben und den Neuigkeiten darin erzählen. Auf diese Weise bleibst du in Verbindung mit der Außenwelt und findest dich besser zurecht, wenn sie dich rauslassen. Und das werden sie, Joe. Eines Tages wirst du wieder ein freier Mann sein. Und dann können wir das alles vergessen und begraben.

Sie brach ab. »Er hat gedacht, Joe könnte ihm vergeben«, sagte sie ungläubig. »Daß er seine Sünden beichten könnte, und dann würde alles weitergehen, als wenn gar nichts gewesen wäre.«

»Kein Wunder, daß Joe nichts von ihm wissen will.«

Michael nickte langsam. »Beichten kann etwas sehr Gefährliches sein«, sagte er leise.

Mary saß mit Alice an Jacks Bett und sprach über die Vergangenheit und über Leute, die sie früher gekannt hatten.

»Erinnerst du dich an Mutter Atrie?« fragte sie. »Über achtzig ist sie geworden und ihr ganzes Leben auf Reisen gewesen. Erst nach Hause gekommen, als sie wußte, daß sie sterben würde.«

»Ja, ich erinnere mich«, sagte Alice. Eine alte Frau mit runzligem Gesicht, die viel von Heilkunst, Brauerei und Geburtshilfe verstanden hat. »Aber sie hatte ein gutes Leben, Mary. Die Frau hatte bestimmt nichts zu bereuen, als sie gestorben ist.«

Marys Züge lösten sich zu einem Lächeln. »Weißt du, was sie gesagt hat? ›Ich möchte bei meiner Totenfeier dabeisein‹, hat sie jedem erzählt, und, weiß Gott, auch das hat sie geschafft. Hat alle anderen unter den Tisch getrunken und ist mit einem leeren Glas in der Hand gestorben.«

Sie war Jack und Joe sehr ähnlich gewesen, dachte Mary und rief sich ins Gedächtnis zurück, wie sie gekommen waren, um ihr ihren Segen zu geben, nachdem sie gestorben war. Joe war damals sechzehn gewesen, Jack ein paar Jahre älter. Beide fast erwachsen und bereits tagein, tagaus in die Arbeit eingespannt.

»Joe hat an diesem Nachmittag eine Schlägerei gehabt«, sagte Alice. »Hat drei Männer, die doppelt so groß waren wie er, zu Boden gerungen. Ein zäher Bursche, wie alle diese Schausteller.« Ihr Blick schweifte in die Ferne, zurück zu diesem heißen Nachmittag: die Männer schweißgebadet und Jack, wie er seinen Bruder anfeuerte und nebenher Wetten auf ihn entgegennahm. Am Ende war ein Auge von Joe halb zugeschwollen, und am Kopf hatte er eine dicke Beule. Ein paar Zähne waren locker, die Lippe war aufgeplatzt; er spuckte Blut.

Mary lachte auf. »Und wie böse ihn am nächsten Tag die alten Leute in der Kirche angesehen haben. Das Gesicht völlig zerschlagen, die Knöchel zugerichtet, als wären sie von einem Hund abgenagt worden.« Ihr Lachen erstarb, als sie daran dachte, wie Rebeccas Augen beim Anblick Joes vor Bewunderung gestrahlt hatten.

»Die waren nicht so wie wir«, sagte sie laut, wohl wissend, daß Alice keine Erklärung nötig hatte. »Übermütig und wild, könnte man sagen. Nicht wie Jack, du und ich. Ich war glücklich mit meiner Entscheidung, ihn zu heiraten. Das ist ein ehrlicher, fleißiger Mann, habe ich gedacht.« Ein ehrlicher Mann… bis ich von Jack und dieser Frau erfahren habe. Joe, wie er aus dem Gefängnis kam, überzeugt, daß die Welt ihm eine Erklärung schuldig sei. Gott, Joe war an diesem Abend so außer sich vor Wut, daß ich dachte, sie würden sich gleich wieder prügeln. Aber selbst da, obwohl ich über die beiden Bescheid wußte, habe ich meinen Stolz hinuntergeschluckt und zu dir gehalten, Jack. Und hier bin ich, immer noch an deiner Seite…

Sie schüttelte sich, als sie merkte, daß Alice wieder zu sprechen begonnen hatte.

»In dieser Nacht hat man ihren Wagen in Brand gesteckt. Die Flammen sind über die Bäume geschlagen. Und jetzt fällt mir etwas Komisches ein, Mary. Ich erinnere mich, wie Joe Jack so seltsam angesehen und zu ihm gesagt hat, das sei wie damals, als der alte Benny gestorben ist. Man hat ja damals nach seinem Tod die Hütte niedergebrannt, in der er gelebt hatte. Mir ist diese Bemerkung sehr sonderbar vorgekommen, und Jack hat Joe ziemlich wütend angesehen. Warum, habe ich nie begriffen.«

34

Am Donnerstag fuhr Alec wieder nach Lincoln und verbrachte den Tag im Archiv. Abends rief er Michael und Marcie an, konnte im Grunde aber auch nur bestätigen, was Joe ihnen über den Prozeß erzählt hatte.

Marcie selbst hatte einen langen Tag hinter sich. Sie hatte Überstunden gemacht und war erst kurz vor acht nach Hause gekommen. Michael hatte sich nach der Arbeit um die Zwillinge gekümmert. Der größere Teil von Jacks Briefen war immer noch ungelesen.

»Morgen arbeite ich bis drei«, teilte sie Alec mit. »Michael ist um zwei fertig. Um den Samstag auszugleichen, legt er nächste Woche eine zusätzliche Abendschicht ein. Wir dürften kurz nach fünf bei dir sein.« Sie zögerte leicht und fügte dann hinzu: »Das wird ein teures Wochenende, Dad. Und ich weiß nicht, ob diese Pension das Richtige ist, wenn wir die Zwillinge dabeihaben.«

»Schon geregelt«, sagte Alec. »Ich war heute nachmittag an der Küste und habe in Anderby Creek ein Ferienhaus gebucht. Liegt ein bißchen abseits, dafür aber unmittelbar am Meer. Die Terrassentür führt praktisch direkt auf den Strand.«

»Hört sich gut an, aber wie hast du das jetzt in der Hochsaison geschafft?«

»Einfach war es nicht«, sagte Alec. »Aber ich habe ein wenig herumtelefoniert, und dieses Haus war gerade in letzter Minute gekündigt worden. Ist billiger als eine Pension und wesentlich praktischer. Alles andere laß mal meine Sorge sein. Ach, übrigens, ich habe Eimer und Schaufeln gekauft, ist das in Ordnung?«

Marcie lachte. »Ja, großartig«, sagte sie.

Alec beschrieb ihr den Weg, und sie verabredeten sich

direkt im Ferienhaus. Marcie lächelte, als sie den Hörer auflegte.

Sie nutzte die optimistische Stimmung zu einem Anruf in der Klinik. Gestern hatte sie zum erstenmal in drei Wochen nicht dort angerufen. Ihre Gefühle für Jack waren in den letzten Tagen stark unter Druck geraten, und gestern war ihre Verzweiflung so groß gewesen, daß sie den täglichen Anruf hatte ausfallen lassen. Während sie die Nummer wählte, bekam sie Angst und Schuldgefühle. Wenn Jack nun gestorben wäre und niemand es ihr gesagt hätte? Was würden die Krankenschwestern von ihr halten? Würden sie ihr vorwerfen, daß sie ihn im Stich gelassen hatte?

Sie schüttelte sich wütend. »Sei nicht so kindisch, Marcie.« Sie zwang sich zu einem Lächeln, als sie vom Empfang zur Krankenstation durchgestellt wurde.

»Keine große Veränderung. Ihre Tante und Ihre Großmutter sind praktisch ständig bei ihm; falls Sie also versucht haben, sie zu Hause zu erreichen... Das ist sicher sehr schwer für Sie, so weit weg zu sein.«

»Ja«, stimmte Marcie mechanisch zu. »Sehr schwer.«

»Um ganz ehrlich zu sein, wir sind selber überrascht, daß er so lange durchgehalten hat.«

»Ich bin die nächsten Tage nicht erreichbar«, sagte Marcie aus einem Impuls heraus. »Aber ich kann Ihnen eine Nummer geben, wo Sie eine Nachricht hinterlassen können, wenn das in Ordnung ist.« Marcie nannte ihr Adeles Nummer. »Dort werde ich mehrmals täglich anrufen«, sagte sie. »Und danach melde ich mich wieder von hier bei Ihnen.«

Sie spürte, daß sie einen übernervösen Eindruck machen mußte, aber so etwas war die Schwester vermutlich gewohnt. Immerzu mit Schmerz und Leid konfrontiert, dachte Marcie, mit besorgten Verwandten und Freunden, die alle Angst hatten, den Tod ihrer Lieben zu verpassen.

Sie legte auf, blieb aber am Telefon stehen und fragte sich, ob es nicht besser gewesen wäre, sich mit Mary oder Alice verbinden zu lassen. Nein, dachte sie, ich kann mit den beiden nicht reden. Wenn Jack stirbt, will ich versuchen, meinen Frieden zu machen. Und das wird schon bald genug eintreten.

Als die Schwester bei Jack vorbeischaute, erzählte sie Mary und Alice von Marcies Anruf. Der Morphium-Tropf gab ein krampfhaftes Ächzen und Quietschen von sich. Jack rührte sich nicht. Reglos lag er da, die Augen fast ganz geschlossen, die Lippen leicht geöffnet, in den Mundwinkeln eine Salzkruste.

Die Schwester drückte Mary beruhigend die Hand. »Sie sollten nach Hause gehen und sich ein wenig ausruhen«, sagte sie. »Oder wenn Ihnen das lieber ist, können wir Ihnen ein Bett zurechtmachen. Viele Leute machen das. Sie sehen sehr müde aus.«

»Das schaff ich schon«, sagte Mary. »Vielen Dank, aber es geht mir ganz ausgezeichnet.«

Sie saß auf einem Holzstuhl, Alice auf einem anderen neben ihr. Alice, deren Hände niemals ruhten, strickte mit blauer Wolle, die Nadeln klapperten leise in die Stille.

»Worauf wartet er?« flüsterte Mary und betrachtete Jacks Gesicht mit einer Mischung aus Liebe und Gereiztheit. »Warum kann er nicht endlich loslassen?«

»Marcie«, sagte Alice, und es klang wie ein Stöhnen. »Er wartet auf Marcie.«

»Da kann er lange warten«, sagte Mary grob. »Die kommt bestimmt nicht mehr.«

Alice schwieg dazu; das Klappern der Nadeln hörte kurz auf, als sie die Maschen zählte, dann setzte es wieder ein.

Eigene Kinder, ein Haus, einen Mann, vielleicht auch Arbeit, dachte sie. Das alles hätte ich haben können. Für Mary wäre das sicher schön gewesen. Aber noch war es nicht zu spät für sie, ihr eigenes Leben zu führen, statt sich nur dem Leben von Jack zu fügen. Bald würde er tot sein … und was dann?

Sie schob diese Gedanken rasch beiseite, hüllte sie sorgfältig ein, als fürchtete sie, jemand könnte sie hören. Und sie an Jack verraten. An Mary verraten.

Stille senkte sich über die Frauen, und sie warteten weiter.

Der Freitag schleppte sich langsam dahin, die letzte Arbeitsstunde schien kein Ende zu nehmen. Punkt drei Uhr ergriff Marcie die Flucht.

»Schönes Wochenende«, rief ihr Vorgesetzter ihr nach. »Übrigens haben wir Sie für nächste Woche wieder angefordert, also bis dann.«

»Danke«, grinste Marcie. »Schönes Wochenende.«

Michael wartete draußen bereits auf sie, er stand mit dem Auto im Halteverbot und hielt nach Politessen Ausschau. »Hallo«, sagte er. »Ich dachte schon, ich müßte noch mal um den Block fahren.«

Sie gab ihm einen Kuß und sah nach den Zwillingen auf dem Rücksitz. »Sie schlafen?« fragte sie verblüfft. Hanna und Liam schliefen nachmittags nur sehr selten.

»Haben den ganzen Vormittag die Enten im Park geärgert«, sagte Michael. »Hanna wurde von einer Gans verfolgt und hat so laut gekreischt, daß man es noch in der Krippe hören konnte. Gwen sagt, Liam habe dann auch noch mitgebrüllt, um nicht abseits zu stehen, und jetzt sind sie völlig erschöpft.«

»Hat die Gans sie gebissen?« fragte Marcie. Sie drehte sich um und betrachtete die Schlafende genauer.

»Nein, Hanna hat sie gefüttert. Wahrscheinlich hat die Gans gedacht, sie hätte noch mehr. Aber es ist wirklich nichts passiert.«

»Wie war dein Vormittag?«

»Nicht schlecht, aber ich bin froh, daß ich jetzt Feierabend habe.«

Eine Zeitlang fuhren sie schweigend, jeder mit seinen eigenen Gedanken beschäftigt. Marcie kannte ihren Mann; er würde sicher noch eine Stunde brauchen, bis er sich innerlich von der Arbeit des Tages freigemacht hatte. Sie selbst dachte immerzu an Joe und Jack und die Briefe, die sie in ihre Handtasche gestopft hatte. Sie griff nach unten und zog sie heraus. Bis jetzt hatten sie nur einige wenige davon gelesen, an dem Abend, als Alec sie mitgebracht hatte. Jack erzählte darin ausführlich von sich und Rebecca. Von ihren Rendezvous und ihren Schäferstündchen. Er formulierte seine Schilderungen wie eine Beichte, aber die grausame Tatsache, daß er mit der Frau seines Bruders ein so inniges Verhältnis gehabt hatte, wurde dadurch auch nicht erträglicher.

Aus dem Gefängnis zu kommen, auf einen Neubeginn zu hoffen und dann mit so etwas konfrontiert zu werden, dachte Marcie. Am vernünftigsten wäre es gewesen, wenn Joe die Briefe, sobald er erkannt hatte, worum es darin ging, verbrannt hätte. Aber er hatte sie gelesen, jeden einzelnen – und wahrscheinlich sehr oft gelesen, so zerknittert wie sie waren –, er hatte sich nicht davon trennen können. Schon gewöhnliche menschliche Neugierde hätte ausgereicht, jeden dieser Umschläge zu öffnen, jedes dieser Blätter zu lesen; aber Joe besaß einen Hang zur Selbstzerstörung, den Marcie auch an sich selbst bemerkt hatte. Und an Jack. Vielleicht ging es allen Menschen so, daß sie immer wieder in Wunden herumbohren mußten, um zu sehen, ob der Schmerz noch da war; vielleicht hatte schon dieser Drang ausgereicht, ihn anzutreiben, immer weiterzulesen und sich mit den Erinnerungen zu quälen.

Aber er hatte nie aufgehört, seine Frau zu lieben. Er hatte nur gelernt, Jack zu hassen.

Sie wandte sich wieder dem Brief zu, den sie eben angefangen hatte.

»Lies ihn mir vor«, sagte Michael.

»Da geht es um etwas, das die beiden als Kinder erlebt haben, glaube ich«, sagte sie. »Aber ich werde einfach nicht schlau daraus.«

Ich weiß, du warst wütend auf mich wegen der Sache mit George, aber daran war nun mal nichts zu ändern. Er war alt und hätte sowieso nicht mehr lange gelebt. Ich weiß noch, wie wir uns gestritten haben, Joe. Du hast geglaubt, er leide keine Schmerzen und solle eine Chance haben, sein Leben auf natürliche Weise zu beenden, aber zu was war er dann noch nütze? Er konnte nicht mehr mit auf die Jagd gehen, er hatte steife Gelenke, und es hat uns nur unnötig Geld gekostet, ihn durchzufüttern. Das hat nichts mit Barmherzigkeit zu tun, nutzlose Dinge am Leben zu erhalten.

Natürlich hatte ich Mitleid mit ihm, das weißt du genau. Schließlich war er bei uns, seit wir auf die Welt gekommen sind, aber da war er schon vierzig. Alt und mit vielen Jahren Arbeit auf dem Buckel. Ich habe die Katze aufgehängt, als sie blind geworden ist und vor Altersschwäche nichts mehr fangen konnte. Aber den Hund habe ich nicht auf diese Weise töten können. Ich hatte Mitleid mit ihm, auch wenn du das nie begriffen hast. Ich habe den alten Bill Haines gebeten, ihm eine Kugel in den Kopf zu jagen, und dann habe ich ihn oben auf dem Feld begraben.

Das nenne ich Barmherzigkeit. Es hat keinen Sinn, nutzlose Dinge am Leben zu erhalten.

Marcie faltete den Brief schaudernd zusammen und sah Michael an.

»Er hat die Katze aufgehängt und den Hund erschießen lassen«, sagte sie langsam, mit deutlichem Abscheu in der Stimme. »Er hat die Kätzchen ertränkt. Hat er Rebecca getötet?«

»So schrecklich das alles ist, Marcie, aber zwischen einem Tier und einer Frau, von der er sagt, daß er sie liebt, besteht doch wohl ein gewaltiger Unterscheid.«

»Du glaubst also nicht, daß er es getan hat?«

»Glaubst du es? Schau, ich weiß doch so gut wie nichts über deinen Großvater. Ich glaube nicht, daß Joe dazu fähig war. Aber Jack?« Er drehte sich kurz zu ihr um und sah, wie ihr Gesichtsausdruck sich veränderte. Ihre Lippen und ihre Augen verzogen sich schmerzlich. »Woran denkst du jetzt?«

»An Patrick Simpson«, sagte sie. »Daß ich nichts von ihm weiß. Ich denke an das, was ich Jack vorgeworfen habe, was er mit ihm gemacht hat.«

Michael schwieg. Er hielt den Blick stumm auf die Straße gerichtet, denn er wollte weder zuviel sagen, noch wollte er, was einer Lüge gleichgekommen wäre, zuwenig sagen.

Dieser verdammte Alec, dachte er. Daß er mir das alles erzählt hat. Daß er mir seine Geheimnisse verraten hat. Daß er mich in diesen Kreislauf aus Lügen und Betrug hineingezogen hat.

35

Joe war von Liam und Hanna ganz hingerissen. Seine Augen füllten sich mit Tränen, als Marcie mit den beiden in sein kleines Zimmer kam.

»Du hast sie tatsächlich mitgebracht«, sagte er. »Seht mal, ich habe ein Foto von euch.«

Alec warf einen Blick auf das Bild, das jetzt in einen billigen vergoldeten Rahmen eingefaßt war. »Die kleine Dame ist Hanna«, sagte er, »und das stille Kerlchen ist Liam. Er muß sich erst noch an dich gewöhnen, aber Hanna ist jederzeit bereit, Chaos zu verbreiten.«

Marcie lachte. »Wir dachten, wir nehmen dich auf einen Ausflug mit, wenn du willst«, sagte sie. »Es ist ein wunderbarer Tag.«

»Ja, das wäre schön«, sagte er, ohne die Zwillinge aus den Augen zu lassen. »Ich komme nur noch so selten hier raus.« Plötzlich blickte er auf. »Können wir zum Dom fahren? Da bin ich seit Jahren nicht mehr gewesen.«

»Sicher.«

»Wir nehmen meinen Wagen« sagte Alec. »Da ist vorne mehr Platz für dich. Marcie hat ein Picknick vorbereitet, wenn's dir recht ist.«

»Wunderbar«, sagte Joe. »Gib mir deinen Arm«, sagte er zu Michael. »Ich bin bereit, wenn ihr es seid.«

Liam streckte die Arme nach oben, er wollte hochgehoben werden. Als Marcie ihn nahm, klammerte sich Hanna, die auch nicht zurückstehen wollte, an Alecs Hosenbein. »Opa, Arm«, verlangte sie.

Alec schwenkte sie hoch durch die Luft, und als sie begeistert »Noch mal!« kreischte, kamen ihm vor Glück schier die Tränen. Fast konnte er glauben, dies sei ein normaler Familienausflug mit einer normalen Familie, die mehr als nur Blutsverwandtschaft miteinander gemeinsam hatte.

Als sie zu den Autos gingen, sah er sich nach den anderen um. Michael und Joe waren ins Gespräch vertieft, der Jüngere warf gerade lachend den Kopf zurück. Es klang heiter und unbeschwert.

Alec seufzte und drückte Hanna fester an sich; plötzlich hatte er Angst, dieses friedliche Zwischenspiel in einem Leben voller Zwietracht könnte nur allzubald vorbei sein. Er könnte das alles wieder verlieren, noch ehe es richtig angefangen hätte.

»Ich liebe dich, meine Kleine«, flüsterte er Hanna ins Ohr und staunte selbst, wie ernst es ihm damit war.

Als sie am Dom ankamen, war Hanna so weit, daß sie Joe akzeptierte. Sie bestand darauf, an seiner Hand zu gehen, während er sich mit der anderen auf seinen Stock stützte und ohne Hast den breiten Mittelgang entlangschritt.

Bis dahin waren sie nur langsam vorangekommen. Er gehe gern zu Fuß, hatte Joe gesagt. Solange er nicht gehetzt werde, fühle er sich wohl; aber für die kurze Strecke vom Parkplatz zum Dom hatten sie fast eine halbe Stunde gebraucht.

»Der Fußknöchel ist nie mehr richtig verheilt«, sagte er, »nachdem ich ihn mir beim Sprung aus diesem verdammten Fenster gebrochen habe und dann noch eine Viertelmeile weitergelaufen bin. Seither plage ich mich ständig damit herum. Wenn mir das nicht passiert wäre, hätten die mich nie erwischt.«

»Und was hättest du dann getan, Joe?« fragte Marcie.

»Na ja, dann wäre ich irgendwo an der Küste auf ein Schiff gegangen, möchte ich meinen. Damals waren die Kontrollen noch nicht so scharf wie heute. Da konnte man als ungelernter Arbeiter anheuern, und kein Mensch hat einen nach irgendwelchen Papieren gefragt. Hauptsache, man hat fleißig gearbeitet. Natürlich war so was auch damals schon illegal, aber daran hat sich niemand gestört. Sicher, ein Jahr später ist es dann mit dem Krieg losgegangen. Da wären sie bestimmt wachsamer gewesen.« Er zuckte verlegen mit den Schultern. »Den Tanz habe ich verpaßt. Im Gegensatz zu Jack.« Er sah Marcie scharf an. »Hast du die Briefe schon gelesen?«

»Noch nicht alle. Und ich weiß auch nicht, ob ich die wirklich alle lesen will, Joe.«

»Doch, das wirst du«, prophezeite er ihr. »Das wirst du. Genau wie ich. Weil du Bescheid wissen willst. Warum wärst du sonst wohl überhaupt gekommen?«

Wieder unterbrach er sich, legte den Kopf nach hinten und sah zum Deckengewölbe hoch über ihnen hinauf. »Hier haben wir gesungen«, sagte er. »Im Chor, Jack und ich. Jack hatte eine schöne Stimme, hat auch solo gesungen. Für mich war das schrecklich, aber unsere Eltern haben das für eine Ehre gehalten. Sind aber selbst nie hierhergekommen, wohlgemerkt.« Er kicherte bei der Erinnerung. »Für Jack hat der Krieg die Sache beendet, da bin ich mir ganz sicher. Verrückt war er vorher natürlich auch schon, aber der Krieg hat das erst richtig zum Ausbruch gebracht. Und wie.« Er schüttelte den Kopf. »Hast du schon das mit der armen Frau gelesen?«

Marcie nickte. »Gestern abend«, sagte sie. »Danach habe ich kaum einschlafen können, Joe. Entsetzlich, so etwas zu tun, so etwas mit ansehen zu müssen.«

Joe drehte sich zu ihr um. »Im Krieg ist vieles entsetzlich. Die Todeslager waren entsetzlich. Der Blitzkrieg. Die Brandbomben auf Tokio und die burmesische Eisenbahn: alles entsetzliche Dinge. Zweifellos hat es im Krieg auch wertvolle, ehrenhafte, anständige Dinge gegeben, aber was Jack betrifft, würde mir ums Verrecken kein Beispiel dafür einfallen.« Er führte Hanna zu einem Sitzkissen, das von der letzten Messe übriggeblieben war, und ließ sich darauf nieder. »Deinem Onkel Joe tun die Füße weh, mein Lämmchen«, sagte er. »Hast du den Brief dabei?« fragte er.

Marcie wühlte in ihrer Tasche und gab ihn Joe. »Er bringt die beiden durcheinander. Sie und Rebecca haben sich in seinem Kopf vermischt. Ich bezweifle, daß er sie noch auseinanderhalten kann.«

Joe sagte nichts dazu. Er nahm die Brille aus seiner Jackentasche, setzte sie auf, hielt den Brief auf Armeslänge vor sich und sah ihn nachdenklich an. »Nach diesem Brief war mir endgültig klar, daß er den Verstand verloren hatte«, sagte Joe. »Ich hatte mich schon früher gefragt, ob er sie umgebracht hat. Für mich wäre es angeblich so am besten gewesen. Sie für immer loszuwerden, bevor ich wußte, was er getan hatte.«

»Er hat ihr Geld angeboten, damit sie weggeht«, sagte Marcie langsam. »Das erzählt er in einem der Briefe.«

Joe nickte. »Genau wie er mir Geld angeboten hat, unter dem Vorwand brüderlicher Liebe«, sagte er.

»Vielleicht war es ihm ernst damit?« meinte Marcie.

»Mein Bruder hat mir nie etwas angeboten, was nicht ihm selbst Vorteile verschafft hätte«, sagte er. »Nein, Jack doch nicht.« Er sah wieder in den Brief. »Ein Todesfall unter so vielen anderen«, sagte er. »Für ihn war das keine große Sache.«

»Aber die Sache hat ihm zugesetzt«, erklärte Michael. »Sonst hätte er wohl kaum darüber geschrieben.«

»Geteiltes Leid ist halbes Leid. Willst du das sagen?«

Michael schüttelte langsam den Kopf. »Nein«, sagte er. »Das wollte ich nicht sagen.« Er dachte an Alec. Nein, das hatte er wirklich nicht sagen wollen.

»›Die Nacht war so kalt, ganz unglaublich kalt‹«, begann Joe vorzulesen,

> und die Sterne waren so hell, daß ich an die kalten Nächte früher denken mußte, in denen wir auf die Geburt der Lämmer gewartet haben. Wie wir im Schuppen hinter der Viehweide zwischen den Schafen hockten, um uns an ihnen zu wärmen. Wenn man nach draußen sah, war der Himmel vor Frost so klar, daß man bis zu den Engeln sehen konnte. Und dort war auch sie, Joe, hat dort gehangen und wie Becky mit den Füßen nach den Sternen getreten, und ich dachte schon, ich würde das noch einmal sehen. Die hatten den Strick nicht richtig angebracht. So, daß die Schlinge sich um ihre Kehle zugezogen hatte, statt weiter oben unterhalb der Ohren. Sie ist sehr langsam gestorben, und lange hat sie nach den Sternen getreten, Joe. Nach den Sternen getreten.

Joe brach ab und sah Marcie mit seinen hellen Augen an. »Du hast gesagt, du hättest das gelesen«, sagte er.

Marcie sah ihn traurig an; erst jetzt wurde ihr so richtig klar, was das zu bedeuten hatte. »›Wie Becky‹«, wiederholte sie. »Er war da. Er war dabei, als sie starb.«

»Sieht ganz so aus«, sagte Joe. Dann: »Verzeih mir, Marcie. Vielleicht hätte ich dir das niemals zeigen sollen. Vielleicht ist Ungewißheit besser als Wissen.«

Marcie wußte nicht, was sie darauf sagen sollte. Sie schluckte, stand auf und entfernte sich von den anderen. War es besser, im Ungewissen zu sein? Sie hatte Jack so vieler Dinge verdächtigt: des Totschlags an Patrick Simpson, des Mordes an Rebecca und ihrem Kind. Aber immer hatte es Milderungsgründe gegeben, einen Rest von Liebe, mit dem Jack sich ihren Fragen und Beschuldigungen hatte entziehen können.

Sie schritt langsam den Mittelgang hinunter und durch den Chorraum. In einer Seitenkapelle, die sie bereits kannte, standen große Keramiktöpfe, die wie Krüge aus Tausendundeiner Nacht aussahen. Sie waren mit Sand gefüllt, und in den Sand waren Gebetskerzen gesteckt. Ohne selbst so recht zu wissen, wie sie dorthin gekommen war, starrte Marcie in die Kerzen und begann zu weinen, und ihre Tränen spiegelten sich in jedem einzelnen der wenigen Flämmchen und machten Hunderte winziger Lichter daraus.

Als sie hinter sich Joes Schritte vernahm, begleitet vom Tappen seines Stocks, wischte sie sich rasch die Tränen ab. Er trat neben sie, den zusammengerollten Brief in der Hand.

»Warum hast du keinem was gesagt, Joe? Du hättest deine Unschuld beweisen können«, preßte sie mit bebender Stimme hervor.

»Warum? Ich weiß es nicht, Mädchen, ich weiß es nicht. Vielleicht weil ich gedacht habe, daß das keinen mehr interessiert. Vielleicht, wie soll ich sagen, vielleicht weil ich gedacht habe, das alles hätte schon genug Leid über die Leute gebracht. Über Alice und Mary. Warum hätte ich Alec seinen Vater wegnehmen sollen?«

Er streckte die Hand aus und steckte den zusamengerollten Brief wie eine Kerze in den Sand. Dann nahm er eine kleine weiße Kerze aus dem Kasten, hielt sie an eine Flamme und schickte sich an, den Brief damit anzuzünden.

»Nein!« Marcie legte eine Hand auf seine. »Nein. Das ändert auch nichts mehr, Joe. Dafür ist es zu spät, das kann ich nicht zulassen.«

Sachte zog sie den Brief aus dem Sand, strich ihn glatt und legte ihn in ihre Tasche zurück. Dann nahm sie Joe die Kerze aus der Hand und zündete an ihrer Flamme eine weitere an. »Für Rebecca«, sagte sie, »und für Patrick.«

»Patrick?«

»Das ist auch so etwas, das ich nie glauben wollte«, sagte Marcie.

36

Es war schwer, danach wieder zur Normalität zurückzufinden, aber sie versuchten es. Alecs Vorschlag, sie sollten zum Ferienhaus fahren, wurde von Joe begeistert aufgenommen. Sie fuhren los und verbrachten dann den Rest des Tages am Strand – Joe zunächst im Liegestuhl, dann Liam zuliebe mit aufgekrempelten Hosenbeinen im flachen Wasser, ein wenig schwankend, da sein Stock immer wieder im nassen Sand einsank.

Marcie ließ die Männer mit den Kindern spielen und bereitete das Picknick vor; und während sie Tee und kalte Getränke machte, nutzte sie die von so einfachen Aufgaben ausgefüllte Zeit, um ihre Gedanken zu ordnen.

Genau wie Alice, dachte sie bitter. Vielleicht hatte alles ja genau so angefangen. Daß man sich Zeit zum Nachdenken nahm. Oder Zeit, sich davor zu drücken. Sie ging noch einmal durch, was sie wußte.

Erstens: Jack hatte Patrick Simpson umgebracht. Daran hatte sie nun keinerlei Zweifel mehr.

Zweitens: Auch Rebecca war mitsamt ihrem Kind Opfer eines Mordes geworden. Er hatte sie in jener Nacht getötet, war dann in den Hintergrund getreten und hatte Joe die Schuld auf sich nehmen lassen.

Was, wenn Joe deswegen zum Tod durch Erhängen verurteilt worden wäre? Hätte Jack es dazu kommen lassen? Die Vorstellung ließ Marcie trotz der Hitze frösteln. Als sei in ihrem Inneren der Winter eingezogen.

Sie schob die Gedanken an Jack beiseite und sah auf den Strand hinaus zu den anderen. Joe hielt Liam an der Hand, der mit den Füßen das Wasser hochtrat und jedesmal vor Vergnügen kreischte, wenn der glitzernde Sprühregen in der Sonne aufleuchtete. In der Nähe spielten Michael und Hanna, die sich allerdings von niemandem an der Hand halten ließ. Sie krabbelte auf allen vieren im Wasser herum. Alec, der seine Schuhe nicht ausgezogen hatte, stand ein wenig abseits im trockeneren Sand. Sein Lachen wirkte entspannt und unbeschwert. Befreit von Jack, dachte sie. Befreit von Mary und ihren Ansprüchen. Befreit von allem.

Die arme Mary. Ein Gedanke, der sich ihr ungebeten aufdrängte. Wann hatte sie die Sache mit Rebecca erfahren? Hatte sie die Briefe gelesen, oder hatte Joe seinen Bruder in ihrer Gegenwart zur Rede gestellt? Marcie zweifelte nicht daran, daß ihre Oma Bescheid wußte. Ihre Reaktion, wann immer Rebeccas Name erwähnt wurde, und das plötzliche Verschwinden jenes Erntefotos, das Alec zufolge früher auf der Anrichte gestanden hatte, waren ihr Beweis genug. Joe mußte ihr die Briefe gezeigt haben, als er aus dem Gefängnis gekommen war.

Marcie seufzte. Warum bleibt man überhaupt verheiratet? Vielleicht liebte sie Jack immer noch, trotz allem. In Anbetracht ihrer eigenen gemischten Gefühle für ihren Großvater konnte Marcie das nachvollziehen.

Sie dachte an Alecs Schwester, das Baby, das gestorben war, und das sorgfältig gepflegte Grab auf dem kleinen Friedhof. Wer stellte dort regelmäßig frische Blumen hin – und warum? Nach so langer Zeit?

Nur jeden dritten Sonntag fand sich ein Vikar, um in dieser Kirche eine Messe zu halten, und morgen, fiel ihr jetzt ein, war es mal wieder soweit.

Als Marcie über den Strand ging, um die anderen zum Essen zu rufen, faßte sie den Entschluß, diese Messe zu besuchen.

Sie brachten sie zu mir, und ich legte ihr die Schlinge um den Hals. Sie zitterte und weinte, und ihre Augen, unfähig, jemand Bestimmten anzusehen, schienen überallhin gleichzeitig zu blicken.

Ich versuchte, ihr nicht ins Gesicht zu sehen, ich wollte ihr sagen, daß es schnell gehen würde. Daß ich mit so etwas Erfahrung hatte, daß ich gelernt hatte, so etwas richtig zu machen.

Du mußt wissen, Birdie, die Hände erinnern sich. Die Hände wissen Bescheid.

Ich zog ihre schwarzen Haare aus der Schlinge, strich sie ihr über den Schultern glatt. Ihre Kleider waren zerrissen, ihre Schultern unbedeckt. Wie weich ihre Haut unter meinen Fingern, wie rauh meine Hände auf dieser weichen Haut.

Ich wollte ihr die Sache erleichtern, so wie ich es bei Becky gern getan hätte, aber man muß sich langsam darauf vorbereiten, Birdie. Der Tod ist etwas, an dem alle Sinne beteiligt sein sollten, und nichts, das man überstürzen sollte.

Aber Mills wollte nichts davon wissen; er riß sie von mir

weg, bevor ich ihr den Knoten korrekt unters Kinn ziehen konnte, und dann warfen sie auch schon das Seil über den Ast und zogen sie hoch, bis sie vom Boden abhob und ihr Körper wie eine Marionette zuckte und zappelte und ihre Füße nach den Sternen traten.

Es war gar nicht so einfach, noch einen Parkplatz zu finden. Der Grasstreifen am Straßenrand war mit Autos zugestellt, und es fand sich kaum noch eine freie Stelle. Ein Glück, daß sie sich alle in ein Auto gezwängt hatten, auch wenn Marcie nicht allzu bequem zwischen den Kindersitzen hocken mußte.

Als sie kamen, hatte die Sonntagsmesse bereits angefangen. Sie gingen leise hinein, dennoch drehten sich viele nach den Nachzüglern um und bedachten sie mit neugierigen Blicken. Der Vikar bedeutete ihnen lächelnd, sich hinzusetzen, und fuhr mit seinen Bekanntmachungen fort. Sie waren noch rechtzeitig zum ersten Lied gekommen, und kaum hatten sie Platz genommen, mußten sie schon wieder aufstehen.

Marcie kannte das Lied nicht. Vergeblich versuchte sie, Text und Melodie zusammenzubringen; schließlich gab sie es auf und wandte ihre Aufmerksamkeit Liam zu, der an einem Gesangbuch lutschte, und Hanna, die durch die Lücke in der Kirchenbank zu klettern versuchte.

»Benehmt euch«, flüsterte Marcie, als sie Liam das Buch aus dem Mund nahm und sich bückte, um Hanna aus ihrem Loch zu ziehen. Sie versuchte sich zu erinnern, wann sie das letztemal in so einer Messe gewesen war. Als Kind war sie jeden Sonntag in die Kirche gegangen, aber das letztemal… mußte weit vor der Zeit gewesen sein, als sie endgültig von zu Hause weggegangen war.

Später war sie ab und zu mit Sophie Lee in deren Kirche gewesen und hatte es schön gefunden, mit welch reiner Freude die Gemeinde gesungen und gebetet hatte. Sie selbst aber hatte keinerlei religiöse Empfindungen mehr. Überhaupt keine.

Als das Lied endete, nahmen sie wieder Platz. Liam setzte sich bei Michael auf den Schoß; Hanna hockte auf einem Kniekissen am Boden, drehte mit den Fingern die Fransen auf und sah interessiert zu, wie sie sich wieder entrollten. Marcie stellte vorsichtig die Kindertasche auf den Boden, damit Hanna an ihr Spielzeug kam, überprüfte aber vorher noch, ob auch nichts dabei war, das allzuviel Lärm verursachen konnte.

Und während der Pastor nun mit der Lesung begann, ließ sie den Blick und die Gedanken umherschweifen.

Außer ihnen waren nicht mehr als zwanzig Leute in der Kirche. Meist ältere, aber auch ein paar jüngere und drei oder vier Kinder, die brav bei ihren Eltern saßen. Der Altar und die Seitenkapelle waren mit frischen Blumen geschmückt, und das Licht, das durch die hohen Fenster fiel, wurde tausendfach vom Glas gebrochen.

Wer von den hier Versammelten mag die Blumen auf Margarets Grab stellen? fragte sie sich. Sie machte sich ein Spiel daraus und stellte sich vor, wie die ältere Dame dort mit dem schwarzen Hut vor dem Grab kniete und das Unkraut aus dem kurzgeschnittenen Rasen zupfte; oder wie dieser junge Mann im blauen Anzug die kleine Blumenvase zurechtrückte. Oder war es das alte Paar, das untergehakt in der Reihe neben ihnen saß?

Die Messe zog sich in die Länge. Die Stunde, die Marcie früher allsonntäglich ohne zu klagen zwischen ihren Großeltern gesessen hatte, schien sich heute in die Ewigkeit zu dehnen.

Endlich aber war dann doch Schluß, und das letzte Lied kannte Marcie sogar. Sie sang es mit, voller Leidenschaft, als habe sie Abbitte zu leisten für ihre Unaufmerksamkeit. Hanna glaubte ebenfalls, mitsingen zu müssen. Sie kletterte auf die Bank, stellte sich neben ihre Mutter und stimmte mit ernster Miene »Alle meine Entchen« an, während die Gemeinde »Ehre sei Gott in der Höhe« sang.

Marcie ließ sie gewähren. Michael neben ihr konnte sich kaum das Lachen verkneifen. Alec blickte krampfhaft geradeaus und stellte sich taub.

»Dein Lied hat mir gefallen«, sagte der Vikar zu Hanna, als sie die Kirche verließen. »Das hast du fein gemacht.«

Hanna starrte ihn an und verbarg dann ihr Gesicht am Rock ihrer Mutter.

»Machen Sie Urlaub hier?« fragte er.

»Nur übers Wochenende«, antwortete Marcie. »Unsere Familie stammt hier aus der Gegend. Die kleine Schwester meines Vaters liegt hier auf dem Kirchhof begraben.«

»Ach ja?«

Marcie zeigte auf das Kindergrab.

»Ah«, sagte er. »Die kleine Margaret Armitage, das ist ja interessant. Da möchten Sie sicher mit Helen sprechen.« Er rief nach einer jungen Frau, die gerade mit ihren Kindern auf die Tür zusteuerte.

»Helen, das hier sind Verwandte von Margaret Armitage.« Er wandte sich an Marcie. »Helen arbeitet in der Gemeinde mit. Wir bemühen uns, die Dinge hier in Schuß zu halten. Wir haben uns die Arbeit geteilt. Helen ist für Margaret Armitage verantwortlich. Stellt ihr Blumen aufs Grab. So ein Kindergrab ist doch etwas Trauriges, besonders wenn die Familie nicht in der Nähe lebt.«

Marcie verließ der Mut. Das also war die Lösung. Bloß ein paar Mitglieder der Gemeinde, die sich um den Friedhof kümmerten, und eine gutherzige Frau, die nicht mit ansehen konnte, daß ein Kindergrab vernachlässigt wurde.

Die junge Frau hielt ihr lächelnd die Hand hin. »Freut mich, Sie kennenzulernen«, sagte sie. »Ich hoffe, es gefällt Ihnen, was wir gemacht haben?«

»Ja, ganz wunderbar«, brachte Marcie heraus. »Machen Sie das schon lange?«

»O ja«, sagte Helen. »Es bereitet mir große Freude.« Langsam schritten sie auf das kleine Grab zu, gefolgt von Helens Kindern, die laut rufend Freunde begrüßten, die jetzt aus der Kirche kamen.

»Eigentlich ist das komisch, aber meine Familie hat sich schon immer um dieses Grab gekümmert, und als der Vikar den Vorschlag machte, wir sollten gemeinsam die Verantwortung für den Friedhof übernehmen, nun ja, da konnte ich das doch keinem anderen überlassen und habe mich für diesen Abschnitt einteilen lassen.«

»Schon immer?« fragte Marcie verblüfft.

»Ja, sicher, obwohl ich auch nicht genau weiß, wie es dazu gekommen ist.« Sie lächelte und sah ein wenig verlegen drein. »Erst hat es meine Oma gemacht, dann meine Mutter. Ich konnte doch nicht zusehen, wie es zuwächst, das hätte ich irgendwie nicht richtig gefunden.« Sie sah neugierig in die Runde und fragte: »Darf ich fragen, wie Sie mit Margaret verwandt sind?«

»Sie war meine Schwester«, sagte Alec leise. »Ein Jahr nach ihrer Geburt sind meine Eltern von hier fortgezogen.«

»Ach tatsächlich? Nun, ich hoffe, es stört Sie nicht. Immerhin war sie Ihre Schwester...«

»Ich bitte Sie«, sagte Alec hastig. »Ich finde, Sie machen das ganz wunderbar, einfach wunderbar. Wenn ich, äh, etwas zu den Blumen beitragen dürfte...«

»Aber nein«, sagte Helen. »Meist kommen sie sowieso aus meinem Garten. Aber wenn Sie der Kirche etwas spenden möchten, wäre der Vikar gewiß dankbar.« Sie wandte sich wieder an Marcie. »Bitte grüßen Sie Ihre Großeltern von mir«, sagte sie. »Sagen Sie ihnen, daß für das Grab gesorgt wird. Sie müssen meine Oma und meine Mutter doch gekannt haben. Sagen Sie ihnen, nun, ich denke, sie werden sich an den Namen meiner Oma erinnern. Lacey. Elizabeth Lacey.«

Nun war es Zeit, wieder zu Joe zurückzufahren. Sie hatten noch länger mit Helen gesprochen, aber von Rebeccas Geschichte wußte sie ganz offensichtlich nichts, auch wenn der Name ihr bekannt war. »O ja«, hatte sie gesagt. »Ich glaube, sie ist bei der Geburt ihres Kindes gestorben. Das war damals nichts Ungewöhnliches, sagt meine Mutter.«

Sie fanden Joe, wie sie ihn beim erstenmal gesehen hatten: mit dem Schachbrett vor sich.

»Ich weiß«, sagte er, als Marcie berichtete, was sie erfahren hatten. »Oder zumindest wußte ich, daß Elizabeth das Grab gepflegt hat. Schön, daß sich immer noch jemand darum kümmert.«

»Aber warum?« fragte Marcie. »Hatte sie Schuldgefühle oder was?«

Es schien, als wollte Joe nicht antworten, aber dann seufzte er tief auf und sagte: »Sie konnte es nicht ertragen. Schlimm genug, daß ihre Tochter gestorben war, aber sie auch noch so aufzuschneiden... Die Polizei wollte genau wissen, in welchem Monat sie war. Man versuchte das so lange wie möglich geheimzuhalten, aber dann hat irgendein Zeitungsreporter ausgeplaudert, daß das Kind konserviert worden sei, für den Fall, daß es als Beweismittel gebraucht werden sollte. So jedenfalls hieß es damals. Aber ich frage dich, Marcie, ein Blick auf das arme kleine Ding hätte doch gereicht, um festzustellen, wie alt es war, und damit hätten sie es bewenden lassen können. Es anständig begraben können. Schlimm genug, daß sie ihr Mädchen nicht begraben konnte, aber die Vorstellung, ihr Enkelkind liege da irgendwo eingelegt wie ein Stück Schweinefleisch in Salzlake, war für Elizabeth einfach unerträglich.«

»Der Einbruch bei Dr. Fielding«, sagte Alec.

Joe nickte. »Sie ist zu mir gekommen, hat mir davon erzählt. Hatte eine Sondergenehmigung, mich im Gefängnis zu besuchen. Sie war völlig verzweifelt, und ich hatte eine Heidenangst, daß man sie erwischen könnte. Aber Elizabeth war eine entschlossene Frau. Sie hatte einen Helfer, glaube ich, auch wenn sie mir nie gesagt hat, wer das war. Sie sind hinten durch ein Fenster eingestiegen. Und haben das Kind mitgenommen.«

»Was ist daraus geworden?« fragte Alec.

»Sie haben es in Margarets Grab gelegt, stimmt's, Joe?« sagte Marcie.

Joe nickte wieder. »Ganz recht, Mädchen, das haben sie. Und warum auch nicht. Zwei Unschuldige in einem Grab. Es war nicht schwer. Sie brauchte bloß die Rasendecke abzuheben und ein wenig zu graben. Das Loch mußte ja nicht sehr groß sein. Was an Erde übrigblieb, hat sie in ein frisches Grab nebenan gestreut. Dann hat sie die Rasendecke wieder draufgelegt und gewässert.«

»Und Elizabeth hat das mit Jack gewußt?« fragte Alec.

»Sie hat es gewußt. Becky hat ihr alles erzählt, als sie feststellte, daß sie schwanger war. Hat geglaubt, sie könnte Jack dazu bringen, seine Frau zu verlassen und mit ihr durchzubrennen, aber davon wollte er nichts wissen. Hat nicht gewagt, es mir zu erzählen. Daß das Kind von Jack war, meine ich. Als ich es dann erfahren habe, bin ich zu ihr gegangen. Ich wollte die Wahrheit wissen, und schließlich hat sie mir alles gesagt. Alles. Sonst hat sie es keinem erzählt. Da bin ich mir ganz sicher.«

»Und sie hat geglaubt, daß Jack den Mord begangen hat?« fragte Alec.

»Das hat sie die ganze Zeit geglaubt«, bestätigte Joe. »Ist vor Gericht für mich eingetreten, hatte aber nichts gegen Jack vorzubringen. Außer Beckys Aussage. Und es gab damals viele, die Becky ohne weiteres eine Hure nannten. Sie wollte nicht, daß ihr Name noch mehr als unbedingt nötig durch den Schmutz gezogen wurde.«

»Hast du ihr den Brief gezeigt?«

»Ja.« Joe nickte langsam. »Ich war ungeheuer wütend. Bin damit zu ihr gegangen. Sie hat dasselbe gesagt wie du, daß ich nämlich versuchen sollte, damit meine Unschuld zu beweisen, aber ich hatte kein Vertrauen mehr zu den Gesetzen und sowieso kein Geld, den Prozeß neu aufzurollen. Der wäre von Anfang an verloren gewesen.«

»Ach Joe«, flüsterte Marcie und nahm seine Hand. »Was für ein Schicksal. Was für ein schreckliches Schicksal.«

37

»Wenn wir dabeisein wollen, müssen wir sofort los, sagen sie«, berichtete Marcie. Es klang verzagt, als ginge es über ihre Kräfte, Jack noch einmal wiederzusehen.

»Dann macht euch mal auf den Weg«, sagte Joe. Der letzte Brief, den Jack ihm geschickt hatte, der einzige, den er den anderen nicht gezeigt hatte, brannte klein zusammengefaltet in seiner Westentasche. Er hatte ihn so oft gelesen, daß er ihn auswendig kannte: *Die Nacht, in der sie starb, war so klar und so kalt…*

Wie lange er ihn schon dort trug, unfähig zu handeln, unfähig irgend etwas zu ändern. Jack war der Schuldige. Jack hatte ihm Becky weggenommen. Hatte ihm einen großen Teil seines Lebens weggenommen.

»Fahr zu ihm, es ist besser so«, sagte er, und diesmal nickte Marcie.

»Wir kommen wieder, Onkel Joe«, sagte sie und küßte ihn schmerzlich.

Joe lächelte. »Das weiß ich«, sagte er zufrieden.

Er sah ihnen nach, als sie über den verdorrten Rasen gingen, und lächelte erneut. Das einzige, was Jack wirklich geliebt hat, dachte Joe, war seine Marcie, und nun hat er sie verloren.

Joe klopfte befriedigt auf den Brief in seiner Westentasche. Er hätte ihn ihr zeigen können.

Aber er hatte sich dagegen entschieden. Man schuldete ihm etwas, meinte er, und Marcie und ihre Familie kamen als Zahler gerade recht.

Kurz vor der Rampe, die ins Haus hinaufführte, blieb Marcie stehen, trat einen Schritt zurück und erstarrte, als sei ihr plötzlich etwas aufgefallen. Joe folgte ihrem Blick.

Unter den Bäumen, wo eben noch die Kinder gespielt hatten, stand halb im Schatten eine Gestalt. Das Gesicht von schwarzen Haaren umrahmt, hielt sie schützend eine Hand vor ihren gewölbten Bauch.

»Becky«, flüsterte Joe. »Becky«.

Er sah angestrengt in Marcies Richtung, und als ihre Blicke sich für eine Sekunde trafen, wußte er, daß auch sie Becky gesehen hatte. Dann drehte sie sich um und ging.

Als er wieder nach den Bäumen sah, waren dort nur noch Schatten. Schatten langer Äste, die über dem ausgetrockneten Rasen hingen.

Marcie hatte mit Problemen gerechnet; sie hatte erwartet, wenn sie in die Klinik käme, würden ihre Großmutter und Alice nicht zulassen wollen, daß sie Jack besuchte. Aber nichts dergleichen geschah. Mary und Alice waren zu müde zum Streiten. Sie gingen mit Alec und Michael ins Wartezimmer, und Marcie begab sich allein zu Jack.

»Ich habe mit Joe gesprochen«, erklärte sie ohne Einleitung. »Und er hat mir die Briefe gezeigt, die du ihm geschrieben hast, die Briefe über dich und Rebecca.« Sie unterbrach sich, mußte erst nach Worten suchen. »Wie konntest du nur, Jack? Wie konntest du das jemandem antun, den du geliebt hast?«

Jack bekam kaum die Augen auf. Er war so müde, und das Licht, so schwach es auch war, schmerzte. Aber er brauchte auch nichts zu sehen, er mußte nicht einmal ihre Stimme hören, um zu wissen, daß Marcie bei ihm war.

Becky, dachte er. Sie redet von Rebecca.

»Warum hast du sie umgebracht?« sagte Marcie. »Sie war schwanger, Jack, schwanger von dir. Kam dir das ungelegen? Hast du gedacht, sie würde Joe verraten, von wem das Kind ist? Hattest du Angst vor ihm? Solche Angst, daß du beide töten und die Schuld deinem Bruder zuschieben mußtest?«

Sie schüttelte den Kopf, immer noch fassungslos und überwältigt von dem monströsen Verbrechen, das Jack begangen hatte. »Warum nur, Jack? Warum nur…?«

Und dann mußte Marcie auch noch an Patrick denken, an ihre zerstörte Jugend und an das Leid, das Jack über Alec und Mary und weiß Gott wen sonst noch gebracht hatte.

Marcie spürte, sie hielt es nicht mehr aus, sie konnte seine Nähe nicht mehr ertragen.

Jack konnte in seinem Dämmerzustand Marcies Stimme hören.

Nein, wollte er sagen. So war das nicht. Es war nicht so, wie sie gesagt hatte, aber jetzt waren sie alle da und drängten sich um sein Bett. Alle verabscheuten ihn, alle verurteilten ihn für das, was er getan hatte und was er gewesen war.

Alle waren sie da: Becky und das Kind und die erhängte Frau, die er in einer kalten Wüstennacht an irgendeinem Ort gesehen hatte, an den er sich kaum erinnern konnte. Und dieser Junge, der Marcie in Schwierigkeiten gebracht hatte.

Jack wußte, sie warteten auf ihn, aber am schlimmsten war die Angst, Marcie zu verlieren.

So war das nicht, wollte er sagen, als er sah, wie Becky das Kind an der Hand nahm und langsam davonging. So war das nicht… als die anderen langsam aus seinem Blickfeld verschwanden und einen leeren Raum hinterließen, in dem es nur noch Marcies Stimme gab.

»Ich gehe jetzt, Jack«, sagte sie langsam. »Es tut mir leid, Jack, aber du verstehst ja wohl, daß ich gehen muß.«

Joe hielt Jacks letzten Brief in der Hand. Den Brief, den er Marcie niemals zeigen würde:

> Die Nacht, in der sie starb, war so klar und so kalt, und der Mond, zu zwei Dritteln voll, schien so hell. Ich hatte dich auf der Farm verpaßt, Joe, und deshalb habe ich im Haus auf deine Rückkehr gewartet. Es war nicht schwer. Vom Küchenfenster aus konnten wir den Eingang zu deinem Zimmer sehen und den Weg, den du kommen würdest, und während Mary vor sich hin schwatzte, habe ich da gesessen und gelesen und Ausschau gehalten.
>
> Es war Marys Idee. Wir hatten dich seit deiner Heimkehr ja kaum gesehen, und sie wollte, daß du mit uns zu Abend ißt. Mit der Familie. Rebecca auch, wenn es sein mußte. Ich hatte ihr gesagt, daß wir zusammenhalten und Solidarität zeigen sollten.
>
> Ich dachte, es würde bald vorübergehen. Der ganze Ärger, meine ich, und der Dorfklatsch. Das Kind wäre nicht das erste mit einem verfrühten Geburtstag, und mit der Zeit vergessen die Menschen so etwas, oder zumindest verdrängen sie die Erinnerung daran.
>
> Als ich die Tür aufgehen und Becky hineinschlüpfen sah, kam mir der seltsame Gedanke, daß das Kind wenigstens zur Familie gehören würde. Ich mußte darüber lächeln und gleichzeitig aufpassen, daß Mary es nicht be-

merkte und Fragen stellte. Sie konnte in den seltsamsten Augenblicken sehr wachsam sein.

Aber ich gebe zu, daß ich Angst hatte. Was, wenn Rebecca irgendwem von uns erzählt hatte? Wenn du irgendwie dahintergekommen wärst? Eine kleine Unachtsamkeit, ein Wort im Zorn, und alles wäre aus gewesen.

Als ich sie wieder herauskommen sah, habe ich es riskiert. Ich wollte mit ihr reden. Dafür sorgen, daß das Geheimnis gewahrt blieb. Mary war eine gute Partie. Ich habe sie geliebt. Nicht so, wie ich Rebecca geliebt habe, aber doch, ich habe sie geliebt. Und mit ihrer Familie war nicht zu spaßen.

Unter dem Vorwand, ich wolle dir auf der Straße entgegengehen, verließ ich das Haus und ging Rebecca nach.

Fast hätte ich sie verloren. Ich hatte eine Sturmlampe dabei, die Flamme außerhalb des Dorfs aber kleiner gestellt, weil ich fürchtete, daß Rebecca mich sehen könnte. Ihre Bewegungen schienen mir verdächtig, und überhaupt machte ich mir Sorgen, daß man uns bemerken könnte, wenn wir zu nah bei den Häusern stehenbleiben würden.

Aber sie hat sich kein einziges Mal umgedreht. Ist einfach geradeaus gegangen, den Blick immer nach vorn und den Mantelkragen hochgeschlagen. Sie hatte kein Licht dabei und bewegte sich wie ein unbeholfener Schatten.

Als sie vom Weg abbog, hätte ich sie fast verloren. Ich war am Gattertor vorbei weiter die Straße entlanggegangen, denn ich dachte, sie sei noch vor mir, nur hinter der Biegung verschwunden. Dann aber, als die gerade Strecke vor mir lag und ich freien Blick bis auf den Kamm des Hügels hatte, wurde mir klar, daß sie abgebogen und querfeldein gegangen war.

Also habe ich kehrtgemacht.

Etwa eine Viertelmeile zurück gab es ein Gattertor, das auf Bales Äcker führte. Dorthin mußte sie sich gewandt haben, es gab gar keine andere Möglichkeit. Ich stieg über das Tor, hielt mich am Feldrand und ging ihr nach.

Joe saß an seinem Lieblingsplatz am Fenster und sah zu, wie der Abend über den Rasen kroch; er hielt immer noch Jacks letzten Brief umklammert.

Als sie ins Zimmer trat, blickte er auf, und diesmal war das Lächeln auch in ihren Augen.

»Becky.«

Sie setzte sich ihm gegenüber, lehnte sich seufzend zurück und legte die Hände leicht auf die Sessellehne. Sie sah zufrieden aus, zufrieden mit sich selbst, dachte er. Nach all dieser Zeit endlich glücklich.

»Sie hat ihn also verlassen«, sagte Joe, und seine Augen blickten zärtlich, als er ihr Lächeln erwiderte.

38

Marcie wartete draußen auf Alec. Sie hatte Verständnis dafür, daß er Oma und Tante Alice jetzt nicht allein lassen konnte, fühlte sich selbst jedoch sehr fern von all dem.

Sie beobachtete Michael, der mit den Kindern Fangen spielte, und dachte... nichts. Ihr Kopf war völlig leer, wie betäubt. Sie wollte nach Hause, aber sie mußten noch ihr Gepäck aus dem Ferienhaus abholen. Im Grunde war es gleichgültig, ob sie die Sachen noch heute abend abholten oder erst mal nach Hause fuhren und morgen den Weg noch einmal machten.

Schließlich kam Alec heraus; seine Mutter hatte sich bei ihm eingehängt.

»Wir haben hier nichts mehr zu tun«, sagte er. »Sie glauben nicht, daß Jack die Nacht überleben wird.«

Marcie nickte.

»Du regelst doch alles für uns, Alec, ja?« sagte Mary, wieder mit dem alten Befehlston in der Stimme.

Alec schüttelte den Kopf. »Wenn ich kann«, sagte er. »Wenn nicht, wirst du Marcie und ihren Mann fragen müssen, ob sie euch helfen wollen.«

Mary war wie vor den Kopf geschlagen.

Alec gab keinem die Möglichkeit, eine Frage zu stellen. Marcie nicht aus den Augen lassend, sprach er ruhig und ohne Eile weiter.

»Ich habe noch etwas zu tun«, sagte er, »und ich weiß nicht genau, wie das ausgehen wird.«

Marcie sah ihn verwirrt an. »Ich kann dir nicht folgen, Dad.«

»Es geht um Patrick Simpson«, vermutete Michael.

Alec nickte. »Du hattest recht«, sagte er. »Irgendwann muß ich mal erwachsen werden. Und selbst Entscheidungen treffen.«

Marcie sah zögernd zwischen ihrem Mann und ihrem Vater hin und her. Dann nahm sie Alecs Hand.

»Diesmal begleiten wir dich«, sagte sie.

Rebecca neben sich in dem schwach erleuchteten Zimmer, las Joe weiter.

> Ich habe sie erst gesehen, als ich oben auf dem Hügel angekommen bin, und plötzlich war mir alles klar. Sie stand dort auf diesem niedrigen Ast, die Arme um den Stamm geschlungen, und ich weiß noch, wie ich dachte, daß es bestimmt sehr anstrengend für sie gewesen war, mit ihrem dicken Bauch dort hinaufzuklettern und das Gleichgewicht zu behalten. Aber dieser Baum war schon immer ein guter Kletterbaum gewesen. Jedes Kind kam da hinauf.
>
> Als sie den Strick über den nächsthöheren Ast warf,

wußte ich endgültig Bescheid. Sie hatte das gut vorbereitet, hatte an einem Ende des Stricks eine Schlinge geknüpft und brauchte jetzt nur noch das andere Ende hindurchzuführen und festzuziehen. Ich mußte wieder daran denken, wie ich ihr beigebracht hatte, aus einem dicken Seil einen Peitschengriff zu binden, wie man erst eine Schlinge macht und dann das freie Ende hindurchzieht, damit es auch ordentlich festsitzt. Genau so hatte sie jetzt ihre Todesschlinge geknüpft. So, daß nichts schiefgehen konnte.

Weißt du, Joe, ich bin da sehr stolz auf sie gewesen. Nicht viele Frauen hätten sich solche Mühe gegeben, keine Fehler zu machen.

Ich mußte ihre Entscheidung respektieren, Joe, das verstehst du ja wohl. Ich mußte sie ihren Weg gehen lassen.

Ich habe dir diesen Brief geschrieben, Joe. Dir alles erzählt, und als du nicht reagiert hast, wußte ich, daß du verstanden hast. Was hätte ich denn sonst tun sollen?

Aber sie läßt mich nicht los, Joe, ich weiß, sie wartet auf mich. Genau wie diese andere. Die beiden haben sich gefunden, stehen neben mir am Bett und warten.

Sie hat mich gesehen. Sie hat mich gesehen. Als ich oben auf dem Hügel ankam und sie sich bereits die Schlinge um den Hals gelegt hatte, die Füße noch auf diesem starken Ast, die Hände am Stamm, um sich abzustützen.

Sie hat mich gesehen, Joe. Hat mir direkt in die Augen gesehen, und ihr Blick schien zu sagen, sie hätte gehofft, daß ich kommen würde. Nicht daß sie daran geglaubt hatte, sie hat es nur gehofft. Daß sie mir so wichtig wäre, daß ich irgendwie ahnen würde, was sie vorhatte, und zu ihr kommen würde, um alles in Ordnung zu bringen. Es ihr möglich machen würde, weiterzuleben.

Sag mir, daß du sie verlassen wirst. Sag mir, daß du mich liebst. Daß du mich willst. Das sagten mir ihre Augen, mit denen sie mich nicht losließ, aber ich konnte nicht, Joe. Ich konnte nicht einfach alles hinter mir lassen, das muß sie doch gewußt haben.

Und dann hat sie die Hände ausgestreckt und ist gesprungen, und ihr Rock und ihre Haare flatterten um sie wie Meereswellen. Einen winzigen Augenblick lang schien sie vor dem Sternenhimmel zu schweben, schön wie ein Engel, die Hände ausgestreckt, als wollte sie mich segnen.

Dann riß das Seil sie zurück. Der Ruck warf ihren Kopf zur Seite und ließ ihn an den Baum krachen. Und damit war es vorbei. Nur ihre Beine vollführten noch einen obszönen Tanz, und ihr Körper schwang im Wind wie ein Lumpenfetzen vor dem Mond.